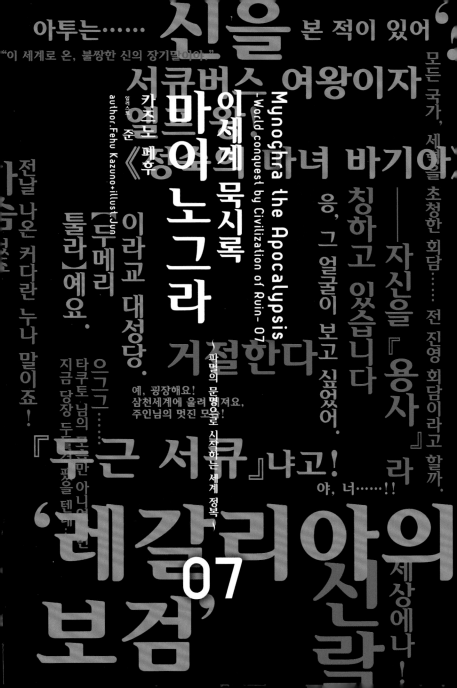

아투는…… 신을 본 적이 있어

"이 세계로 온, 불쌍한 신의 장기말이야."

서큐버스 여왕이자

마이노그라

이세계 묵시록

Mynoghra the Apocalypsis
- World conquest by Civilization of Ruin- 07

author.Fehu Kazuno+illust.Jun
카즈노 페후
일러스트 준

모든 국가, 세계를 초청한 회담…… 전 진영 회담이라고 할까,

자신을 『용사』라

마녀 바기야

응, 그 얼굴이 보고 싶었어.

칭하고 있습니다

전날 나온 커다란 누나 말이죠!

이라교 대성당.

거절한다

《 마을 》 이라는

[두메리 툴라]예요.

으그그……

타쿠토 님의 모습만 아니라, 지금 당장 두 눈에 담고 싶을 텐데.

예, 굉장해요!
삼천세계에 울려 퍼져요,
주인님의 멋진 모습도!

~파멸의 문명으로 시작하는 세계 정복~

『툰근 서큐』냐고!

야, 너……!!

'레 갈 리 야 의 신 락'

보 검'

07

제상에나!

그쪽 이름은
분명 이랬던가──

'레갈리아의 보검'.

마이노그라가 차원 상승 승리를 달성하여
잃어버린 모든 것을 되찾기 위해서 필요한 요소.

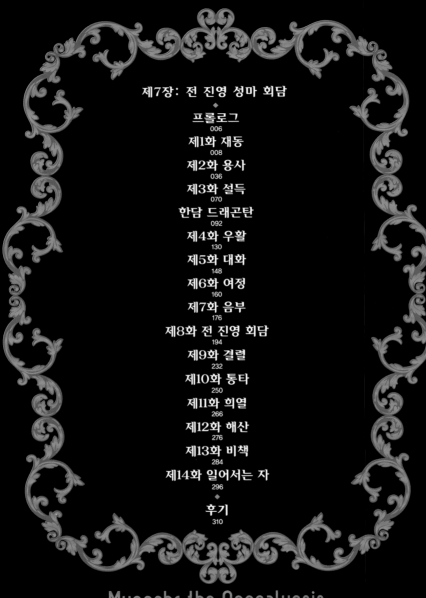

제7장: 전 진영 성마 회담

◆

Mynoghr the Apocalypsis
-World conquest by Civilization of Ruin- 07
CONTENTS

Mynoghra the Apocalypse
-World conquest by Civilization of Ruin- 07

이세계 묵시록
마이노그라
~파멸의 문명으로 시작하는 세계 정복~
07

카즈노 페후
일러스트 / 준

author.Fehu Kazuno+illust.Jun

서큐버스 여왕이자 엘프 왕! 정숙의 마녀 바기아》야

냐고! 『두근 서큐』

예, 굉장해요! 삼천 세계에 울려 퍼져요, 주인님의 멋진 모습!

좋지 않아. 정말로 좋지 않아

타쿠토 님의 얼굴이... 이야기하지... 죽여버릴 거야!

리아의 검'

으~음, 얀데레! 무거운 사랑이군요…….

이 세계로 온 불쌍한 신의 장기말이야.

장기말이야.

레갈리아의 보검

모든 국가, 세력을 초청한 회담~ 진영 회담 이라고 할까.

각한 최고의

프롤로그

테이블 토크 RPG 세력은 더없이 강력한 능력으로 마이노그라를 위협했다. 그들을 격파하는 대가로 의식을 잃은 타쿠토를 다시 깨우기 위해 아투는 새로운 영웅을 소환해서 이 사태를 해결해달라고 의뢰했다.

『Eternal Nations』사상 최저 최악의 영웅.

《행복해지는 설화 비토리오》는 모든 플레이어들이 꺼리고 싫어해서 붙은 멸칭에 부끄럽지 않을 만큼 활약했다.

그것은 마이노그라의 방향성조차 바꾸는 큰 상흔을 남겼다…….

타쿠토를 믿는 신흥 종교인《이라교》를 설립했다. 폐허가 된 레네아 신광국에 종교를 퍼뜨리고 영토를 장악했다.

그 과정에서 성왕국 퀼리아가 파견한《일기의 성녀》, 그리고 이단심문관 크레에와 격돌했다.

비토리오는 타쿠토를 걱정하는 아투였다면 도저히 실행할 수 없을 기발한 작전들을 펼쳤다. 하지만 그의 실제 목적은 달랐다.

바로 이라 타쿠토를 신격화하는 것.

타쿠토가 의식을 잃은 원인은《이름도 없는 사신》이라는 영웅이 가진 특성이라고 이해한 비토리오는, 그 구조를 이용하여 자신에게 이상적인 타쿠토를 이 세상에 만들어내려고 했다.

이름도 없는 무색무취한 존재이기에 자신이 이름——존재의 식을 부여한다면 어떤 식으로든 물들일 수 있다.

완전무결. 비토리오의 이상이 그대로 실현된 그만의 주인. 그것은 완벽한 책략이라고 생각했다.

책략은 실패로 그쳤다.

모든 것은 처음부터 타쿠토가 계획한 일이었다.

비토리오의 생각도 그가 펼친 작전도, 그리고 벌어질 일들도…….

이윽고 예정대로 타쿠토는 부활했고, 그와 비토리오의 상하관계가 정립되었다.

하지만 그것은 새로운 전란이 막을 올리는 서장에 불과했다…….

제1화 재동

의식을 잃은 타쿠토를 둘러싸고 벌어진 전투.

《비토리오》가 펼친 암약, 《일기의 성녀》와 벌인 전투를 거쳐서 간신히 마이노그라에 한때의 평온이 찾아오려던 그때였다.

운명은 계속해서 자신들을 희롱하려는 것일까.

새로운 적——《정숙의 마녀 바기아》의 대담무쌍한 선언에 무슨 의도가 있는지를 추측하며, 타쿠토는 새로운 파란이 찾아오는 것을 느꼈다.

"그러니까 바기아의 선언은 진짜란 거구나."

"예, 폰카븐과 다른 여러 나라에 회의 참가를 요청하는 친서가 전달되었다고 해요. 퀼리아의 정보는 부족하지만, 암흑 대륙의 다른 나라에도 전달되었다는 보고는 들어왔어요."

알현실에 울리는 타쿠토의 말을 듣고 옆에 있는 아투가 자료를 확인하며 대답했다.

전날의 대담무쌍하면서도 동시에 장난 같았던 세계 규모의 선언.

며칠이 지나서 그날의 일을 뒷받침하는 정보가 타쿠토에게 모여들었다.

서큐버스 군대는 어떻게 반응해야 할지 판단하기 힘든 제안을 건넸다. 그들의 정보는 어느 정도 확보했다.

그러나 아직 정보가 부족하다는 것도 사실.

본래라면 엘 나 정령계약연합과 엘프들에게 벌어진 일부터 조사해야 하지만, 수많은 전쟁과 여러 문제에 대처하느라 정보 수집에 할애할 자원이 부족했다.

계속 생각하고는 있었지만 먼저 해야만 하는 일이 너무나도 많았던 탓에 대응이 뒤처진 것이 분했다.

하지만 후회하고 있을 때가 아니었다. 타쿠토는 자신의 카드를 떠올리고 통통, 팔걸이를 가볍게 두드리며 다음 작전을 짰다.

"으—응, 어떻게 할까."

타쿠토의 혼잣말에 아투는 조용히 주인의 사색을 지켜봤다.

이럴 때, 가볍게 말을 건네는 것은 왕을 방해하는 일이니까.

자신의 말이 없어도 타쿠토라면 자연스럽게 해답을 찾아낸다.

아투에게 그것은 단순한 신뢰가 아니었다. 물리 법칙 같은 확신이었다.

"모든 국가, 세력을 초청한 회담…… 전 진영 회담이라고 할까."

타쿠토가 생각의 발걸음을 한 발짝 더 내디뎠다.

서큐버스 진영에서 전날 던진 제안, 그러니까 마녀 바기아가 한 말을 그대로 받아들인다면, 이드라기아 대륙의 모든 세력이 모이는 성대한 미팅이라고 할 수 있다.

어떤 의도이든 대대적으로 전 세계를 향해 선언했으니 물론 마이노그라가 참가하기를 바랄 것이다. 하지만 타쿠토는 솔직히 내키지 않았다.

상대의 진짜 정체도 모르면서 적지로 뛰어드는 것은 당연히 악수다. 아투를 되찾기 위해서 레네아 신광국으로 향한 것은 무척 리스크가 큰 수단이었다.

국가의 지도자가 마음대로 적진으로 향한다면 부하도 안심할 수 없다. 애초에 지도자의 역할은 전선에서 적과 싸우는 것이 아니다.

타쿠토도 스스로를 항상 다스리고 있었다. 자신에게 맞는 것, 잘하는 것과 아닌 것을 잘 판별해야 한다.

그리고 타쿠토와 마이노그라의 방침──《차원 상승 승리(어센션 빅토리)》에는 이슬라를 부활시킨다는 목적도 있다. 타협이나 변경은 있을 수 없다.

결국 그것은 모든 세력과 적대하게 된다는 뜻.

다른 진영이 어떠한 의도로 참가할지는 알 수 없다. 하지만 바기아가 주장하는 평화적인 대화는 사실상 불가능하다.

최소한 다른 세력을 항복시켜서 승자를 결정해야 한다.

전제조건들을 감안하면 그다지 매력적인 제안은 아니었다.

"그래도 우리에게는 정보가 부족해. 그러니까 상대의 진짜 정체를 알 수 있는 기회를 놓치긴 아까워. 솔직히 어떤 재미있는 게임 장르가 참가하는지 흥미는 있고, 앞으로의 전략에도 중요한 정보야. 하지만 리스크는 크지."

타쿠토가 그렇게 말하자 아투는 부드러운 미소와 함께 고개를 끄덕였다.

그 미소에 타쿠토도 최근에는 조금 익숙해진 미소를 짓더니 크게 숨을 들이마셨다.

"고민되네. 어떻게 해야 할지."

그러면서도 즐거운 듯 타쿠토는 고민을 입에 담았다.

그들의 방침은 세계 정복. 그것은 이미 결정된 일이다. 하지만 이 회담을 거절하고 마음대로 국가를 운영하는 것도 문제가 있다.

자신들이 언젠가 쓰러뜨려야 하는 적은 강하다.

이질적인 능력을 사용하여 저마다 기적과도 같은 변화를 세계에 초래한다.

게임 마스터와 싸울 때는 타쿠토가 기책을 사용하여 승리를 거두었다. 하지만 만약 타쿠토가 테이블 토크 RPG를 몰랐다면 완벽하게 봉쇄당했을 수도 있다.

그렇다면 정보가 부족해서 상대에게 선수를 빼앗길 위험이 있다.

지금 이 세계에 자신과 같은 존재—— 플레이어가 얼마나 존재하는지도 아직 모른다.

최대한 정보를 수집해두고 싶었다. 그것도 리스크 없이…….

"어쩔 수 없어. 《반편이》를 쓸까…….."

타쿠토는 천천히 천장을 올려다봤다. 조금 전부터 이상하게 존재감을 드러내는, 대들보에 매달린 갓난아기를 본뜬 이형과 시선을 나누었다.

타쿠토가 자신의 호위로 만든 마수 유닛 《반편이》.

마이노그라는 이 강력한 유닛을 현재 두 마리 보유하고 있었다. 지금으로서는 일반 유닛 중 최고 전력이다.

애초에 자신의 호위를 위해서 준비했으니까 움직이고 싶지는 않았다. 하지만 그들은 강력하고 유용한 능력을 가지고 있었다.

영웅에게도 필적하는 전투력과 특수 능력으로 타쿠토의 요구에 부응할 것이다.

"아, 그렇군요. 타쿠토 님의 대역으로 쓸 수 있다는 거네요!"

타쿠토가 부활한 뒤로는 한시도 떨어지지 않고, 마치 껌딱지처럼 따르게 된 복심 아투가 맞장구를 쳤다.

무척 거리감이 가까워졌네. 타쿠토는 그렇게 생각하며 눈앞에서 연신 끄덕이는 그녀의 모습에 조금 긴장하면서도 이번 작전을 이야기했다.

"생산 비용이 비싸니까 혹시라도 잃으면 절대 가벼운 피해가 아니겠지만……. 그래도 대체할 수는 있으니까 조금은 쉽게 사용할 수 있는 카드야. 지나치게 경계하다가 뒤처지면 안 되니까 조금 더 적극적으로 움직여야 해."

《반편이》는 생산한 장소에 따라서 몇 가지 특수 능력을 가진다. 조금 전에 타쿠토와 마주 보던 개체는 은밀한 행동이나 위장에 뛰어났다.

그중에서 《의태》 능력을 이용한다면 타쿠토로 변신할 수 있고, 텔레파시나 시야 공유를 이용한다면 무선조종기기처럼 조종할 수도 있다.

비토리오가 타쿠토를 자신의 이상적인 존재로 승화시키려고 했을 때, 그에 대항하기 위한 수단으로 사용했다.

그때는 기도의 대상을 바꾸어서 의식 발동을 무효화했지만, 다르게 본다면 타쿠토의 외부 단말로 유용하게 이용할 수도 있다.

"정말 훌륭한 발상이에요! 그렇다면 다크 엘프 부하들도 안심할 수 있겠죠. ……물론! 저도 안심이에요!"

"나도 아투도 이 세계에 온 뒤로 지나치게 많은 위기를 겪었어. 직접 참가하겠다고는 못 해."

"그건 저도 모든 힘을 다해서 막았을 거예요!"

"하하하, 그렇구나……."

가볍게 말하지만 눈빛은 진지한 아투를 보고 타쿠토도 쓴웃음을 흘렸다.

그녀의 마음은 잘 안다. 반대로 아투가 참가하겠다고 했다면 타쿠토도 어떻게든 그녀를 막았을 것이다.

결국 타쿠토는 이번 회의에 직접 참가하지는 않는다.

그렇다면 한정된 조건 안에서 최대한의 이득을 얻어야 한다.

"솔직히 아무것도 안 하고 틀어박혀서 내정만 하고 싶어. 그래도 정보를 수집할 최고의 기회야. 정말로 모든 세력이 모인다면, 적어도 앞으로 적대해야 하는 세력이 어떤 존재인지는 알 수 있어."

결국 그것이다.

RPG 세력이든 테이블 토크 RPG 세력이든, 정보가 부족했던 탓에 그들에게 뒤처졌다.

이번 전 진영 회담은 리스크가 있다. 하지만 이것을 기회로 이 세계에 찾아온 세력의 정보를 조금이라도 알아낼 수 있다면 세계 정복은 분명히 편해진다.

그래서 타쿠토는 점점 참가 쪽으로 기울고 있었다.

참가에 따른 자잘한 문제를 어떻게 처리할지가 고민이었다.

"플레이어 이야기는 정말로 어렵네. 게임 이야기 때문에 다크 엘프들에게는 함부로 말할 수 없으니까 스트레스가 쌓여."

"그러니까 제가 있는 게 아니겠어요! 타쿠토 님께서 원하신다면 저는 언제든 어디서든, 대화 상대가 되어드릴게요! 저는 이 세계에서 유일하게 타쿠토 님께서 현실 세계의 이야기를 건넬 수 있는 상대니까요!"

아투가 자신만만하게 자신의 가슴을 턱 두드렸다. 흐뭇한 모습에 타쿠토도 웃음을 흘렸지만, 문득 그녀가 자연스럽게 어느 인물의 존재를 지워버렸다는 사실을 깨닫고 표정이 굳어졌다.

"그건 정말 기쁜 말이지만, 한 사람 더 있잖아?"

"예? 그런 사람이 있었던가요? 안타깝지만 저는 모르겠는데요……."

"그, 그래……."

이곳에 없는 또 하나의 영웅.

《행복해지는 설화 비토리오》. 그도 타쿠토가 현실 세계 이야기를 할 수 있는 상대였다.

하지만 안타깝게도 아투와 비토리오는 최악의 사이다.

비토리오가 다른 사람을 비웃는 나쁜 성격이라서 그렇지만……. 국가의 핵심인 존재들이 지나치게 대립하는 것은 바람직하지 않지만 이것만큼은 어쩔 수 없다고 타쿠토는 이미 포기했다.

아투에게 생각을 고치라고 명령하는 것은 너무하고, 비토리오에게 태도를 고치라고 명령하는 것은 무의미하다.

두 사람이 부딪치지 않도록 타쿠토가 조정하는 것이 현재는 최선이었다.

　'뭐, 비토리오는 항상 대주계에 있는 건 아니니까 그건 문제없으려나? 지금 어디에 있는지도 알 수 없으니까.'

　설정상 컨트롤이 안 되는 그 영웅은 지금도 마음대로 마이노그라 영지를 돌아다니고 있다.

　틈틈이 수많은 트러블을 일으키면서…….

　타쿠토와 비토리오의 지혜 대결은 이미 끝이 났다.

　그렇다고 비토리오가 순순히 따르지 않는다는 사실을 타쿠토는 잘 알고 있었다.

　다음은 어떤 어려운 문제를 가져올까?

　그렇게 생각하면 조금 우울하고, 동시에 조금 기대되기도 했다.

　타쿠토는 잠시 비토리오에 대해서 생각하다가, 문득 아투가 고개를 살짝 숙이고서 무언가 생각에 잠겨 있는 것을 깨달았다. 타쿠토의 작전에 의문이 있는 걸까.

　"하지만 타쿠토 님. 《반편이》 대역을 회담에 보낸다는 작전은 괜찮다고 생각하지만, 이 회담 자체가 적의 함정은 아닐까요? 확실히 모든 세력을 상대로 제안했다는 것은 확인했어요. 하지만 상대도 우리와 마찬가지로 모든 세력과 적대할 생각이라면, 자기 영역으로 끌어들이는 이 모임은 천재일우의 기회겠죠. 그렇다면 귀중한 《반편이》를 잃을 수도…….”

　"그건 그래. 우리가 상대를 확인할 수 있다면, 상대도 우리를 확인할 수 있겠지. 적어도 우리 게임이나 능력에 대한 정보가 샐

가능성이 높고, 어쩌면 무언가 디버프가 걸릴 수도 있어. 물론 그 자리에서 선전포고를 할 수도 있겠지. 그래도 장점이 더 커.”

“그런가요?”

타쿠토의 말에 아투는 고개를 갸웃거렸다. 이유가 뭔가요? 라는 순수한 반응이었다.

타쿠토는 아투가 이렇게 반응할 것을 알고 있었다. 그래서 작게 고개를 끄덕이고 바로 자신의 복심이 이해할 수 있도록 상세하게 설명해주었다.

“알기 쉽게 말하면, 《반편이》는 다시 생산할 수 있지만 정보가 부족한 탓에 입은 손해는 돌이킬 수 없을 가능성도 있어. 그런 거야.”

아투가 숨을 삼켰다.

《반편이》 손실이나 마이노그라의 정보가 새어나갈 위험성을 경계하다가 가장 중요한 사실을 잊었으니까.

마이노그라는 이슬라를 잃었다. 그리고 잠깐이지만 아투를 빼앗겼다.

게다가 타쿠토마저 의식을 잃었다.

타쿠토의 실력으로 필연적인 패배조차 뒤집었지만, 다음에도 할 수 있다고 생각한다면 어리석은 짓이다.

설령 상대가 모든 준비를 갖추고 기다리는 둥지로 뛰어드는 위험한 짓이더라도, 정보를 가지고 돌아와야 한다.

최악의 경우에도 《반편이》만 잃는 상황이라면 무척 가성비가 좋다고 할 수 있었다.

"호랑이 굴에 가야 호랑이 새끼를 잡는다는 거군요. 그리고 그 호랑이 새끼가 앞으로 마이노그라의 생사를 가른다고…….."

타쿠토는 깊이 고개를 끄덕이며 긍정했다.

처음부터 모든 것을 이해하지는 못해도 이렇게 한마디 더 설명하면 금세 전부 파악하는 아투의 모습이 타쿠토는 무척 흐뭇했다.

그리고 타쿠토는 최고의 복심과 대화를 나누는 시간이 무엇보다도 소중했다.

마치 남녀의 만남 같았다. 두 사람이 알고 있는지는 몰라도, 그들의 거리는 평소보다 더 가까워진 것 같았다.

"그렇군요, 타쿠토 님께서 무슨 생각을 하시는지 전부 이해했어요. 확실히 이제까지 수세에 서서 호된 꼴을 당했으니까, 한번 공세로 나서서 마구 휘젓고 싶네요."

그래서 다음으로 꺼낼 문제만큼은, 아투가 아닌 누구와도 이야기할 생각은 없었다.

"아투는…… 신을 본 적이 있어?"

맥락도 없이, 정말로 갑자기 타쿠토는 그런 말을 꺼냈다.

갑자기 바뀐 화제에 아투가 눈을 끔벅거리며 타쿠토를 바라봤다. 하지만 타쿠토는 그녀를 진지한 눈빛으로 바라보고 있었다.

"예? 신……이요? 이름을 부르기도 싫은 어릿광대가 타쿠토 님을 신이라 불렀는데, 그것과는 또 다른 이야기겠죠?"

고개를 끄덕이고 타쿠토는 천장을 올려다봤다.

그리고 잠시 생각에 잠기더니 손을 슥 내저어 무언가 신호를 보냈다.

"타쿠토 님……?"

근처에 숨어서 호위하던 《반편이》의 기척이 멀어지는 것을 느낀 아투는 곤혹스러운 듯 타쿠토의 이름만을 불렀다.

오랫동안—— 그렇게 표현해도 되는지는 알 수 없지만 그래도 긴 시간을 함께 한 사이다. 타쿠토의 의도가 무엇인지는 그녀도 알 수 있었다.

이것이 그렇게까지 중요한 이야기인지 곤혹스러웠다.

의지가 없이 타쿠토에게 절대복종하는 NPC인 부하 유닛을 멀리 물리면서까지…….

아투는 허를 찔려 멍하니 타쿠토를 바라보다가, 자신이 타쿠토의 질문에 대답하지 않았다는 사실을 떠올리고 황급히 대답했다.

"시, 실례했어요! 그게…… 신에 대해서는 알 수 없다고 생각해요. 제 생각일 뿐이지만…….'

실제로 아투는 자신의 출신에 대한 기억이 애매한 탓에 대답도 애매해져 버렸다.

자신은 이 세계로 오기 전에는 어떻게 지냈을까?

타쿠토와 함께 『Eternal Nations』에서 보낸 기억은 분명히 있다. 이 세계에 온 뒤로 타쿠토와 함께 극복한 고난과, 힘들면서도 멋진 나날의 기억도 확실히 있다.

하지만 그 사이의 기억은 구멍이 뻥 뚫린 것처럼 애매했다——.

과연 이것을 보고해야 할까? 분명히 이상하지만, 동시에 과한 걱정 같기도 했다.

아마 아무것도 없었다는 것이 정답이리라.

아투가 판단하기 힘든 이야기에 고민하는 동안 이야기가 넘어 갔는지, 타쿠토는 자신이 가진 개념을 설명했다.

"……그 서큐버스 누나, 판명된 이름 그대로 바기아라고 부를까── 그녀가 뭐라고 했는지 기억해? 그녀는 선언 당시에 '신'의 이름을 꺼냈어."

"《《확대의 신》》……이었던가요. 그런 존재는 이제까지 들어본 적도 없어요."

신…… 그러니까 초현실적인 존재. 사람의 이해 밖에 존재하는 초월적인 무언가.

때로는 사람의 집합 의식이나 우주 그 자체로도 비유되는 그런 존재가, 지금 타쿠토에게는 가장 큰 고민이었다.

"우리가 지금 무언가 현실을 초월한 존재의 간섭을 받고 있다는 것은 추측할 수 있어. 애초에 나랑 아투가 형태를 가지고 이 세계로 전이한 것도 이상한 일이야. 자연적인 일이 아니라 누군가의 손길이 닿았다는 게 더 좋은 설명이겠지."

"그러니까 저희가 이 세계로 온 것, 그리고 이제까지 타쿠토 님과 싸운 수많은 적들 뒤에는 모두 그 '신'이라는 게 있다는 건가요?"

"내 생각일 뿐이지만."

아투의 표정이 어두워졌다.

『Eternal Nations』에도 신은 존재한다.

예를 들면 타쿠토가 개념을 사용했던 《이름도 없는 사신》 같은 것들이다.

그 밖에도 『Eternal Nations』에는 신이 여럿 존재하지만 그것들은 유닛이거나 지도자이거나, 또는 이야기의 핵심인물인 정도였다.

무대 장치의 일부에 불과했다는 것이다.

하지만 타쿠토가 이야기하는 것은 그런 가짜가 아니었다.

세계의 창조나 파괴, 현상이나 개념을 담당하는, 그야말로 만물 위에 존재하는 자.

게임이나 소설에서 나오는 신이 아니라 더더욱 거대한 존재.

타쿠토의 말에서 그것을 파악한 아투는 말할 수 없는 불안을 느끼고 말았다.

"그러니까 이 회담의 미래는 전혀 알 수가 없어. 적어도 단순히 사이좋게 지내자는 식으로 풀리진 않겠지."

"……타쿠토 님은 이번 회담이 무언가 신의 의지와 엮여 있다고 생각하시나요?"

아투가 불안한 듯 타쿠토에게 물었다.

어중이떠중이 적대자라면 얼마든지 물리치겠다. 설령 그것이 플레이어라고 해도.

하지만 신이라면…… 그것도 타쿠토와 아투를 이 세계로 보낼 수 있을 만큼의 힘을 가진 존재라면…….

미지란 공포. 모른다는 것은 때로 죽음으로 직결된다.

영웅이라 불리며, 타쿠토 앞에 서서 수많은 적을 저 세상으로 보낸 아투.

그녀가 품은 가장 약한 감정을 누가 책망할 수 있을까.

"《《확대의 신》》이라는 게 우리가 이해할 수 있는 존재라고 생각하는 건 위험해."

그 말에 아투는 끄덕였다.

플레이어 배후에 존재하는 신.

과연 어떤 의도를 가지고 모두를 이 세계로 불렀을까?

의문은 끝이 없었다. 하지만 아투가 품은 결의와 감정은 전혀 달라지지 않았다.

'어떤 일이 벌어지더라도 저는 타쿠토 님과 함께할 거예요…….'

그녀는 타쿠토만의 영웅이니까.

"그래도 우리가 해야 할 일은 사실 심플해. 우선은 마이노그라를 더 강한 나라로 만들고, 이슬라를 부활시키기 위해서 차원 상승 승리를 달성하는 거야."

아투는 타쿠토의 말에 얼른 고개를 끄덕였다.

그 모습에 타쿠토도 만족했다.

타쿠토도 아투가 곤혹스러워할 것은 어느 정도 예상했다. 갑자기 신 같은 말을 꺼내더라도 당연히 이미지가 뚜렷하게 떠오르지 않는다.

사실 타쿠토 본인도 그다지 와 닿지 않았다.

마치 꿈 이야기를 하는 것처럼 세세한 부분이 안개로 뒤덮여 있다고 느꼈다.

하지만 지금은 그 기묘한 감각이 타쿠토를 확신으로 이끄는 등불이었다.

'지금 생각해보면 레네아 신광국에서 부딪친 테이블 토크 RPG 세력은 신의 의지를 받아들인 것 같았어. 게다가 엘프루 자매의 이야기로는 마왕군 역시 그랬을 수도 있어.'

테이블 토크 RPG 세력의 마녀 에라키노나 그녀의 마스터인 플레이어 쿠하라는 신의 정보를 숨겼으니까 자세히 알아낼 수는 없었다.

마왕군 역시도 몇 번인가 신의 이름을 꺼냈지만 구체적으로 이야기한 적은 없었다.

그리고 이번에 서큐버스 진영이 선언한 것.

정보는 적을지라도 명백하게 알 수 있는 것이 있었다.

'마녀 바기아가 자기 신을 《《확대의 신》》이라 불렀지. 그럼 그 이름을 알 수 있는 계기가 있었을 거야. ……다른 세력은 명확하게 신의 간섭을 받고 있어. 이건 상황을 봐도 명백해.'

'어째서 마이노그라에게는, 내게는 신이 간섭하지 않지? 테이블 토크 RPG의 플레이어인 쿠하라 군과 싸울 때는 틀림없이 더욱 상위 차원에서 무언가 충돌이 발생했어. 그렇다면 우리도 신의 비호 아래 있다는 거겠지…….'

'대체 무슨 생각일까……. 가능하다면 한번 대화를 나누어보고 싶은데…….'

타쿠토의 사고는 점점 깊이 가라앉았다.

신이라는 존재의 의도에 대해서.

자신의 신은 대체 어떤 존재인가? 그리고 그 존재는 자신에게 무엇을 바라는가? 왜 자신들에게 간섭하지 않는가? 깊이, 깊이 사고가 가라앉고, 이윽고 사고의 바다 밑바닥, 이제까지 도달한 적 없는 깊은 어둠의 밑바닥에 다다랐을 때, 타쿠토의 눈앞에——.

"타쿠토 님—— 타쿠토 님! 무척 오래 생각하고 계신데 괜찮으세요? 마실 걸 가져올까요?"

아투의 목소리에 타쿠토는 몸을 들썩였다.

그 반응에 아투도 놀랐는지 눈을 동그랗게 떴지만, 타쿠토는 마음속의 동요와 곤혹을 들키지 않도록 무척 밝은 목소리로 말했다.

"어, 미안해. 생각할 게 좀 있어서. 그러네, 따듯한 거라도 부탁할까. 미안하네."

"고민스러운 문제를 지나치게 신경 쓰셨으니까요…… 그럼 바로 가져올게요."

………

……

…

"신……이라."

아투가 인사를 하고 나가자 타쿠토는 크게 한숨을 내쉬고 옥좌에 깊이 몸을 기댔다.

알 수 없는 일들만 가득하지만, 무언가 터무니없이 귀찮은 일이 벌어질 것 같다는 예감만큼은 결코 씻어낼 수 없는 얼룩처럼 타쿠토의 마음에 들러붙어 있었다.

   플레이어와 관련된 문제. 신과 관련된 문제.

   타쿠토의 고민은 끝이 없었다. 게다가 국가도 통상적으로 운영해야 한다.

   게임에서는 플레이어가 질리지 않도록 이벤트를 빽빽하게 만들어놓는 것이 일반적이다. 그런 부분까지 게임을 따를 필요는 없었다며 타쿠토는 이 상황에 살짝 질려버렸다.

   똑똑 문을 두드리는 소리, 그리고 아투의 목소리가 들렸다.

   휴식을 위한 음료를 가져왔나 보다.

   일단 목부터 좀 축일까. 타쿠토는 그런 생각을 하다가, 아투와 함께 들어오는 다른 인물을 봤다.

   "기다리셨죠. 타쿠토 님."

   "왕이시여, 저도 실례하겠습니다."

   "아, 에므루도 왔구나. 어서 와."

   아투와 함께 음료가 담긴 쟁반을 가져온 것은 다크 엘프 내정관 에므루였다.

타쿠토로서는 누가 오더라도 항상 환영하지만, 오늘은 에므루가 비번이었다는 것을 떠올리고 의문을 품었다.

해답은 바로 나왔다.

"너무 열심히 생각만 하시는 것 같아서, 휴식할 겸 달콤한 걸 준비했어요. 에므루는 마침 주방에서 뭘 하고 있으니까 데려왔어요."

"죄, 죄송해요, 그만……."

"하하, 사람은 많을수록 즐거운 법이야. 그럼 모처럼 왔으니까 회의실 쪽에서 좀 쉬도록 할까."

에므루가 든 쟁반에는 상당한 양의 수제 과자가 담겨 있었다.

【궁전】에 설치된 넓은 주방에서 취미 생활에 몰두하고 있었나 보다.

평소에 주방은 거의 사용하지 않는데, 의외로 쓰는 사람이 있었다며 감탄하는 타쿠토. 자신도 요리나 무언가 기분을 전환할 수 있는 취미에 도전해볼까? 그렇게 생각하며 커피를 바로 입에 댔다.

………

……

…

뇌를 혹사하면 달콤한 것이 당긴다.

아투와 에므루가 준비해준 다과는 정말로 타쿠토의 온몸에 퍼져서 혈당치를 올리고 활력을 주었다.

자신의 신체 상태를 잘 아는 타쿠토는, 아직 자신이 일반적인 인간—— 그것도 전생 당시의 인간과 똑같이 움직인다는 사실에 놀라움을 느꼈다. 반대로 영웅《이름도 없는 사신》이나《이라교》 신도의 기도에 따른 부스트도 생각했다.

과연 자신은 인간인가.

귀찮은 일만 없다면 인간이 아니라도 상관없지만, 반대로 귀찮은 일이 있다면 사양하고 싶기도 했다.

타쿠토는 때를 봐서 자기 자신도 조사해야겠다고, 쌓인 업무가 또 하나 늘어난 것을 실감했다.

"왕과 아투 씨는 오늘은 아침부터 계속 함께 계신데, 무엇을 하고 계셨나요?"

타쿠토가 커피를 모두 비우고 후우, 한숨 돌린 타이밍에 에므루가 화제를 찾듯이 말을 꺼냈다.

아투와 조금 특수한 이야기를 나누고 있었으니까 어떻게 설명할지 몰라서 머뭇거렸다.

"어———……."

"앗! 호, 혹시 여쭈어보면 안 되는 일이었나요?! 죄, 죄송합니다! 저도 참!"

"아, 아니에요! 뭘 착각하는 건가요! 이상한 착각하지 말아요, 에므루!"

타쿠토의 태도를 어떻게 받아들였는지 에므루가 금세 얼굴을 붉히며 사죄했다.

게다가 아투까지 얼굴을 붉히더니 당황한 듯 부정했다.

"아니, 서큐버스의 제안에 대해서 이야기했어. **신의 나라**와도 엮여 있으니까, 가능하다면 우리끼리 대화를 해두고 싶었거든."

이상한 착각을 하는 두 사람과는 달리 타쿠토만큼은 냉정하게 설명했다.

다크 엘프들을 국가의 운영에 참가시킨다는 방침이니까 타쿠토와 아투가 지나치게 단둘이서 결정하는 것은 피하고 싶었다.

에므루는 이상한 착각을 하는 모양인데, 몰타르 옹이나 기아가 이것을 전해 듣고 불안이나 불만을 품는 것도 바람직하지 않다.

그래서 타쿠토는 이 일만큼은 예외적으로, 다크 엘프들이 개입할 여지는 없다는 분위기를 넌지시 전했다.

타쿠토는 플레이어 관련 화제를 항상 이런 식으로 얼버무렸다.

"그랬나요. 저도 참, 대, 대체 무슨 상상을…… 정말 죄송합니다! 그러네요, 왕과 아투 씨가 단둘이서, ……저도 참 무슨 상스러운 생각을!"

"괘, 괜찮아."

그렇지만 에므루의 반응을 보면 타쿠토의 쓸데없는 걱정이었나 보다.

자신이 얼마나 엉뚱한 상상을 했는지 깨닫고, 한창때인 그녀는 조금 전보다도 오히려 더 당황했다.

솔직히 무슨 상상을 했는지는 신경 쓰이지만, 섣불리 건드려봐야 긁어 부스럼이니까 이대로 아무 일도 없었다고 넘어가기로 했다.

타쿠토는 이곳에 몰타르나 기아가 없어서 내심 안도했다.

충성심이 강한 두 사람이 있었다면 에므루의 태도를 틀림없이 질책했을 테고, 그 과정에서 에므루가 품은 그 상상이 훤히 드러날 테니까.

그건 그것대로 타쿠토에게 무척 부끄러운 일이니까 사양하고 싶었다.

"그건 그렇고 서큐버스인가요……. 저희에게는 전설 속의 존재. 설마 현실에 나타날 줄은 몰랐어요. 게다가 그 거대한 환영도…… 혹시 서큐버스들은 왕처럼 신의 나라에서 찾아온 걸까요?"

"그럴지도 몰라. 신의 나라 이야기는 너희가 알아선 안 되는 것도 있어. 그러니까 아투랑 이야기한 거야."

"아뇨, 그런 이유였다면 당연하겠죠. 하지만 저희 다크 엘프도, 전력을 다해 왕께 힘이 되어드리고자 노력한다는 것만큼은 부디 알아주세요."

"절대 마음대로 이야기를 진행하진 않을 테니까 안심해. 나도 너희를 의지하고 있어."

"그보다도 에므루. 당신들의 헌신이 없다면 저와 타쿠토 님께서는, 비유가 아니라 정말로 잠 한숨 못 잘 테니까 일하는 건 필연이에요."

"현재도 다들 잠은 부족한데……."

이 정도가 타당한 설명일까.

타쿠토도 이것은 아직 더듬더듬 탐색 중인 상황이었다. 가능하다면 정보를 공유해두고 싶지만 그렇다고 지나치게 공유하는 것도 위험하다.

다만 최소한 적이 방심할 수 없는 존재라는 인식은 가지고 있는 모양이니까 현재로서는 괜찮다고 생각했다.

에므루가 만든 구운 과자를 덥석 입에 넣었다.

달콤한 맛과 향기가 입안 가득 퍼졌다. 질 좋은 버터, 우유, 밀가루를 충분히 사용했다. 타쿠토는 애석하게도 과자는 잘 모르니까 지금 먹은 것이 무엇인지 모르지만, 이전에 긴급 생산으로 현대의 레시피 책을 몇 권 만들어준 적이 있으니까 그 책에 있는 과자일 것이다.

당분이 몸을 돌고 천천히 머리가 깨어난다.

"후우. 일단 회담 이야기는 나중에 해도 되니까, 앞으로 다크 엘프들도 함께 세세히 검토하자. 그렇지, 본 회의는 나중에 정식으로 진행하기로 하고, 모처럼 에므루가 와줬으니까 현재 상황이라도 확인해둘까. 아투, 에므루. 어때?"

어차피 휴식이 끝나면 논의가 다시 시작된다.

조금 느슨한 모양새가 되겠지만 음료와 과자를 두고서 이야기하는 것도 나쁘지는 않겠지.

그런 의미를 담아서 제안해봤더니 아투와 에므루도 호의적으로 대답했다.

"예, 그럼 현재 올라오는 보고를 전달해 드릴게요."

"모처럼 휴식 시간이니까 이야길 해볼까요, 타쿠토 님."

다른 다크 엘프들과 회의를 통해 세세한 내용을 검토하겠지만 사전 확인은 필요했다.

특히 타쿠토는 얼마 전에 완치되었다. 실제 몸 상태는 문제없지만 그래도 오랫동안 일종의 혼수상태였다.

자신의 머리가 녹이 슬지는 않았는지를 확인한다는 의미에서도. 타쿠토는 만약에 대비해서 사전에 정보를 정리해두기로 했다.

"우선 이번 전투── 레네아 신광국이었던 공백 지대에서 발생한 퀼리아 세력과의 전투 결과예요. 비토리오 씨와《일기의 성녀》의 전투가 벌어진 결과, 일기의 성녀가 각성. 원래 예정이었던 남방주 장악은 실패. 다만 정통 대륙과의 접속 영역에 있는 도시 셸드치는 우리나라로 편입, 지역 일대를 장악하며 퀼리아 방면 최전선이 되었어요."

"응, 비토리오의 보고, 그리고 이쪽에서 확인한 정보와도 맞아. 일기의 성녀의 동향은 알 수 없으니까 주의가 필요하지만, 아무래도 그녀는 컨트롤이 불가능한 것 같으니까 얼마든지 방법은 있어."

"퀼리아도 지금은 붕괴한 레네아 신광국 지역의 재건으로 바쁘겠죠. 적극적으로 우리한테 손을 쓸 여유는 없을 것 같아요, 타쿠토 님."

설화의 영웅 비토리오가 레네아 신광국이 남긴 토지를 장악하고자 암약한 사건은 이드라기아 대륙에 큰 변화를 초래했다.

마이노그라는 새로운 영토를 확보했다.

정통 대륙과 암흑 대륙의 접속 영역과 레네아 신광국의 일부 영역이었다.

그것은 마이노그라의 국력이 강해지는 큰 성과였지만, 동시에 거대한 문제를 불렀다.

"그보다도 새로 편입한 도시가 신경 쓰이는데…… 어때?"

"왕께서 걱정하시는 것처럼…… 무척 아수라장이에요."

"역시 그런가……."

이것이 문제였다.

얻은 영역이 지나치게 거대해서 관리 능력이 따라가지 못했다.

당연한 일이었다. 그것은 기쁘면서도 몹시 골치 아픈 고민이었다.

"서둘러서 인재도 육성하고 있지만, 그 이상으로 확장 속도가 지나치게 빨라요. 아마도 다음 회의에서는 이 문제를 주로 다룰 것 같아요."

"드래곤탄조차 간신히 진정이 된 느낌인데, 또 추가되었으니까요. 어쩌면 현재 마이노그라의 총인구를 넘어설지도 몰라요."

'게임에서는 도시를 편입하면 몇 턴 동안 도시가 혼란 상태에 빠지는데, 이쪽은 국가 규모로 혼란이 벌어지나.'

과거의 기억을 떠올렸다.

게임과 현실은 다르다. 그것은 이 세계에 온 뒤로 뼈저리게 실감했다. 하지만 서류 작업에서 가장 크게 느낄 줄은 몰랐다.

이 문제는 전생에서는 선진적인 과학 기술과 행정 시스템이 있어도 여전히 존재하던 난적이었다.

상업 AI가 발전한다면 인류의 생활은 돌변한다는데, 그럴지라도 인류와 서류의 우정은 영원히 계속될 것이다.

"일단은 임기응변으로 가야 할까. 다행히 셸드치는 주민이 이라교 신도야. 마이노그라에 순종적이니까, 일단 레네아 신광국이었던 무렵의 통치 시스템을 그대로 옮겨놓고 시간을 들여서 손을 대자. 겸사겸사 비토리오에게 일을 시키는 것도 나쁘지 않아."

"일을 할까요?"

"일을 시키는 거야. 억지로라도."

게임에서 비토리오는 컨트롤할 수 없다고 설정되어 있다.

하지만 여기서도 현실과 게임의 차이가 있는지, 어느 정도라면 이쪽의 이야기를 들어주기는 했다. 정말로 어느 정도이지만.

아마도 상하관계가 정립된 덕분이겠지만, 그것이 없었다면 어느 정도의 컨트롤조차 불가능했다.

그래도 비토리오의 능력은 뛰어나다. 특히 내정에서는.

그는 모든 스킬이 타인을 괴롭히는 것에 특화되어 있지만, 뛰어난 두뇌 덕분에 가진 스킬이기도 하니까 필연적으로 머리가 좋다.

이라고 뒤에 군림하는 이유가 있었다.

"머리만큼은 뛰어나니까요. 저것도 쓸데없는 짓만 안 한다면 마이노그라에게 유익했을 텐데……."

"뭐, 그것도 비토리오의 매력이야."

아투의 비난을 타쿠토는 적당한 대답으로 얼버무렸다.

다르게 보자면 비토리오를 감싸는 것 같은 그 대답을 듣고 아투가 미간을 찌푸렸다.

기분이 나빠질 전조를 바로 알 수 있었기에, 머릿속으로 그녀가 기뻐할 법한 말을 몇 가지 고르던 그때였다.

누군가 똑똑 문을 노크했다.

"들어 와."

얼른 아투와 에므루에게 시선을 보내며 끄덕였다.

의자에서 일어선 에므루가 담화실 문을 열자 몰타르 옹이 있었다.

"실례합니다. 왕이시여, 저희로서는 조금 판단하기 어려운 일이 있어서── 드래곤탄에 머무르고 있는 어느 여행자가 왕께 알현을 청하고 있습니다."

테이블 위에 놓인 식기와 먹던 과자를 흘끗 보고 몰타르 옹은 한순간 에므루에게 날카로운 시선을 보냈다.

나중에 제대로 커버해주자고 타쿠토가 생각하는 동안, 아투가 그에게 상세한 설명을 요구했다.

"왕께서 신분도 모를 자와 만나실 이유도 필요성도 없습니다. 하지만 당신이 여기까지 이야기를 들고 왔다면 다른 이유가 있겠죠, 몰타르 옹."

마이노그라의 왕 정도 되면 밤낮으로 다양한 사람이 알현을 청한다.

불손하게도 자신의 입장도 모르고 사악한 존재와 거래를 하려는 자도 적지는 않다. 상인, 용병, 음유시인, 정체를 알 수 없는 자들이 타쿠토와 한 번이라도 만나려고 악전고투하는 것이 현재의 드래곤탄이었다.

하지만 그렇게 시간을 할애할 가치가 없는 녀석들에게는 몰타르보다도 더 밑의 사람이 대처하고 있었다. 물론 문전박대로.

그가 이곳에 왔다면 중요성이 높다고 판단했다는 의미였다.

대체 누가? 거듭 생각해봐도 지금 자신과 접촉을 바라고 있을 중요도 높은 인물이 전혀 떠오르지 않았다.

어떤 이름이 나올까? 타쿠토가 가슴속에 작은 흥분을 품으며, 노련한 다크 엘프의 입에서 나올 이름을 기다렸다.

그리고…….

"예. 그자는 우리가 모르는 기이한 행색이지만 분위기는 일류 전사. 그리고 무엇보다── 자신을 『용사』라 칭하고 있습니다."

타쿠토가 미간에 깊은 주름을 새겼다.

'이것 참. 벌써 《반편이》를 대역으로 운용할 필요가 생겼네.'

눈앞에 몰타르 옹이 있으니 어이없다며 한숨을 내쉴 수도 없었다.

한숨을 내쉬더라도 이 상황이 호전될 리도 없지만…….

타쿠토는 운명의 톱니바퀴가 자신들의 상상을 넘어서는 속도로 계속 돌아가는 것을 실감했다.

SYSTEM MESSAGE

현재 마이노그라가 보유한 전력……

【도시】

수도　　대주계

도시　　드래곤탄

　　　　셀드치

【휘하 유닛】

영웅　　오니의 아투

　　　　엘프루 자매

　　　　행복해지는 설화 비토리오

유닛　　족장충　목 따는 벌레　브레인 이터

　　　　거대 파리지옥　파멸의 정령

　　　　반편이

【대외 세력】

폰카븐　　　　　　　　동맹

성왕국 퀄리아　　　　냉전

레네아 신광국　　　　멸망

엘 나 정령계약연합　　냉전

OK

제2화 용사

마이노그라가 양도받은 이후로 눈부시게 발전한 드래곤탄. 비토리오가 타쿠토를 신으로 숭배하는 종교── 통칭 《이라교》를 만들고 전파해서, 도시 자체가 굉장한 속도와 이질적인 분위기로 개발되고 있는 마이노그라 제2의 도시였다.

사악한 국가의 도시라고는 여겨지지 않을 만큼 활기로 넘쳐나며, 왕인 이라 타쿠토의 권위와 힘이 어느 정도인지를 존재 자체로 만민에게 보여주는 거리.

하지만 행정 중추인 시청은 오랜만에 삼엄한 분위기로 가득했다.

이날, 타쿠토와 어느 인물이 회담을 진행할 예정이었으니까.

그 인물은 바로 '용사'── 마왕군, RPG 진영과 무언가 관련이 있다고 여겨지는 자.

과연 어떤 이유로 마이노그라와 접촉하려는 것인가?

그저 사기꾼이라면 기우였다고 가슴을 쓸어내릴 수도 있다.

하지만 타쿠토가 그와의 알현을 승낙했으니까 그럴 리는 없었다.

그저 흐린 하늘이 위태로운 미래를 이야기하는 것만 같았다.

드래곤탄 시청 응접실, 과거에 《브레인 이터》가 처참한 살상을 벌인 그곳에서는 현재 타쿠토와 아투, 그리고 그들에게 알현을 청한 두 남녀가 마주하고 있었다.

　방에 감도는 무거운 분위기.

　답답한 그것을 억지로 떨쳐내듯이, 남자가 뜻을 다지고 입을 열었다.

　"어―, 굳이 여기까지 와주다니 미안하네! 설마 **처음**부터 네가 만나줄 거라고는 생각하지 않았어. 으―음, 마이노그라 왕이라고 하면 될까? 그게, 임금님이 상대라도 존댓말 같은 거 익숙하지 않으니까 좀 봐줘!"

　"……난 괜찮아."

　경박하게 말하는 남자의 나이는 대략 열일곱, 열여덟 정도. 타쿠토보다 동갑이나 한 살 연상. 비슷한 나이로 보였다.

　크게 신경 쓸 일은 아니었다. 얼핏 보면 아무 특이할 것도 없는 남자였지만, 독특한 옷차림이 그 남자가 타쿠토와 같은 플레이어임을 확실하게 드러냈다.

　'《반편이》 너머라고는 해도, 플레이어 본인은 처음 보네……. 이렇게 보면 나랑 그렇게 차이도 없는데, 이 사람도 『브레이브 퀘스투스』 같은 게임의 최강 플레이어일까.'

　이 세계에서는 보기 드문 검은 눈동자와 검은 머리카락. 본 적은 없지만 자신의 세계에서도 비교적 흔한 디자인의 교복.

　그리고 『브레이브 퀘스투스』 아이템으로 보이는 허리춤의 칼.

　얼핏 봐도 높은 소통 능력이 느껴지는 상쾌한 미소와, 사적인 거리까지 거침없이 들어오는 친근한 태도.

자신을 용사라 자칭하는 남자는 마치 소설 주인공이나 순정만화 캐릭터 같은 사람이었다.

타쿠토는 조용히 남자를 관찰했다.

너무나도 잘 완성된 캐릭터성 탓에 이것이 위장일 가능성도 생각했지만, 천장 뒤에 숨어 있는 《반편이》의 간파 능력으로도 지금은 딱히 경고도 없었다.

상당히 특수한 고도의 능력을 사용한다면 모를까, 자신과 달리 눈앞의 인물은 틀림없이 본인일 것이다.

'최강 플레이어이면서 소통 능력까지 가지고 있다니…… 상대하기 힘든 사람이네.'

『타쿠토 님, 그자가 틀림없어요.』

소파에 앉은 타쿠토 옆에서 경계하는 태도를 감추려 하지도 않는 아투가, 조금 엉뚱한 감상을 품고 있던 타쿠토에게만 들리도록 텔레파시로 보고했다.

용사라 자칭하는 자가 알현을 청한다는 보고를 받은 시점에서 짐작은 하고 있었다.

그러니까 『브레이브 퀘스투스』 마왕군과 전투할 당시, 마왕과 쌍둥이 자매의 전투에 갑자기 난입한 외부인. 그 남자다.

아투의 시선을 통해 타쿠토는 이미 그의 언동과 복장을 알고 있었기에, 이 남자가 『브레이브 퀘스투스』── 그러니까 RPG 세력의 플레이어가 틀림없다고 확신했다.

그래서 타쿠토는 이 면회를 받아들였고, 지금도 최대한 경계하면서 앉아 있었다.

상대가 험한 일을 벌이더라도 타쿠토 본인에게는 일체 피해가 없도록 주도면밀한 준비를 하고서.

『일단 상대의 태도를 볼게. 필요한 게 있으면 그때마다 텔레파시로 지시할 테니까, 지금은 경계하면서 조용히 있어주겠어?』

『알겠어요. 무슨 일이 있다면 바로 명령해주세요.』

상대가 수상쩍게 느끼지 않도록 짧은 시간에 부하와 대화를 마치고, 타쿠토는 이 세계에서 처음으로 다른 플레이어와 평화적인 접촉을 시작했다.

"자, 이렇게 우리 영역으로 와준 것에 우선 감사하지. 마이노그라 지도자, 이라 타쿠토야. SLG 플레이어라고 하면 이해가 더 잘 될까?"

"어, 어어! 그러면 돼!!"

왕 역할극은 솔직히 자신 없었다.

게다가 최근에는 다크 엘프들 앞에서 본모습을 지나치게 드러내다 보니, 격식 차린 태도는 오랜만이기도 했다.

하지만 그 정도 긴장감을 가져야 상대에게 위압감을 줄 수도 있고, 자칫 방심한다면 금세 밑천이 드러난다.

그런 의도를 가지고 《파멸의 왕》으로서 발언했는데, 상대에게서 제대로 주도권을 빼앗았나 보다.

본거지인 대주계로 들이는 것은 싫었다. 그렇다고 시청 응접실에서 알현한다니. 일국을 통치하는 왕으로서는 이상하다고도 할 수 있는 대응이지만, 어쨌든 넘어갈 수 있을 것 같아서 안심했다.

"이것 참, 갑자기 약속을 잡아서 미안해. 이런 분위기는 아무래도 익숙하지가 않거든! 나는 일단 RPG 플레이어라고 해야 되나? 카미미야 데라유라고 해. 성씨는 조금 어려우니까 가볍게 유라고 불러줘, 잘 부탁해."

"그건 지금부터 나눌 이야기에 따라서 다르겠지. 자, RPG 플레이어 카미미야 데라유. 우리와 너는 결코 우호적인 사이라고 볼 수 없는 입장이야. 어째서 이런 기회를 바랐는지 경위를 이야기해 주겠어?"

용사라고 해도 상대는 RPG 세력이다.

그러니까 과거에 격파한 마왕군도 그의 시스템 범주에 들어간다는 것이다.

그렇다면 명확하게 자신들의 적이자 현재도 전쟁 중인 사이, 그것도 상대가 일방적으로 공격했다.

그것을 알면서도 뻔뻔스럽게 이곳을 찾아온 것 자체가 이해하기 힘들었다.

하지만 마왕군과 싸울 당시, 마지막 장면에서 그는 바라지 않은 일이라고는 해도 엘프루 자매를 도왔다.

마왕군과 용사는 결코 우호적인 관계가 아니다.

파멸의 왕처럼 부하로 소환해서 지배하는 입장이 아니니까.

타쿠토가 그와 대화를 결심한, 유일한 이유였다.

대체 어떤 말이 나올까.

『Eternal Nations』나 다른 게임에서 다양한 상황을 경험한 타쿠토도 이런 대화는 처음이었다.

싸우든 손을 잡든, 우선은 상대의 스탠스부터 파악해야 하는 법이다.

"으, 그게…… 으음……."

하지만 예상과는 달리 유는 말을 머뭇거릴 뿐이었다.

조금 과하게 위압했나 보다. 상대를 지나치게 경계했나? 혹은 연기인가? 상대도 자신과 같은 곳에서 왔다면 이런 거친 일이나 교섭에는 익숙하지 않은가? 몇 가지 예측이 순식간에 머릿속을 맴돌고, 이쪽에서 조금 도움을 주어야겠다며 말을 건네려던 그때였다.

"주인님께서 긴장하고 있어! 힘내세요, 주인님!"

"어, 응! 고마워!"

조금 전까지 용사 옆에서 입을 다물고 있던 소녀가 응원하는 말을 건넸다.

타쿠토 옆에 있는 아투 맞은편에 앉은 소녀였다.

타쿠토는 들키지 않도록, 조금 전까지는 전혀 기척을 느낄 수 없었던 소녀를 관찰했다.

'…………복장이 좀 이상하네.'

나이는 용사보다 조금 어린 정도. 누더기를 걸치고 목줄을 찬 노예의 모습이지만, 두 사람은 당연하다는 듯 소파에 나란히 앉아 있었다.

그들은 주인과 노예치고는 조금 거리가 가까웠다. 굳이 따지자면 타쿠토에게 아투 같은, 가장 믿음직한 신하라고 표현하는 편이 옳을 것 같았다.

'그렇다면 왜 저런 복장이지? 그럭저럭 괜찮은 장식을 차고는 있지만⋯⋯.'

마법 도구일까, 아니면 무언가 장비일까. 양팔에 몇몇 장신구는 가치가 있어 보이는데, 막상 옷에 무심한 것은 의문이었다. 유와 달리 무기를 휴대하지 않은 것도 조금 기묘했다.

위화감이 앞서지만, 정보가 부족한 시점에서 판단은 성급하다.

하지만 용사인 이 남자와 함께 있다는 사실만으로도, 경계를 소홀히 할 이유는 없었다.

여하튼 지금은 정보가 필요했다. 일단 상황을 보기로 했다.

다행히도 노예 소녀의 응원을 받고 유도 용기가 생긴 듯했다.

조금 전의 어딘가 위축된 태도와는 달리, 지금은 다부지고 생기 넘치는 표정으로 이쪽을 진지하게 바라보고 있었다.

그렇게 판단하고 타쿠토는 일이 돌아가는 것을 지켜봤다.

"이번에 임금님한테 제안할 건 심플하게 단 하나—— 우리와 손을 잡고, 서큐버스들에게 대항하자."

이번에는 타쿠토가 다른 의미로 압도당할 것 같은 상황에서, 간신히 유가 본론을 꺼냈다.

'대항⋯⋯이라. 그 이야기는 고맙지만, 동시에 의문점도 늘어났어⋯⋯.'

유의 제안에 타쿠토는 마음속으로 투덜거렸다. 유도 이것이 무척 상식을 벗어난 제안이라는 건 아는지, 조금 겸연쩍은 듯 웃었다.

"주인님! 여기! 여기가 결정적인 대사를 할 포인트예요! 자, 얼른! 큐시트에요!!"

"어?! 진짜……, 그럼, 어흠!"

소녀가 수중에서 메모지 같은 것을 꺼내어 슬며시—— 타쿠토 일행에게는 빤히 보였지만, 유에게 보여주었다.

타쿠토가 예상한 것보다도 오랫동안 큐시트를 확인하던 유는 좋아, 라고 작게 중얼거리더니 연극 같은 표정과 태도로 양팔을 펼쳤다.

"다시, 내 이름은 카미미야 데라유. 담당 신은 《《장난치는 신》》, 전용 유희는 『브레이브 퀘스투스』—— 이 세계로 온, 불쌍한 신의 장기말(플레이어)이야."

마치 소설의 한 장면 같이, 과장스럽게 연기하듯 말하는 유.

당당한 그 태도와 스스로에게 자신감 있는 표정을 마주하고, 타쿠토는 참으로 거북한 타입이라며 솔직한 감상을 품었다.

브레이브 퀘스투스 wiki

용사

어둠을 떨쳐내는 우리의 히어로
세계를 지키기 위해 마왕군과 싸운다!

플레이어가 조작하는 주인공.
용사는 종합적인 전투 능력이 뛰어나고 보조 마법이나 회복 마법 등도 쓸 수 있는 편리한 존재.
또한 용사 전용 장비나 아이템 등도 이용할 수 있으니까 종합적인 능력은 파티 최강.
다만 마법사나 전사 등 특화형 캐릭터에게는 전문 분야에서 뒤처지니까, 부족한 부분을 동료로 보충할 필요가 있다.

타쿠토는 아무 말도 할 수 없었다.

유에게 압도당했으니까.

단순히 상대에게 위축된 것이 아니었다.

지금 보여주는 그의 만족스러워 보이는 얼굴과, 마치 동화 속 왕자님이라도 보는 것 같은 노예 소녀의 반짝반짝 눈동자. 그리고 무엇보다도 부끄러운 그의 대사에, 자신 안에 있는 또 하나의 자신이 얼굴을 감싸고서 데굴데굴 굴러다니고 있었으니까.

타쿠토의 마음속에서 소용돌이치는 공감형 수치심을 아는지 모르는지, 이들 용사와 노예는 두 사람의 세계로 돌입했다.

"괴, 굉장해요! 주인님, 너무 멋있어요!"

"어? 그, 그런가! 후후후, 역시 나와 버렸나. 나의 멋진 모습!"

"예, 굉장해요! 삼천 세계에 울려 퍼져요, 주인님의 멋진 모습!"

타쿠토가 필사적으로 수치심의 늪에서 빠져나오는 사이, 두 사람은 굉장히 들떠 있었다.

여자가 추어올리자 인중을 늘어뜨리는 태도는 이 자리에 도저히 어울리지 않았지만, 그의 인간성이나 사교성을 표현하기에는 더없이 효과적이었다.

간신히 진정된 타쿠토도 어딘가 인간미 있는 태도에 살짝 친근감을 품었다.

그렇지만.

상대가 스스로를 소개한 이상, 이쪽도 정식으로 소개할 필요가 있었다.

"조금 전에도 소개했지만, 이라 타쿠토야. 전용 유희는 SLG

『Eternal Nations』. 마이노그라를 통치하는 《파멸의 왕》이라고 소개하는 편이, 이쪽 세계에서는 이해가 더 빠를지도 모르겠네."

부끄럽지 않을 정도로 기합을 넣고, 타쿠토도 자신을 소개했다.

《전용 유희》 같은 단어도 솔직히 처음 들었다. 하지만 여기서 상대에게 의미를 물었다가 정보가 부족하다는 사실을 들킬 수는 없었다. 아마도 단어 그대로 어느 게임의 시스템인지 의미하는 것이라고 짐작해서 그대로 밀어붙였다.

그런 상황이라서 상대만큼의 임팩트는 없었지만, 지금은 딱히 임팩트를 겨루는 것도 아니니까 문제없었다.

아투가 당황했는지 텔레파시를 보냈다. 게임 이름을 밝혀서 놀랐을 것이다.

『괜찮을까요, 타쿠토 님…….』

『응. 나라 이름은 이제 와서 감출 수도 없고, 게임 이름도 이만큼 많은 게임 유닛을 운용하고 있으니까 아는 사람이라면 바로 알 수 있어.』

이만큼 마이노그라라는 이름이 퍼져 있는 이상, 이미 게임 이름을 감출 수는 없었다.

나라 이름만으로 『Eternal Nations』까지 추측할 수 있을까? 그렇게 생각할지도 모르겠지만, 드래곤탄에는 《족장충》이나 《브레인 이터》가 활보하고 있었다.

게다가 여러 특징적인 건축물에, 결정적으로 【인육의 나무】.

감추는 것도 헛수고였다. 『Eternal Nations』라는 게임을 모르더라도 SLG라는 사실은 통찰력 좋은 인간이라면 금세 알 수 있다.

그보다도 섣불리 속이다가 상대에게 약점을 잡히는 것이 더 위험했다. 상대는 플레이어.

서로가 대등한 입장이다. 빈틈은 없다. 그런 인상을 주는 것은 중요했다.

아투도 납득했는지 이후로는 또다시 명령한 대로 침묵을 유지했다.

'그건 그렇고⋯⋯.'

일이 조금 성가시게 돌아간다며 타쿠토는 내심 이를 갈았다.

'담당 신인가⋯⋯ 큰일이네.'

유는 《《장난치는 신》》이 자신의 담당이라고 조금 전에 이야기했다.

이 말만으로 상대의 배후에 신이라는 존재가 있다는 사실이 증명되었다. 그리고 이 세계가 신들의 대리 전쟁터라는 추측의 증거도 보강할 수 있었다.

천금의 값어치가 있는 정보라고 할 수 있지만, 반대로 타쿠토는 자신의 신을 모른다는 치명적인 문제가 발생했다.

"으—음, 모르는 게임이네⋯⋯. 그보다 원래 게임 자체를 잘 모르거든. 아, 하지만 **슈밀**레이션 게임은 알아!"

"**시뮬**레이션, 이야."

유는 게임 이름에 더 흥미가 있어 보였다.

립 서비스로 가볍게 『Eternal Nations』 설명이라도 해줄까? 상대가 그쪽에 더 흥미를 가져서 타쿠토의 신 이야기는 그냥 넘어간다면 좋은 일이다.

타쿠토는 그렇게 생각했다. 하지만 그의 의도는 맥없이 무너졌다.

"그러고 보니 주인님. 이라 타쿠토 님의 담당 신은 어떤 분일까요?"

"그래그래, 깜박했네! 담당 신은 어떤 녀석이야? 우리 신처럼 이상한 녀석일까?"

'쓸데없는 짓을⋯⋯.'

노예 소녀의 의도적인 행동인지 우연인지는 알 수 없었다.

하지만 이 상황에서 신의 이름을 대지 않았으니까 의문을 느껴도 이상하지는 않았다.

그녀가 지적하지 않았어도 유 본인이 자연스럽게 깨달았을 수도 있다.

불리한 내기는 당연하다는 듯 패배라는 결과로 끝났다.

의아해하는 유는 잠시 내버려 두고 타쿠토는 생각에 잠겼다. 과연 어떻게 대답해야 하는가.

애당초 담당 신이라는 명칭도 여기서 처음 들었다.

있을 것이라고 예측은 했지만, 의외의 상황에서 그것이 확정되었다.

테이블 토크 RPG 세력과의 전투 당시, 무언가 거대한 힘의 개입이 있었던 것은 타쿠토 스스로도 느꼈다. 아마도 신들 사이에서 벌어진 일이었을 것이다.

타쿠토 본인도 테이블 토크 RPG의 구조를 이용해서 GM 권한 그 자체를 손에 넣은 것은 상당한 규칙 위반이라는 자각은 있었다.

당연히 페널티가 있어야 했다.

테이블 토크 RPG의 신이 타쿠토에게 페널티를 내렸고 SLG의 신이 저지했다고 판단하더라도 무방했다.

그렇다면…….

'틀림없이, 나한테도 담당 신이라는 녀석이 있어.'

그렇다면 냉큼 자신을 만나러 와줬으면 좋겠다. 당신이 만나주지 않으니까 정보 부족으로 뒤처진다며 불평하고 싶기도 했다.

'게다가 "우리 신처럼 이상한 녀석인가?"라고 했지. 틀림없이 저쪽은 신이랑 직접 접촉하고 있겠구나. 어쩌면…… 아니, 틀림없이 신으로부터 무언가 정보를 받고 있겠지.'

유는 타쿠토와 함께 싸우자는 제안을 가지고 찾아왔다. 그리고 상대는 서큐버스 진영이다.

그런 결단을 내릴 정보를 그들은 가지고 있을 것이다. 단언할 수 있다.

상대는 신이 편의를 봐주고 있을 가능성이 높다.

진심으로 부러워하며 타쿠토는 생각했다.

'우선은 신의 이름부터 해결해야 해. 적당한 이름을 날조할까? 어차피 확인할 방법은 없어. 오히려 정정하러 내 담당 신이 와준다면 더 좋고.'

그런 생각 바로 떠오른 이름을 언급하려다가…….

"……《이름도 없는 신》."

타쿠토의 입에서 신기하게도 익숙한 말이 나왔다.

'……? 이 이름은, 확실히 적절한가. 하지만…….'

영웅 《이름도 없는 사신》.

그것은 타쿠토가 이 세계로 왔을 때에 매개체가 된 미설정 영웅의 이름이다.

현재는 누구라도 될 수 있는 특수하며 애매한 성격 때문에 일시적으로 봉인된 능력이기도 했다.

전에 싸운 쿠하라 케이지가 게임 마스터, 눈앞의 카미미야 데라유가 용사라면.

타쿠토는 《이름도 없는 사신》이라는 영웅 지도자인 것이다.

그 이름이 나왔다는 사실이 조금 신기하기도 했다.

'뭐, 그럴듯하게 신다운 이름인가? 《이름도 없는 사신》과 《《이름도 없는 신》》이라면 혼란시킬 수도 있을 테고. 이상한 이름을 붙이는 것보다는 훨씬 나을지도.'

"일단 그렇게 기억해줘."

그렇게 한마디 덧붙여서 대답했다.

《《이름도 없는 신》》

타쿠토는 자신의 담당 신을 그렇게 소개했다. 임시로 정한 이름이고 상대에게 이쪽의 정보 부족을 들키지 않기 위한 블러핑이지만, 상대가 그 사실을 알아차린 것 같지는 않았다.

"그런가. 그쪽 신도 이상한 이름이네. 뭐, 신들은 의외로 그런

법일지도 모르겠네!"

태평한 감상을 부럽다고 생각했다. 그 신이라는 녀석이 자신들의 운명을 제멋대로 휘두르고, 지금도 이 모습을 보며 웃고 있을지도 모르는데…….

타쿠토는 골치 아픈 문제에 정신이 없었지만, 스스로는 어떻게 할 수도 없는 일에 고민하며 끙끙대는 것 또한 무의미한 행동이라고 생각을 조금 고쳤다.

일단 보류. 영원히 보류하게 될지도 모르겠지만…….

여하튼 지금 중요한 것은 눈앞에 있는 유와 교섭하는 일이다. 여기서 하는 대답이 앞으로의 마이노그라에게, 나아가서는 타쿠토 일행의 운명에 틀림없이 큰 영향을 줄 테니까.

"그래서, 어떨까? 같이 서큐버스에게 대항하자는 이야기. 진짜로 저들과 우리는 양립할 수 없어. 반드시 부딪칠 운명이야."

제안 자체는 매력적이었다. 같은 플레이어 세력과 아군이 된다면 이만큼 든든한 존재는 없다.

특히 RPG라면 다양한 마법이나 능력이 존재한다. 상세한 시스템은 아직 분명하지 않지만 무언가 어드밴티지가 있다는 것은 확실했다.

하지만 바로 받아들일 수는 없었다.

"서큐버스에게 대항하자고…… 흥미로운 이야기지만, 그 전에 질문을 좀 할게. 우리는 전에 마왕군에게 습격을 당했어. 너와 저들이 어떤 관계인지 모르겠지만, 이걸 흐지부지 넘어갈 수는 없어. 교섭이든 뭐든 그 문제를 해결하는 게 우선이야."

잽을 날리는 느낌으로 지적하고 상대가 어떻게 나오는지를 살폈다.

진심으로 비난하는 것이 아니었다. 상대의 아픈 곳을 찌르고, 대답을 바탕으로 상대의 생각이나 방침, 그리고 숨겨진 목적을 추측하려는 의도였었다.

"어―, 그게 말인데, 미안해! 마왕군은 우리 신이 멋대로 소환한 녀석이니까 처음부터 내 관리 범위 밖이야. 그렇잖아? 마왕군을 부리는 용사라니 게임이라면 그야말로 엉망진창이야. 그런 건『브레이브 퀘스투스』가 아냐."

"그럼 마이노그라를『브레이브 퀘스투스』마왕군이 습격한 것도 네 뜻이 아니라고? 그런 이야기가 통할 거 같아?"

"그건 원래 우리의 실력 테스트용으로 준비했는데, 정말로 미안하다고 생각해."

"그렇게 형편 좋은 이야기가 있을 리가 없잖아. 너무 얕보진 마."

짜증 난 모습을 연기하며 거친 말투로 말했다.

동시에 텔레파시로 아투에게 지시를 내렸다.

그러자 옆에 있던 아투가 마치 주인의 뜻을 받든 것처럼 등 뒤에서 촉수를 만들어서 유 일행에게 들이댔다.

물론 보여주기만 하고 절대로 공격하지는 말라고 했다.

긴장감을 더하기 위한 연출에 불과했다.

'자, 어떻게 반응할까?'

"너희는 우리와 협력 관계를 구축하고 싶은 모양인데, 그것으로 우리가 얻을 장점을 제시하지 않았어. 특히 마왕군 조종 권한

이 없다는 걸 알았으니, 네 전력은 너와 거기에 있는 여자애가 전부겠지. 용사가 아무리 강하다고 해도, 너무나도 전력 차이가 크다고 생각하지 않아?"

타쿠토가 그렇게 흔들자 유는 조금 당황한 모습을 내비쳤다.

조금이라는 것이 포인트였다. 이것은 자신들이 위기에 처해서 당황한 것이 아니라, 굳이 따지자면 이야기가 엇나간다는 사실에 당황한 것처럼 보였다.

그는 혹시 여기서 마이노그라와 적대하더라도 최소한 도망칠 수 있다고 생각한다는 의미였다.

자신들을 무척 얕본다고 느꼈지만, 동시에 용사라는 능력을 받은 플레이어라면 그만큼 자신감도 있겠다며 납득했다.

"아니아니, 사실 매력적인 제안이라고 생각하는데. 진영 하나보다도 둘이 더 편하단 느낌이잖아. 응, 그래. 그렇지?"

"바로 그거예요, 주인님! 1 더하기 1은 2예요!"

'으—음, 여기까지 도발해도 전혀 신경 쓰질 않네…….'

아투에게는 공격하지 않도록 엄명했지만, 상대를 도발할 의도로 살기를 날리라고 지시했다. 그런데도 저런 태도를 보여주었다.

예전에 엘프루 자매와 대치하던 마왕을 일격으로 격파하기도 했으니까 실력은 상당하다.

이 이상 도발한다면 이쪽이 불리해진다. 타쿠토도 실제로 전투를 시작하고 싶은 것은 아니었다.

"확실히 수는 많으면 많을수록 좋겠지. 오합지졸로 변할 가능성은 있지만, 그래도 숫자는 힘이 돼. 아, 그렇구나. 인적 리소스의 문제인가. 서큐버스 군대에게 대항하기 위해서, 같은 군대를 가진 마이노그라와 손을 잡으려는 건가. 네 생각이 이해되네. ……그래서?"

그러니까 이쪽이 얻을 것은 무엇인가?

상대의 사정은 알았다. 인적 리소스가 부족하다는 것도, 이유가 있어서 서큐버스 진영과 확실히 적대한다고 생각하는 것도.

하지만 그것은 상대의 현재 상황을 밝혀낸 것뿐이다. 아직 이야기를 들어볼 여지는 있겠다고 판단한 단계이고, 게다가 현재는 이익이 너무나도 불투명했다.

그런 의도를 담아서 조금 전의 말로 표현했다.

하지만 타쿠토의 물음에 유가 대답을 꺼내기 전에, 조금 당황한 아투의 목소리가 텔레파시를 통해 날아들었다.

『타쿠토 님? 혹시 조건에 따라서는 협력 관계를 구축할 생각이신가요? 상대는 정체도 알 수 없는 자, 그것도 플레이어. 너무 위험하지 않을까요.』

타쿠토가 마음속에 품은 위기감과 크게 차이가 없는 말이었다. 타쿠토는 그 사실이 기뻤다.

『응, 안심해. 이건 그저 상대의 태도를 보는 것뿐이니까. 처음부터 플레이어끼리 서로를 이해할 수 있을 리가 없잖아? 아투의 말대로 정체도 수상쩍고, 속에 뭘 품고 있는지도 모르는데──.』

"그래, 임금님이 화내는 것도 당연해."

아투와의 텔레파시에 너무 의식을 할애했을까, 아니면 필연인 건가.

텔레파시를 억지로 중단시키듯 유가 건넨 말.

그것은 조금 전과 다르지 않은 음색과 분위기. 하지만, 형세가 바뀌었다.

"그러니까 이쪽의 성의로 이걸 줄 생각이야."

당연하다며 건네는 사죄의 말 다음에 이어진 이상한 일에는, 타쿠토가 경악할 수밖에 없었다.

어디서, 그리고 어느새 꺼냈을까.

경계하던 아투가 반응할 틈도 없이 그의 손에 검 한 자루가 나타난 것이다.

지나치게 화려하지 않을 정도로 장식된 칼집에 든 그것은, 창문으로 비쳐드는 햇볕을 반사하여 어렴풋이 빛을 띠었다.

"──윽?!"

그것을 본 순간, 타쿠토는 드물게도 명확한 혼란을 느끼며 처음으로 동요한 태도를 드러냈다.

옆에 앉은 아투도 마찬가지였다.

왜 이게 여기에 있지? 그 의문만을 머릿속으로 계속 되새김질하고, 곤혹스러운 감정이 머릿속을 가득 채웠다.

"난 이걸 '용사의 검'이라고 부르는데, 그쪽 호칭은 다르겠지?"

'그래. 이건 절대로 용사의 검이 아니야. 이건, 이건……'

"그쪽 이름은 분명 이랬던가──."

말도 안 된다. 그가 가지고 있을 리가 없다.

대체 무슨 이유로? 그보다도 어떻게 자신들에게 이것이 필요하다는 걸? 갑작스럽게 나온, 타쿠토 일행에게 아킬레스건이기도 한 그것.

　동맹을 검토하기에 충분한. 압도적인 이득.

　바로 그것이…….

　"'레갈리아의 보검'."

　마이노그라가 차원 상승 승리를 달성하여 잃어버린 모든 것을
되찾기 위해서 필요한 요소. '레갈리아'라고 불리는 승리 조건,
그중 하나였다…….

✿ 차원 상승 승리(어센션 빅토리)

승리 조건

~승리를 노래하라. 새로운 차원에 도달한 기쁨을 축복하라.
이곳에서 신의 나라가 문을 열고, 그대들은 신의 사랑 가운데
영원한 존재에 다다랐다~

차원 상승 승리는 레갈리아라 불리는 특정한 조건을 달성하여 도달 가능한 승리입니다.

레갈리아는 여러 종류가 존재하고, 어떤 레갈리아를 얼마나 입수할 필요가 있는지를 조사하는 것도 승리 조건에 포함됩니다.

또한 레갈리아는 반드시 아이템 형태로 나타나지 않고 무언가 실적 달성을 의미하는 경우도 있습니다.

필요조건 및 난이도는 게임의 설정 난이도에 따라 변합니다.

다수의 레갈리아 중 일부는 아래와 같습니다.

· 특정 아이템 제작
· 특정 아이템 입수
· 특정 인재 입수
· 특정 기술 해금
· 대제국 건설
· 특정 유닛 격파

한순간의 공백. 그리고 끓어오르는 분노.

당했다는 생각과 동시에, 상대가 자신이 상상하던 것보다도 위험한 존재라는 경계심이 떠올랐다. 서로 긴장감이 높아졌다.

"잠깐! 그렇게 살기 피우지 마! 얘가 무서워해!"

노예 소녀를 감싸듯이 양팔을 펼치는 유. 주인공다운 그의 대응은 다행히도 냉정을 되찾는 데 도움을 주었다.

혀를 한 번 찼다.

여기서 상대에게 손을 대는 것은 너무나도 악수. 최악의 경우에는 레갈리아를 잃을 가능성이 있다.

『Eternal Nations』의 특수 승리, 차원 상승 승리.

그것은 레갈리아라 불리는 몇 가지 조건을 충족하여 달성되는, 게임 안에서도 가장 달성 난이도가 높은 승리다.

그리고 유니크 유닛 격파나 제국 창설, 특정 건축물 설치 등등—— 복잡한 조건 가운데, 비보 입수라는 것이 있다.

그 비보 중 하나가 '레갈리아의 보검'.

『브레이브 퀘스투스』에서 용사의 검이라 불리는 아이템이 어째서 자신들에게는 비보가 되는가? 그리고 어떻게 직감적으로 분명히 이것이 레갈리아라고 확신할 수 있는가.

본래 각각의 게임은 이어지지 않을 것이다. 타쿠토도 테이블토크 RPG 세력과 몇 번인가 전투를 거쳤지만 이제까지 그런 상황은 볼 수 없었다.

그래서 타쿠토는 상대가 이 보검을 건네었을 때에 한 박자 공백이 생기고 말았다.

하지만 이것은 기회이기도 했다.

이번 일 하나를 바탕으로 다양한 정보를 추측할 수 있고, 무엇보다 이 보검을 입수할 수 있다면 차원 상승 승리에 한 발짝 더 가까워진다.

타쿠토는 예상 밖의 일에 끓어오르는 열기를 의도적으로 식히고, 냉정을 잃지 않고 상황을 지켜봤다.

"착각하지 않았으면 하는 건, 나는 진짜로 타쿠토 왕이랑 친해지고 싶다는 거야. 진심으로 우리 목적은 너희와 관계없으니까."

"어떻게 우리가 레갈리아를 원한다는 걸 알고 있었는지, 왜 용사의 검과 레갈리아의 보검에 호환성이 있는지, 물어보고 싶은 건 많지만…… 확실히 선물로는 무척 매력적이네. 하지만 괜찮겠어? 용사의 검은『브레이브 퀘스투스』에서도 무척 중요한 아이템이었을 텐데."

용사의 검이란 그 이름 그대로, 용사의 상징으로 여겨지는 무기다.

게임에서는 그 밖에도 최강의 무기가 있으니까 실제 장비로 사용하기에는 미묘하지만…….

그보다도 게임 진행에 필요하거나 특정 캐릭터와의 이벤트에 필요하거나, 그렇게 어떤 식으로든 중요한 위치를 차지하는 아이템이었다.

그를 둘러싼『브레이브 퀘스투스』라는 시스템이 어떤 상태인지는 알 수 없다.

하지만 다양한 이벤트의 트리거가 되는 이 검은 분명히 쉽게 건넬 수 있는 물건은 아니다.

"……다른 이야기를 좀 하겠는데, 타쿠토 왕이랑 우리는 신의 의도에 따라 이 세계로 왔어. 거기까지는 알겠지? 그럼 이 세계가 게임이라면, 클리어 조건은 뭐라고 생각해?"

갑자기 유가 진지한 표정으로 물었다.

클리어 조건. 그것은 타쿠토가 이제까지 알지 못했던 정보다.

아니다. 지금 이 순간, 전혀 다른 의미를 가지는 미지의 정보로 바뀌었다.

왜냐면 이 질문을 하는 것 자체가, 게임의 클리어 조건이 존재하고 그것이 통상적으로 상상할 수 있는 알기 쉬운 일이 아니라는 것을 가리키니까.

"……모든 적대 세력 격파. 요컨대 자신들의 진영이 마지막까지 살아남는 것. 그게 아닐까?"

"──아니야. 해답은, 신만이 알고 있어."

"무슨 말이야?"

첫 질문으로 단순한 생존은 클리어 조건이 아니라는 것은 알았지만, 그래도 애매한 이야기가 나왔다. 타쿠토는 상대의 입이 가벼워지도록 적당히 맞장구를 쳐서 뒷이야기를 재촉했다.

"그런 반응이 나오는구나. 나도 그래. 우리 멍청한 신이 말하기로는, 이 유희에 참가하는 신 대부분은 승리를 목표로 하지 않는다고 했어. 그렇다고 아무 생각도 없이 심심풀이로 참가하는 것도 아니라고 해."

"신은 강하니까 그들의 진의를 헤아리는 건 힘들다. 그런 건가."

납득이 가지는 않지만 일단 논리를 붙여봤다는 느낌인 타쿠토의 말에, 유는 그야말로 그렇다고 맞장구를 쳤다.

'신에게 각자 목적이 있더라도, 왜 이 세계에서 싸움을 시키지? 그 이전에 게임 시스템이니 플레이어 전이자라든지, 쓸데없는 요소가 너무 많아. ——아니, 게임 진행상의 목적인가?'

주인이 매끄럽게 계속 대화를 나누자 곧바로 칭찬하는 노예 소녀. 그녀의 응원을 흘려들으며, 타쿠토는 신들의 의도, 그리고 배경을 탐색하기 위해 사고를 가속했다.

『Eternal Nations』에서도 있었다. 제한 플레이나 조건 달성 플레이 등의 특수한 조건을 클리어하는 것이 목표인 사람들이······.

아니, 그것도 제한을 부여한 상태에서 승리하는 것이 목표다. 그럼 굳이 따지자면 승부 그 자체를 즐기는 타입인가.

전생에서는 이른바 즐겜러라 불리는, 승패에 집착이 없는 타입의 사람들을 떠올리고 타쿠토는 그런 경우도 있겠다며 어느 정도 납득했다.

"게임 과정에서 무엇을 하는지가 중요해. 적어도 우리한테는 그걸 요구하는 거야."

"그러니까 신은 우리가 승리하는 게 아니라 이 세계에서 무엇을 달성하는지를 지켜보는 거라고?"

"나는 그렇게 생각해."

유도 신으로부터 승리 조건을 전달받지는 않았나 보다.

그렇다면 그가 서큐버스 진영에 대항하려고 하는 것은 그 자신의 문제, 혹은 아군 진영의 생존이 목적이기 때문일 것이다.

"이 '용사의 검'도 그래. 『브레이브 퀘스투스』라는 게임을 한다면 중요한 아이템이지만, 우리의 목적에는 합치하지 않아. 그러니까 이걸 제공해도 괜찮겠다고 판단한 거야. 의외로 레어하다고, 이거. 알고 있을지도 모르겠지만!"

이해한다며 타쿠토는 끄덕였다.

확실히 선물로 충분한 가치가 있고, 동시에 상대의 성의를 잘 느낄 수 있는 물건이었다.

그리고 여기서 거절해 버리기에는 아까운 조건이었다.

레갈리아의 보검은 확보해 두었으면 하고, 다른 목적이 없다면 용사와의 동맹은 매력적이다.

서큐버스는 제쳐놓고, 그의 말대로 숫자가 늘어나는 건 유리하니까.

"나는 임금님네 목적이 뭔지는 몰라. 거기까지는 안 가르쳐 줬으니까. 하지만 친해질 수 있다고 해서 찾아왔는데. 그렇게 생각하면 나도 참, 저 멍청이 신한테 제멋대로 부려 먹히고 있다는 느낌이네. 어쩐지 화가 나기 시작했어."

신들의 목적은 알 수 없다. 눈앞의 남자도 그것을 모를 테고, 아무리 흔들어봐야 더 이상 유익한 정보는 나오지 않을 것이다.

타쿠토는 인물을 관찰하는 능력이 뛰어나진 않지만, 그렇다고 추론이나 추측을 못 하는 것은 아니었다.

적어도 이제까지의 대화 내용을 바탕으로 카미미야 데라유라는 플레이어가 무엇을 원하는지는 이해할 수 있었다.

'그렇구나. 어떻게든 자신들의 생존을 가장 우선시한다는 느낌일까? 누구라도 죽는 건 무섭고, 특히 이 세계는 생명의 위험이 항상 존재해. 반대로 우세한 능력을 이용해서 도박에 나서는 경우가 더 드문 걸지도? 나도 그런 위험을 무릅쓰고 싶지는 않으니까…….'

자신처럼 아무것도 모르고 그저 게임만 즐기던 몸으로 이 세계에 찾아왔다면, 의외로 그의 목적은 자신과 비슷할지도 모른다.

『타쿠토 님. 어떨까요? 레갈리아는 최악의 경우에 만회할 순 있어요. 지금은 안전한 책략을 선택할 수도 있다고 생각하는데요…….』

차원 상승 승리에 필요한 레갈리아는 규정된 숫자를 모을 필요가 있다.

하지만 반대로 말하면, 그 규정된 숫자를 채우기만 하면 그만이다.

그러니까 하나 놓치더라도 문제없다.

지금은 상대의 제안을 거절하고, 최악의 경우에는 레갈리아 입수에 실패하더라도 만회할 수 있다.

하지만 굳이 주겠다고 하는데 거절할 이유 역시 어디에도 없었다.

『조금 더 정보를 수집하거나 검토할 시간이 있다면 이야기는 또 달랐을 테지만……. 상대가 이 상황을 노렸는지는 알 수 없지만, 무척 치사한 방법이네.』

이제까지 이야기의 흐름을 보더라도 상대가 이쪽을 속이고 있을 가능성은 낮다.

그러나 타쿠토는 조금 더 확실한 무언가를 원했다. 이쪽이 상대의 행동에 납득할 만큼 강한 이유 말이다.

현재 상황은 공평하지 않았다.

카미미야 데라유라는 인간이 생존과 평화를 우선으로 생각한다 치고, 그곳에 다다른 동기가 약했다.

상대는 용사라 불리는 존재.

설령 『브레이브 퀘스투스』라는 게임의 껍데기를 뒤집어썼을지라도, 내용물은 최강 플레이어나 특이한 능력을 가진 자니까…….

하지만 그것을 증명할 조각은 의외의 장소에 있었다.

타쿠토가 옆에 앉은 아투의 분위기를 확인하기 위해 슬쩍 시선을 향했을 때였다.

아투로부터 왜 그러시나요? 라는 의도가 담긴 시선을 받았을 때, 타쿠토의 뇌리에 번뜩인 것이 하나 있었다.

눈앞의 용사가 가진 강력한 동기가 된다고 확신할 수 있는 자였다.

그러니까——.

"『브레이브 퀘스투스』에는 오리지널 캐릭터 시스템이라는 게 있었을 테지."

"윽!!"

그 반응에 타쿠토의 생각은 확신으로 바뀌었다.

『브레이브 퀘스투스』라는 게임은 많은 RPG를 제치고 명작의 지위에 오른 위대한 게임인데, 특징적인 시스템이 존재한다.

그것이 오리지널 캐릭터 시스템이다.

주인공인 용사와 동료. 그에 더해서 직접 설정한 캐릭터를 언제든지 데려갈 수 있다.

처음에는 약해서 거의 도움이 되지 않는 캐릭터이지만 육성에 따라 어떠한 적도 능가하는, 최강의 동료가 되는 특별한 한 사람.

좋아하는 아이의 이름을 몰래 붙여서 게임을 즐긴다. 여러 시리즈가 발매될 때마다 다양한 곳에서 이루어지는, 이른바 연례행사.

그런 시스템이 존재했다는 사실을 지금 분명히 떠올렸다.

'뭐, 저 시스템이 있으니까 세이브 데이터가 지워졌을 때의 비극은 이루 헤아릴 수 없다지만……'

타쿠토는 오리지널 캐릭터 시스템을 이용한 적이 없었으니까 그 비극을 경험한 적은 없었다. 하지만 기술의 발달로 데이터 소실 가능성이 거의 사라진 현대에조차 아직 트라우마가 재연되는 사람을 드물게나마 볼 수 있을 정도였다. 그러니까 당시에는 너무도 많은 눈물이 흘렀을 것이다.

자신은 조금 어렵게 생각하고 있었나 보다. 적어도 그의 배후에 있는 존재는 제쳐놓고, 그는 무척 알기 쉬운 인간인 듯했다.

타쿠토는 노예 소녀에게 흘끗 시선을 향했다.

──그러니까.

"어쩌면…… 내가 생각한 최고의 아내."

"그아아아아아!"

"주, 주인님─! 머, 머리 아프세요?! 갑자기 왜 그러세요, 주인님─!!"

그 말을 들은 순간, 유가 크게 소리를 지르며 머리를 부여잡고 몸부림쳤다.

테이블 토크 RPG의 플레이어인 쿠하라 케이지도 그랬지만, 의외로 타쿠토가 생각하는 것보다도 플레이어라는 존재는 인간미가 넘치는 것 같았다.

오히려 그가 이제까지 싸웠던『Eternal Nations』의 상위 플레이어들이 비인간적이었을 뿐일지도. 그렇게 인식을 바꾸고 타쿠토는 결단을 하나 내렸다.

"괜찮겠네. 협력 관계를 받아들일게. 다만 다른 세력을 적극적으로 적대하진 않고 방어를 주목적으로 하는 거야. 너한테도 그쪽이 낫겠지?"

"뭐, 뭐어, 솔직히 말하면……."

『어, 어, 무슨 말씀이신가요, 타쿠토 님? 왜 갑자기 협력을 받아들이시나요? 조금 전까지는 무척 신중하셨는데…….』

『이 단계에서 판단하기에는 성급하다는 느낌일까? 우선은 레갈리아 확보를 최우선으로 하고, 그들과 표면상으로는 사이좋게 지내자.』

『아, 예…… 그런데 그게, 최고의 아내라뇨? 무슨 키 캐릭터인가요?』

『아니, 키 캐릭터……이기는 한가? 그럴지도? 뭐, 그건 나중에 설명할게.』

이런 일에서 한창때 남자가 가지는 특별한 감정은 제쳐놓고, 어째서 협력에 이르렀는지는 나중에 아투한테도 자세히 설명해

두어야 한다.

다음은 마이노그라의 수뇌진, 다크 엘프들인가…….

테이블 토크 RPG의 마녀인 에라키노에게 타쿠토는 한 번 호
된 꼴을 당했다. 그 자리에 있던 다크 엘프들에게도 이때의 사건
은 트라우마였다.

그들에게 플레이어 진영이란 재앙이나 마찬가지다. 천적이라
고도 할 수 있을 것이다.

경위나 이익을 설명하더라도 이해를 이끌어 내는 것은 쉽지
않다.

레갈리아의 보검과 플레이어 협력자.

아직 경계를 풀 수는 없겠지만 얻은 것은 컸다. 하지만 그에 따
르는 대가가 역시도 작지는 않을 것이다.

이야기가 점점 복잡해지는 가운데, 타쿠토는 평온하게 지낼 수
있는 날은 대체 언제 오느냐며 조금 음울한 기분이었다.

"으음……? 최고의 아내라니…… 그건 뭔가요, 주인님?"

"아, 아무것도 아냐! 아무것도 아냐!"

당황해서 얼버무리는 유와 노예 소녀를 바라봤다.

자신도 아투라는 캐릭터는 정말 좋아하고, 다른 사람이 본다면
이상한 집착 같기도 할 것이다. 그래서 타쿠토는 유의 행동을 그
저 나쁘게 볼 수는 없었다.

오리지널 캐릭터 시스템

걸작 RPG '브레이브 퀘스투스' 시리즈에서, 시리즈를 대표하는 시스템 중 하나.
플레이어는 게임 초기 및 이른 단계부터 특정 오리지널 캐릭터를 파티에 가입시킬 수 있다.
이 캐릭터는 이름, 설정, 외모, 전투 스타일 등등을 자유롭게 정할 수 있고, 플레이어
와 함께 행동해준다.
게임에서는 전반적으로 전투 능력은 낮지만 육성 한계가 없기에 끈기 있게 플레이한다
면 최강 캐릭터로 성장이 가능하다.

※ '브레이브 퀘스투스 3'에서는 오리지널 캐릭터의 성별을 여성으로 하면 일정 기간
적으로 돌아서니까 주의가 필요.
※ '브레이브 퀘스투스 7'에서는 성격을 '자유분방'으로 하면 게임 중반에 애인이 있
다는 사실을 커밍아웃하니까 주의가 필요.

제3화 설득

대주계, 마이노그라의 【궁전】.

회의실.

긴급 안건으로 모인 다크 엘프들은 미처 감출 수 없는 불만스러운 표정으로 타쿠토의 설명을 듣고 있었다.

"이번 일. 왕의 결정이시라고는 해도 전면적으로 찬동할 수는 없겠군요."

RPG 세력 플레이어.

용사 유와 협력 체제 구축. 상황을 전달하자 부하들의 반응은 몰타르 옹의 말에 집약되어 있었다.

그들이 이의를 제기하는 이유는 반항이나 다른 마음 때문이 아니다. 그것을 잘 이해하는 타쿠토는 지극히 냉정하게 그 반응을 받아들였다.

"응, 너희가 나를 걱정해서 그렇게 말해줄 건 예상했어. ……비토리오는 어떻게 생각해?"

무슨 생각인지 드물게도 회의에 참가해서, 드물게도 떠들지 않고 조용히 이야기를 듣던 《설화의 영웅》에게 타쿠토는 이야기를 돌렸다.

모처럼 이 자리에 있으니까 그를 이용하지 않을 이유는 없었다.

"어라? 제 의견이 필요하시다고? 저보다도 굉장하고 저보다도 위대하신 이라 타쿠토 님이시라면, 저의 얕은 지식 따윈 마이노그라에는 필요 없겠죠…… 진짜 힘들어, 손목 긋자."

장난스러운 태도였지만 이 상황을 휘젓기에는 딱 좋은 상대였다.

마이노그라의 최종 결정권은 물론 타쿠토에게 있다. 하지만 여기서 다크 엘프들의 의견을 억지로 무시하고 일을 진행한다면 무척 위험하다.

그들을 배려하는 것이 아니라, 미래에 불필요한 비용을 지불하고 싶지는 않다는 생각이었다.

그러니까 강약을 섞어 설득해서 그들을 납득시킬 필요가 있었다.

참고로 이 자리에 아투는 없었다.

있다면 틀림없이 다크 엘프들 편일 테고, 비토리오와 함께 회의에 참가하면 싸우기 시작해서 결국 시간만 낭비한다.

"손목을 긋고 싶다면 굳이 직접 안 해도 기꺼이 해줄 아이가 잔뜩 있잖아? 거기 엘프루 자매라든지? ──이야기를 되돌려서, 나는 이번 동맹은 어느 정도 이익이 있다고 판단했어. 다만 나와는 다른 시점의 의견도 들어보고 싶어서."

"거기 있는 망할 꼬맹이들이 제 손목으로 뜨거운 시선을 보내고 있습니다만……. 뭐, 용사라고 해도 사실 빈털터리에 무뢰배, 권력자에게 아첨을 떨어서 얻을 때때옷과 까까가 매력적이었던 것이 아닐까요?"

"……그런 관점은 없었네. 그런가, 그들은 나라가 없으니까 자기들끼리 생활비를 벌어야 하나."

그가 다른 이익을 이야기하게 만들어서 다크 엘프들을 납득시킬 생각이었지만, 의외로 재미있는 의견이 나왔다.

이제까지 타쿠토는 국가의 왕이라서 생활에는 아무 어려움 없이 살았다.

그는 식량조차 긴급 생산으로 준비할 수 있다. 그러니까 이 세계에서 산다는 것을 가볍게 생각하고 있었다.

"저쪽에서는 몬스터를 쓰러뜨리면 골드가 떨어진다지만, 그건 이 세계에서는 못 쓴단 말이죠!"

"으—음. 더 좋은 거처를 주고, 거기에 용돈이라도 줄까? 우리 인상을 좋게 만들 수 있을지는 모르겠지만. 뭐, 일시적인 방법이겠네."

"의식주를 채워야 예절을 익힌다. 그것입니다, 신이시여! 의외로 그런 현실적인 부분이 중요한 거죠! 모두가 원초적인 욕구를 억누르면서 고상한 의지를 가질 수는 없습니다!"

비토리오의 말을 듣고 다크 엘프들의 반응이 아주 조금 누그러졌다.

그렇다면 이유가 되나? 그런 반응이었다. 그들은 카미미야 데라유를, 마녀 에라키노 일행과 마찬가지로 기이한 능력을 사용하는 이세계의 존재로 인식하고 있었다.

쓰디쓴 경험을 하게 만든 마왕군이나 테이블 토크 RPG 세력과 같은 범주다. 협력 관계를 구축할 수 있겠느냐고 의심하는 것도 무리가 아니었다.

그들의 의심을 조금씩 풀어주고 의도하는 방향으로 이끄는 것이 이번 회의의 숨겨진 목적이기도 했다.

타쿠토 본인도 RPG 세력을 여전히 경계하고 있지만······.

"게다가 레갈리아도 받아버렸어. 이만큼 성의를 다해준 상대니까 함부로 대할 수는 없어. 위험하다는 이유로 아무렇게나 대응한다면 왕의 품위에 손상이 생기니까."

"그냥 무시하고 슬쩍해버리면?"

"그럴 수는 없잖아······."

그럴 수 없는 이유는 타쿠토의 성격 탓이 아니었다.

약속을 어기라는 비토리오의 말에 쏘아 죽일 것처럼 노려보는 다크 엘프들이 이유였다.

타쿠토는 솔직히 배신과 배반은 전쟁의 꽃이라 인식하고 있었다. 하지만 그들은 그렇지 않았다.

다크 엘프들은 마이노그라 왕 이라 타쿠토라는 존재에게 꿈을 품고 있다.

자신의 왕은 무엇보다도 사악하고, 무엇보다도 위대하고, 그리고 무엇에도 침해당하지 않는 절대적인 존재.

그 이미지를 종족 전체가 강하게 공유하고 있으니까 타쿠토를 위하여 충실하게 최선을 다할 수 있다.

어떤 의미에선 그들도 이라 타쿠토라는 존재에게 환상을 품고 있는 것이다.

그 환상을 훼손하는 행위는 반드시 피해야 한다.

자칫하면 나라가 발밑에서부터 무너질 테니까······.

"어째서 다른 나라로 가지 않았을까요? 엘 나── 지금은 서큐버스의 나라나 퀄리아로 갔더라도 이상하진 않죠?"

"한창때인 남자가 서큐버스의 나라에 갔다가는 십중팔구 먹힐 테니까. 그리고 퀄리아는 종교 국가니까 속박이 강해서 노!"

에므루의 말에 비토리오가 간발의 차도 없이 대답했다.

다른 중립 국가의 이름을 언급하지 않은 것은 단순히 국력이 부족하기 때문이었다.

소거법으로 본다면 중립 국가와 평화로운 관계를 구축한 마이노그라가 가장 무난……해져 버린다.

사실을 확인해 보니까, 의외로 유도 고생한다는 생각마저 들었다.

"지금 상황에서 판단을 내리는 건 성급하려나? 당연히 경계와 감시는 계속하기로 하고, 일단 납득해 주겠어?"

"애석하지만 필요하다면 어쩔 수 없겠죠. 저자가 왕께 헌상한 레갈리아는 우리 마이노그라의 비원에 필수. 그렇다면 왕께 만에 하나의 일이 없도록 저희는 경계를 더욱 강화하겠습니다."

다크 엘프들의 의견은 찬성으로 기운 듯했다.

소극적인 찬성이겠지만, 타쿠토도 동의를 받을 수 있다면 그것으로 충분했다.

이제부터 유와 어떤 관계가 될지도 알 수 없다. 마이노그라 전체의 의사가 통일되어 있다면 문제없다.

"그렇다면 왕이시여, 비토리오 경을 용사 유라는 자의 감시로 붙이도록 허락해 주셨으면 합니다."

"비토리오를? 그건 어째서?"

기아가 주장했다. 사실 요청 자체는 이야기의 흐름을 보면 이해가 됐지만, 비토리오를 혐오하는 기아가 그렇게 제안하니까 흥미가 생겼다.

모르는 척 이유를 물어봤더니 재미있는 대답이 돌아왔다.

"분하지만 비토리오 경의 역량은 진짜. 인물을 간파하는 힘은 왕을 제외한다면 가장 강하겠죠. 그렇다면…… 감시 임무에 적합하다고 생각합니다."

"흠……."

정말 이치에 맞는 요청이었다.

비토리오의 여러 능력은 기본적으로 도시 교란이나 유닛 혼란, 세뇌에 특화되어 있다.

하지만 그의 설정에 있는 인심 장악 기술은 상대의 미묘한 분위기를 간파하는 데 좋았다.

스파이 유닛보다는 못 하겠지만 수상한 움직임이나 발언은 어렵지 않게 찾아낼 수 있다.

사적인 감정을 억누르고 국가와 왕을 위한 선택을 한다. 무척 든든한 조언이었다.

그렇지만…….

'뭐, 비토리오 본인이 감시 임무를 맡을 리가 없으니까 이 요구는 통하지 않겠지!'

기아도 아직 배워야 할 것이 많았다.

애초에 비토리오를 작전에 포함시키는 것이 잘못이다.

그가 때마침 자신들과 같은 흥미를 품는다면 나중에 작전을 수

정한다. 그것이 비토리오의 기본적인 운용 방법이었다.

하지만 상급자의 운용 방법을 이해하지 못하는 기아는 금세 비토리오의 장난감 신세가 되어버렸다.

"감동했다! 저 감동했습니다아아아!! 이 무슨 충의, 이 무슨 신뢰! 기아 경, 저는, 저는 기아 경을 잘못 보고 있었습니다아아아!!"

"이봐, 소리치지 마! 그리고 침 튀기지 마라, 더럽다!"

"기아 경과 저 사이의 응어리, 이것으로 해소되었다고 생각하면 OK겠죠? 저와 기아 경은 이제 친구라고 할까, 절친이라고 할까, 그런 느낌의 이것저것이죠오오?!"

"침 튀기지 말라고 하잖나! 그보다도 이야기를 듣기는 했나?! 제대로 감시 임무를 맡을 수 있겠지?!"

"으—음, 어떨까? 내가 할 수 있을까? 아니, 난 좀 힘들지도? 무리야, 기아 경. 그러니까 직접 노력하라고, 먼저 말을 꺼냈잖아?"

"거기 서라! 오늘이야말로 그 웃기지도 않는 잠꼬대나 늘어놓는 얼굴을 몸통에서 분리시켜주마!"

"세상에! 바이올런스!"

시끌벅적, 기아와 비토리오가 떠들기 시작했다.

한동안은 회의를 재개할 수 없겠구나…….

타쿠토는 그렇게 체념했지만, 주목적도 달성했으니까 이제 남은 의제도 없겠다며 일어났다.

잘 얼버무리는 데도 성공했다. 다크 엘프들의 반발을 걱정했지만, 이만큼 억누를 수 있다면 더 이상 문제없다.

"…………좋아! 그럼 쉴까. 내 방으로 돌아갈 테니까 끝나면 불러줘."

타쿠토는 그대로 남은 사람들에게 소란스러운 상황을 떠넘기고 회의실에서 나왔다.

약삭빠르게 기회를 발견해서 같은 타이밍에 빠져나온 엘프루 자매가 타쿠토 양옆에 붙어서 질문했다.

"임금님은 이번 일, 어떻게 될 거라고 생각하나요?"

"임금님, 엄청 즐거워 보여!"

"으─음, 글쎄?"

애매하게 대답하는 타쿠토의 표정은 메어리어의 말대로 무척 즐거워 보였다.

결국 그 후로 어떤 대화가 있었는지 알 수 없지만, 회의는 그대로 끝이 나서 다음 날 재개되었다.

타쿠토는 하루 정도의 지연은 허용할 수 있는 범위라고 생각했지만, 오늘까지 그랬다간 조금 문제가 있었다.

"진정됐어?"

""죄, 죄송합니다…….""

다크 엘프들이 반성과 함께 저마다 사죄의 말을 건넸다.

기아만이 아니라 몰타르 옹이나 에므루까지 머리를 숙이고 있었다. 이 소동을 막지 못했다는 사실에 책임을 느끼는 탓이었다.

"그래요그래요! 이 어찌나 한심스러운 일인가요! 장난스러운 도발에 넘어가서 소란을 떨다가 중요한 회의 시간을 낭비하다니. 오늘은 제가 있는 한, 그런 꼴사나운 일은 용납하지 않습니다!"

그렇다, 이것이 오늘 존재하는 조금 성가신 문제였다.

"아투."

"예! 타쿠토 님."

기분 좋은 미소가 돌아왔다. 자신이 있으니까 이제 괜찮다, 그렇게 말하고 싶은 것일까?

자신감과 미소의 근거를 타쿠토는 전혀 알 수가 없었지만, 일단 최악의 사태를 피하려고 못을 박아두었다.

"아투도 무슨 일이 있어도 폭발하면 안 돼? 알겠어? 의지할 건 아투밖에 없으니까. 또 하나는 말을 안 들어서……."

"물론이에요! 맡겨주세요!"

아투가 자신감으로 넘치면 넘칠수록 타쿠토는 불안해졌다.

하지만 이번 문제는 마이노그라 전체의 문제이기도 하니까 아투를 빼놓기는 역시 어려웠다.

일단 이대로 진행할 수밖에 없겠다고 타쿠토는 체념하며 마음을 다잡았다.

그리고 본론으로 들어가자며, 그저 송구스러워하는 다크 엘프들을 둘러봤다.

문제의 또 다른 당사자인 비토리오는 콧노래를 흥얼거리며 종이접기로 양다리가 달린 학을 접고 있었으니까 내버려 뒀다.

"어제 이야기를 계속하겠는데, 용사 유와는 최대한 경계를 하면서도 계속 협력하게 될 거야. 이건 마이노그라 전체의 이익을 생각한 판단이야."

다크 엘프들의 반론은 없었다. 이제까지 한 이야기로 납득하기도 했겠지만, 아마도 마음이 거북한 탓에 강하게 주장하기 힘들 것이다.

타쿠토도 이것을 노린 거지만 정말 불쾌한 방법이었다.

마음속으로 흐뭇하게 웃으며 타쿠토는 계속 이야기했다. 이 분위기로 그들을 설득해서 자신의 목적을 납득시키려고.

전 진영 회담 참가.

타쿠토 안에서 이미 결정된 일이었다.

정보에서 뒤처질 수는 없고, 카미미야 데라유와 약정도 나누었다.

서큐버스 진영의 마녀 바기아가 준비한 함정일 가능성은 무척 높지만, 그래도 이런 천재일우의 기회를 놓칠 이유는 어디에도 없었다.

그래서 타쿠토는 이 결정만큼은 억지로라도 밀어붙일 생각이었다.

동시에 타쿠토는 부하들이 납득할 만큼의, 아니—— 납득할 수밖에 없는 수단을 마침 가지고 있었다.

"자, 용사 진영과 협력한다는 건 이걸로 결론이 났지만 또 하나, 모두에게 해야 하는 이야기가 있어."

모두의 시선이 모였다. 타쿠토는 그들의 얼굴을 둘러보고 조용히 말을 꺼냈다.

"지난번에 서큐버스가 개최 소식을 알린 전 진영 회담. 나는 여기 참가할 생각이야. 본래라면 이건 너희와도 논의해야 할 일이지. 하지만 이건 나 자신에게도 중요한 의미가 있으니까, 평소와는 의사 결정 방식이 달라진 걸 용서해줬으면 해. 이 결단은 뒤집을 수 없어."

"""예!!"""

다크 엘프들이 바로 머리를 숙였다.

타쿠토가 너무나도 강한 말을 사용했기 때문이었다. 타쿠토는 평소에 부하를 배려해서 말을 할 때가 많았다. 타쿠토가 이러는 것은 어쩌면 처음일지도 모른다.

다크 엘프들은 그의 결의와 사안의 중요성을 다시금 인식했다. 그리고 이 결정에 이의를 제기하는 것이 얼마나 위험한지 바로 이해했다.

그래도. 그럴지라도.

왕이 위기에 처할 가능성이 있다면, 불경을 무릅쓰고서도 말씀을 올리는 것이 부하의 의무이다.

그것이 충성이다.

일단 몰타르 옹이 선두에 섰다.

"상황은 알겠습니다. 왕께서 중요히 여기시고 과거부터 걱정하시던 엘 나 정령계약연합에서 열리는 회의에 참가하는 것, 실로 국가의 큰일이라 이해하였습니다."

늙은 현자가 도화선에 불을 댕기고, 기아가 이어서 말했다.

"허나 왕이시여! 제 주제넘은 발언을 용서해 주십시오! 이번 원정, 너무나도 위험하게 여겨집니다. 물론 용사 유 경과는, 저희 왜소한 자로서는 헤아릴 수 없는 사정이 있으리라 생각합니다. 하지만 협력 관계가 되고 얼마 지나지도 않았는데 정체도 모르는 상대의 본거지로 동행한다니, 너무나도 위험하여 신하로서 도저히 승복할 수가 없습니다."

그의 말대로 무척 위험했다.

유가 도중에 배신할 가능성도 있고, 설령 그는 문제가 없더라도 회담 개최지는 엘 나 정령계약연합의 수도.

그러니까 적진 한가운데다.

평범하게 생각하면 회담 참가를 긍정하는 신하는 없을 것이다.

하지만 타쿠토는 그 전제를 뒤집을 책략이 있었다.

그러니까 이렇게까지 강한 말을 사용했다.

"응, 너희 걱정은 잘 알아. 그러니까 나는 이번에 갈 생각은 없어."

다크 엘프들이 곤혹스럽다는 목소리를 흘렸다.

대체 무슨 뜻인가? 그런 단순한 의문이었다.

조금 전에 왕은 전 진영 회담에 참가하겠다고 말했다. 바로 그것을 뒤집나? 의도를 이해할 수 없다는 혼란의 신음이었다.

타쿠토는 그 반응에 장난이 성공한 어린아이처럼 즐거운 미소를 지었다. 그리고 지금 당장 그 의문을 해소해 주겠다며, 오늘 회의에 억지로 데려온 어릿광대에게 시선을 향했다.

"그렇게 됐으니까 비토리오. 부탁할게."

"예?"

비토리오는 예상 밖의 말에 놀란 표정으로 타쿠토를 바라봤다. 타쿠토는 이미 예상한 듯이, 그리고 다크 엘프들에게도 설명하고자 자신이 생각하는 작전을 이야기했다.

"아니, 네 능력은 이럴 때를 위해서 존재하잖아?《위장》능력, 잊어버린 건 아니겠지?"

비토리오의《위장》은《반편이》의《의태》와 같은 성질의 능력이다. 그러니까 임의의 인물로 변할 수 있고 통상적인 수단으로는 간파할 수 없다.

게다가 비토리오는 전투 행동이 불가능한 대신에 사망해도 본 거지에서 부활할 수 있는 능력이 있다.

무척 위험한 이번 회담에 딱 맞는 능력이라고 할 수 있었다.

"기다려 주십시오, 나의 신이시여. 저는 쌓여 있던 유급 휴가를 쓰겠습니다. 당일은 가족과 함께 여행을 갈 예정입니다!"

"다른 진영 사람들이랑 놀 수 있다고?"

"어머나 싫어라! 저 조금 마음이 흔들려버려요!"

《반편이》의《의태》와 비토리오의《위장》. 이것으로 자신과 아투의 대역을 보낼 수 있다. 비토리오는 죽어도 부활하고, 최악의 경우에《반편이》가 격파당하더라도 허용할 수 있는 범위다.

리스크 없이 최대한의 장점만을 누린다. 참으로 효율적인 작전이라고 타쿠토는 생각했다.

《반편이》의 의태라면 타쿠토가 원격 조작으로 이야기할 수 있고, 비토리오의 위장이라면 그가 타쿠토의 바람대로 이라 타쿠토를 연기하며 예측할 수 없는 사태에도 유연하게 대응해줄 것이다.

지금은 장난스럽게 행동할 뿐이지만, 의욕이 생긴다면 틀림없이 자신의 사명을 수행하리라 의심하지 않았다.

비토리오와 《반편이》를 보내는 것은 가장 효율적이며 안전한 책략이었다.

그것을 모두가 납득할 수 있도록 설명했다.

"자, 자, 잠깐만 기다려주세요, 타쿠토 님! 어? 어? 대역이라고 하셨나요? 보는 것만으로도 구역질을 부르는 이 쓰레기가, 타쿠토 님이나 저, 둘 중 하나로 변신한다고?!"

아투가 그녀답지 않게 당황해서 타쿠토에게 따져들었다.

무척 충격을 받았는지 눈물을 글썽거리고 있다. 아투와 비토리오는 견원지간이라 할 수 있을 만큼 사이가 나쁘다.

영웅 《오니의 아투》는 비토리오라는 존재 전부를 싫어한다.

그런데도 대역을 맡긴다니 언어도단.

비토리오가 자신으로 변신하는 것을 거부한다면 그는 아투가 경애하는 타쿠토로 변신한다.

반대로 타쿠토로 변신하는 것을 거부한다면 그는 희희낙락해서 아투로 변신, 그녀의 일거수일투족을 연기한다.

어느 쪽이라도 더없이 최악이다.

그리고 이것은 타쿠토가 왕의 입장으로 내린 결정이니까 거부할 수 없다.

독 안에 든 쥐 신세. 아투의 얼굴이 절망으로 물들었다.

"호오호오, 그렇군요. 그렇다면 바로———."

그런 태도니까 틈을 찔리는 것이다, 라는 건 과연 누구의 감상일까.

비토리오가 진심으로 기뻐하며 정말로 마음에서 우러나오는 행복을 느끼듯 만면의 미소를 지었다. 그리고 갑자기 양손을 기묘하게 움직이며 기이한 춤을 추기 시작했다.

그의 윤곽이 점점 일그러지고, 그곳에 나타난 것은…….

"후후. 이런 느낌일까, 아투. 나야. 네 주인 이라 타쿠토야."

본인과 똑같은 모습, 하지만 더없이 수상쩍은 표정의 이라 타쿠토가 그곳에 나타났다.

"으갸아아아아아아아!"

"""으악!"""

여성의 비명이라기에는 너무나도 품위 없는 괴성과 함께 몸을 웅크린 아투.

평소라면 볼 수 없을 그 반응에 다크 엘프들은 물론, 그녀와 오래 알고 지낸 타쿠토조차 복잡한 표정을 지었다.

하지만 지금 아투는 주변에서 기겁하든 말든 상관없었다.

그녀는 엄청난 기세로 고개를 들더니 마치 뛰어드는 것 같은 기세로 가짜 이라 타쿠토…… 그러니까 비토리오에게 바싹 다가갔다.

"자, 잠깐, 뭘 하는 건가요, 당신으으으은?! 하, 하필이면 타쿠토 님으로! 불경해요! 너무나도 불경! 지금 당장 위장을 풀어요!"

"어~? 뭐라고? 최근에 귀가 먹어서~, 쨍쨍 시끄러운 계집의 헛소리를 도저히 이해할 수가 없네요오오오!"

"으그그…… 타쿠토 님의 모습만 아니었다면 지금 당장 두들

겨 팼을 텐데…….”

타쿠토의 모습으로 정말 기쁜 듯 웃는 비토리오.

때리고 싶지만 때릴 수 없다. 어느샌가 꺼낸 촉수를 꾸물꾸물 움직이는 아투.

이러니까 두 사람과 함께 회의하는 거 싫어…….

예상 종료 시간을 뒤로 밀면서, 타쿠토는 일단 아투를 달래기로 했다.

“진정해, 아투. 여하튼 이 이상의 작전은 떠오르지 않아. 이걸로 우리 안전을 살 수 있다고 생각하면 값싼 대가야. 또 그런 일을 겪고 싶지는 않잖아?”

“으, 으그그…… 그건 그렇지만요. 으으, 타쿠토 니이이임!”

어지간히도 분했는지 울먹거리며 자신에게 매달리는 아투를 달래며, 본인의 모습으로 변신한 비토리오를 바라봤다.

《위장》의 효과는 완벽했다. 지금은 그가 일부러 짓궂은 태도를 취하고 있으니까 간단히 구별할 수 있지만, 진심으로 타쿠토를 연기한다면 차이 따위는 알 수 없을 것이다.

시스템을 이용해서 변장한다면 통상적으로는 간파할 수 없다. 그 사실은 테이블 토크 RPG 세력에게 습격을 당했을 때에 이미 이해했다.

상대에게 간파 계열의 능력이 없다면 이 위장은 간파당하지 않는다.

시스템이 성능을 보증하는 위장 능력.

그것은 이번 작전에서 중요한 요소다.

"저, 조금 기대됩니다! 이번 전 진영 회담. 참으로 익사이팅하고 원더풀한 결과가 될 것 같군요!"

비토리오가 의욕이 생겼다.

이번 작전, 유일한 걱정거리는 비토리오의 변덕이었다. 다행히도 전 진영 회담이라는 최고의 미끼에 제대로 흥미가 생긴 듯했다.

"하지만 아무리 그래도 혼자서 갈 수는 없겠죠. 왕께서 수행인도 없이 간다면 가볍게 보일 수도 있습니다."

"다른 하나는 《반편이》야. 쟤도 《의태》를 가지고 있으니까 둘 중 하나로 변신시킬게. 그러면 주인과 종자라는 체제는 잡혀. 용사 유도 종자와 주인뿐이니까 딱히 튀지도 않아."

그렇다면…… 하고 몰타르 옹은 납득했다.

왕의 권위를 얕잡아보는 것은 용납할 수 없지만, 논리는 이해할 수 있었다.

그래도 부하를 조금은 데려가야 하지 않을까? 그렇게 생각하는데, 노련한 현자 대신에 아투가 먼저 질문을 해주었다.

"하지만 타쿠토 님? 굳이 용사와 맞추어서 소수로 갈 필요는 없지 않을까요? 다크 엘프는 몰라도 방탄으로 적당한 부하를 데려가는 건 괜찮지 않을까요."

"하지만 아투. 그러면 움직임이 느려져. 게다가 장소를 생각한다면 어설픈 부하를 데려가 봐야 방해가 될 뿐이야."

"타쿠토 님의 얼굴과 목소리로 이야기하지 마, 이 광대가! 죽여버릴 거야!"

"으~음! 그 매도가 기분 좋아!"

"아투, 그런 말은……."

"헉! 죄, 죄송해요! 타쿠토 님!"

"질리지가 않네, 이 빨래판은."

설명을 그대로 비토리오에게 뺏겨버렸지만 상관없었다.

오히려 고마울 정도이지만, 번번이 아투를 도발하진 않았으면 좋겠다.

쓸데없이 자신이 중재하러 나서봐야 도로 아미타불이니까, 이야기를 억지로 진행시켰다.

"비토리오. 아직 시간은 있으니까 괜찮겠지만, 준비는 해둬.《위장》훈련은…… 스킬을 이용하는 거니까 걱정할 필요 없나."

전 진영 회담 개최일은 아직 멀었다.

상대의 주장을 믿는다면 그야말로 모든 세력에게 이야기를 하러 다닐 테니까 시간도 걸릴 것이다.

이쪽은 그동안에 여러 가지를 준비할 수 있다.

폰카븐과 연계를 강화하거나 앞으로의 방침을 검토하는 것도 좋다.

유와 은밀히 정보를 교환해서 아직 자신들이 몰랐던 정보나 식견을 얻는 것도 좋다.

이벤트는 잔뜩 있지만 소란스러워질 때까지는 조금 더 여유가 있다.

"흠흠. 그럼 저는 요나요나 군이라도 보고 올까요! 위대하신 이라 타쿠토 님은 어떻게 하시겠습니까?"

"나는 네가 손에 넣은 셸드치 운영일까. 아―, 하지만 요나요 나도 한 번 만나러 가는 편이 좋으려나? 어디의 누구께서 이래저래 어려운 일을 떠넘기고 있는 모양이니까."

해야 할 일은 많지만 그중에서도 중요한 것은 국가 운영이었다.

적어도 대략적인 방침은 정해두어야 한다. 특히 이번에 새로이 지배하게 된 셸드치와 그 주변 지역이 문제였다.

낚은 물고기한테 먹이를 주지 않는 남자 운운, 하는 것은 아니었다. 적어도 저 땅, 저 도시를 그대로 방치해 둘 수는 없다.

거대한 지역이니까 사실 관리가 힘들다. 하지만 동시에 보상도 크다.

앞으로 마이노그라라는 국가를 이 세계의 유일한 패권국으로 만들기 위해서는, 교두보로서 셸드치를 확고하게 지배해야 한다.

"힘내세요!"

남 일처럼 비토리오가 격려했다. 그 태도가 또 거슬렸는지 아투가 그를 무시무시한 표정으로 노려봤다.

다크 엘프들은 다들 지친 표정이었다. 아마도 나중에 개별적인 진정이 올라올 것이다.

물론 앞으로 비토리오와 아투를 함께 회의에 출석시키지 않도록 해달라는 요청이다.

굳이 말하지 않아도 그럴 생각이었다.

"일단 그렇게……."

타쿠토가 드물게도 애매한 말로 마무리하자 몇몇이 동정하는 시선을 보냈다.

할 일은 아직 더 있었다. 특히 용사 팀의 역량을 확인하는 것이 중요했다.

이것도 마이노그라의 미래를 좌우하는, 가볍게 볼 수 없는 사안. 타쿠토는 마음을 다잡고 빠뜨린 것이 없는지 생각했다.

하지만 조금 전 대화의 열기가 남아서 제대로 집중할 수가 없었다.

'정말로, 아투와 비토리오를 같이 두면 엉망이 되는구나……'

지치기는 했지만 방침이 정해졌으니까 괜찮다. 타쿠토는 스스로를 그렇게 타이르고 다음 문제를 생각했다.

Eterpedia

🌿《위장》《의태》

스킬

해당 유닛을 일시적으로 플레이어가 지정한 다른 유닛의 외모로 변신시킨다.

※변신 후의 유닛은 외모 그대로 행동한다.
※이 능력은 《간파》 계열의 능력을 가진 유닛이나 건물로 간파할 수 있고, 《간파》된 순간에 해제된다.

한담 드래곤탄

전 진영 회담에 참가한다는 큰 방침을 결정한 다음 날.

타쿠토는 쌓이고 쌓인 자잘한 잡무를 처리하느라 분주했다.

그는 지금 드래곤탄에 있었다.

셀드치가 더 중요하지만, 드래곤탄이 빨리 마무리될 테니까 먼저 마치기로 했다.

목적은 도시 운용 상황 확인과 실무적인 문제 해결이었다.

발전보다 안정을 중시한다. 타쿠토가 현재 드래곤탄에 요구하는 방침이었다.

시청으로 들어가서, 허겁지겁 황송해하며 안내를 자청한 직원을 업무로 돌려보내고 시장실로 들어갔다.

"여, 안텔리제 시장. 상황은 좀 어때?"

노크에 대답을 듣고 경쾌한 인사와 함께 들어갔다. 맞이하는 안텔리제는 놀란 심정이 가득한 표정이었다. 그래도 과거와 비교해서 건강해 보이는 얼굴이라 만족했다.

"어머! 이라 타쿠토 왕이시여! 말씀 주셨다면 마중을 나갔을 텐데! 여기 앉으세요. 아, 저도 참. 위대하신 왕께서 오시었는데 만족스럽게 맞이하지도 못하고……."

"어, 신경 쓸 것 없어. 멋대로 찾아온 건 나니까. 게다가 그렇게까지 대단한 일로 온 것도 아니니까……."

"하지만 시종도 없이 몰래 오시다니, 신하로서 말씀을 드릴 수

밖에 없어요."

"그건 괜찮아. 이건 대역이니까. 운용 시험도 겸하는 거야."

몸 일부의 《의태》를 해제하는 타쿠토. 이 정도 조작은 이미 익숙했다.

"꺅! 그렇군요…… 부하의 능력이었군요. 그렇다면 안심이에요. 불필요한 말씀을 드린 것, 용서해 주시기를."

안텔리제는 이것을 알고 간신히 기묘한 이번 방문을 이해했다.

왕의 방문으로서는 너무나도 가볍고, 게다가 평소라면 반드시 있어야 할 아투가 없었다.

무언가 심경의 변화라도 있었나? 특별한 이유라도 있나? 의아했는데 대역 시험 운용이라면 납득이 갔다.

타쿠토도 이 대화에는 무척 만족했다.

현재 타쿠토의 본체…… 그러니까 본인은 대주계의 【궁전】, 그 안에서도 개인실에 있었다.

이것은 《반편이》의 시야 공유와 텔레파시를 최대한 이용하여, 마치 본인이 그곳에 있는 것처럼 행동하는 가짜였다.

이것을 사용할 때에는 본인이 무방비해진다는 단점이 있지만 아투나 엘프루 자매가 지금도 곁에서 경호하고 있으니까 문제없었다.

《반편이》 조작도 한순간 랙이 있지만 대화 정도라면 위화감 없이 가능했다.

그러니까 이곳에 있는 것은 이라 타쿠토 본인이나 마찬가지였다.

'즉흥적으로 시작한 대역이지만 예상보다 더 쓸 만하네. 전 진

영 회담 이후로도 이래저래 이용할 수 있겠어.'

새로운 힘을 손에 넣었다.

이제까지의 경험에 따르면, 게임 시스템의 힘으로 강력한 능력을 구사할 수 있더라도 플레이어 자신이 당한다면 아무 의미가 없다.

그러니까 플레이어라는 존재는 사실 사용하기가 어렵다.

더없이 강력한 능력을 구사할 수 있지만, 자칫 잘못한다면 패배로 이어진다.

플레이어라는 존재는 가능한 한 자신이 있는 장소를 감출 필요가 있다.

예를 들어 테이블 토크 RPG의 플레이어인 쿠하라 케이지는 그런 점에서 어려운 상대였다.

그가 어떻게 되었는지는 아직 알 수 없지만, 과거에 그는 신변을 철저하게 숨겼다.

그저 겁쟁이라고 평가할 수도 있겠지만, 그것이야말로 때로는 승리에 가장 필요한 요소이기도 하다.

그런 모습을 본받을 필요가 있다.

본받은 결과로 새로운 대역 이용 방법을 얻었다.

타쿠토는 이 방법이 앞으로 마이노그라가 더욱 강해질 수단이라고 확신했다.

"왕이시여, 무슨 일이신가요?"

갑자기 목소리가 들렸다.

시장 안텔리제의 목소리였다.

자신도 모르는 사이에 사고의 바다에 잠겨 있었나 보다.

타쿠토는 대화 도중에 그만 생각에 잠기는 것도 나쁜 버릇이라고 생각했다. 그리고 결과적으로 기다리게 만들어버린 안텔리제에게 사죄할 생각으로 말을 건넸다.

"아니, 아직 조작이 좀 익숙하지 않아서. 앞으로도 잘 부탁할게. 너는 시장으로서 무척 잘 해주고 있어. 나는 무척 만족하고 있거든."

"어머나! 제가 도움이 된다니, 더없는 기쁨이에요. 앞으로도 모쪼록 마음껏 명령해주시길. 목숨을 바쳐 이 드래곤탄을 통치할게요."

"응. 또 제대로 포상을 줘야겠네."

신상필벌은 조직을 다스리는 것에 중요하다.

안텔리제는 특히 좋아한다는 술을 주면 기뻐하니까 타쿠토도 편했다. 물론 급여로도 보답하지만.

열심히 하는 사람에게는 많은 포상을. 그것은 타쿠토에게 당연한 일이었다.

"후후후, 기대할게요. 그래서 오늘은 무슨 일로 오셨을까요? 다행히 도시 행정도 일단락되었으니까 왕께서 고민하실 문제는 없다고 생각하는데……."

"조금 전에도 말했다시피 대역 운용이 핵심이야. 그리고 드래곤탄의 상황도 자세히 확인해두고 싶었으니까. 최근에는 문제가 많아서 아무래도 대주계 말고 다른 곳은 관리가 소홀해졌으니까, 시간이 있을 때에 제대로 집중하고 싶었거든."

말은 이렇게 하지만 사실 확인할 일은 거의 없을 것이다.

건축물도 긴급생산 이후로는 서둘러서 만들어야 할 것도 없었다.

적절한 운용. 그러니까 도시 운영이 안정 상태에 들어서는 것이야말로 타쿠토의 바람이고, 그를 확인하는 것이 진짜 목적이었다.

안텔리제를 가벼운 마음으로 찾아온 것처럼, 드래곤탄 방문은 가벼운 시찰이었다.

"그렇군요, 그런 생각이셨나요. 그럼 제가 직접 안내해 드릴게요. 왕의 명령에 따라 새로이 만든 건물을 포함해서, 이 도시는 이미 과거의 인상을 잊어버릴 정도로 발전했으니까요."

"괜찮겠어? 갑자기 온 거니까 바쁘다면 다른 사람한테 부탁할게."

"아뇨, 조금 전에도 말씀드렸다시피 업무는 일단락되었으니까 문제없어요. 게다가 왕을 안내해 드린다는 명예로운 일, 어떻게 다른 사람에게 맡길 수 있을까요!"

소파에서 벌떡 일어나서 외치는 안텔리제.

살짝 농땡이 기질이 있다고 들었지만, 이번에는 정말로 시간적인 여유가 있는 것 같았다.

그렇다면 타쿠토도 흔쾌히 안내를 맡기기로 했다.

현재 마이노그라를 둘러싼 상황을 생각하면 몇 번이고 도시를 시찰할 수는 없다.

도시를 확인하는 것도 SLG의 묘미다.

모처럼의 기회. 자신의 힘으로 크게 발전했을 드래곤탄을 단단히 눈에 담아두자고 타쿠토는 기합을 넣었다.

"그리고…… 가능하다면 비토리오 씨랑, 예의《이라교》에 대해서도 직접 말씀을 드리고 싶었으니까요…….."

"가, 가볍게 부탁할게……."

동요한 심정이 그만 말에서 배어 나왔다.

비토리오가 만들어낸 이라교는 점점 세력을 늘리고 있었다.

지금은 암흑 대륙 전체에 퍼져서 그 이름을 모르는 사람은 없을 정도였다. 동시에 그것은 성가신 문제를 초래하기도 했다.

광신적이라는 말로는 미처 표현할 수 없을 정도로 타쿠토를 신봉하는 신도들. 타쿠토조차 그들이 무엇을 저지를지 알 수 없으니까…….

"아, 그렇지. 모처럼 오셨으니까 요나요나 씨도 부를까요? 왕께서 부르신다면 그녀도 분명히 기뻐하겠죠."

"이라교 관리를 맡고 있던가? 그녀는 좀 어때?"

이라교《대리 교조》요나요나.

비토리오가 발탁하여 이라교의 귀찮은 일 일체를 던져버린 불쌍한 수인 소녀다.

근본적으로 성실한 그녀가 이라교의 수장으로 있어줘서 이래저래 편하기도 하니까, 타쿠토도 미안하다고 생각하면서도 이 인사에는 참견하지 않았다.

비토리오가 스스로 이라교를 관리하겠다고 나선다면 견딜 수 없을 테니까.

요나요나는 타쿠토의 기대를 한 몸에 짊어지게 되었다. 그리고 그의 기대에 부응하여 무척 열심히 일하고 있나 보다.

　"실무에서는 아직 장래가 기대된다는 정도예요. 하지만 사람들을 이끄는 솜씨는 확실해요. 그녀라면 이야기가 바로 통하니까 정말로 도움을 받고 있거든요. 이미 이 도시는 종교 도시로서 지위를 얻고 말았으니까, 이라교 대리 교조인 그녀 없이는 운영할 수 없다고도 할 수 있어요."

　"그렇구나. 비토리오는 제대로 일을 배분했다는 거네."

　"그래서, 어떻게 할까요?"

　"그러네. 그럼 기왕 왔으니까 부탁할까."

　이라교는 비토리오가 만들어낸 거대한 시스템이다.

　이미 종교라는 틀에 머무르지 않고 이 대륙 전체에 다양한 영향을 주고 있었다.

　기묘하게도 이라교는 이미 마이노그라와 떼려야 뗄 수 없는 관계가 되어버렸다. 그들을 앞으로 어떤 방향으로 이끄는 것이 최선일지 타쿠토는 멍하니 생각했다.

　그 후, 시청에서 나온 타쿠토는 안텔리제의 안내에 따라 드래곤탄 시찰을 시작했다.

　과거에 이곳은 황폐한 도시였지만 지금은 눈이 동그래질 정도로 번성하고 있었다.

【인육의 나무】나【주지육림】,【이형 동물원】같은 마이노그라 고유의 건축물이 사악 국가의 위엄을 드러내고, 추가로 세워진 주택이나 각종 상점 등이 도시의 발전과 번영을 지탱하고 있었다.

길을 가는 사람들의 표정도 밝고 활기로 넘쳤다.

중요 시설인【용맥혈】도 개발되어 옅은 녹색의 빛과 함께 대지의 마나를 끊임없이 만들어내고 있었다.

마이노그라 제2의 도시로서 만족스러운 결과를 보여주고 있는 드래곤탄에서, 타쿠토는 큰 가능성과 장래성을 느꼈다.

그렇게 시찰하던 도중이었다.

도시 중심, 아마도 과거에 큰 저택이 있었을 장소에서 거대한 건물을 발견했다.

우선 시선을 끄는 것은 뒤틀리고 얽힌 첨탑. 그리고 일부러 가지런하지 않게 만들었는지 난잡하게 배치된 여러 창문들.

그 건물은 어디선지 모르게 들리는 대─앵 대─앵, 심장에 울리는 꺼림칙한 종소리와 함께 하늘 높이 자신을 주장했다. 명백하게 마이노그라의 사악한 문화를 반영하면서도 동시에 어딘가 종교적인 분위기도 느껴졌다.

타쿠토는 이제까지 본 적 없는 그 시설을 찬찬이 위에서 아래까지 살펴봤다. 그리고 모든 것을 체념한 듯이 조용하고 느릿한 목소리로 안텔리제에게 물었다.

"안텔리제 시장. 저건 뭘까?"

"이라교 대성당.【두메리 툴라】예요."

조용하고 슬픔으로 가득한 목소리였다.

안텔리제의 마음속에 있는 안타깝고 불명예스럽다는 심정이
목소리에 담겨 있었다.

그녀는 그럴 수밖에 없다고, **녀석**이 저지른 짓이라고 생각했다.

그다지 알고 싶지 않은 사실이었다. 틀림없이 타쿠토의 일이
늘어날 테니까.

"도시 계획을 생각하면 어때?"

"완전히 계획 밖이고, 처음부터 시장으로서 인허가를 내린 기
억도 없어요."

"위법 건축물이잖아. 철거하자⋯⋯."

이것은 『Eternal Nations』에 나오는 【대성당】이었다.

종교를 창설하면 종교 본거지에 건설할 수 있지만 비용은 무척
비싸다.

비토리오가 자신의 능력을 이용해서 억지로 건축 지시를 내렸
을 것이다. 하지만 부족한 비용을 어디서 짜냈는지는 조금 신경
쓰였다.

타쿠토가 아는 이라교 신도의 열광적인 모습이나 최근에 얻은
셀드치의 부정한 재산 따위를 생각하면 바로 해답을 알 것 같았
지만⋯⋯.

한숨을 한 번 내쉬었다.

드래곤탄 시찰은 무의미하지 않았다. 건축이나 행정에 문제가
없으니까 이대로 내버려둬도 괜찮을까. 그렇게 생각했지만 터무
니없는 폭탄이 숨어 있었다.

안텔리제도 말하기 힘들었을 것이다. 자신이었다면 너무 힘들

어서 어떻게 보고하면 좋을지 알 수가 없었을 테니까 실책이라 질책할 수도 없었다.

영웅의 소행은 직속 상사인 타쿠토의 책임이다.

그리고 안텔리제나 타쿠토만 그런 것도 아니었나 보다.

옆에서 쓰디쓴 심정과 절망으로 가득한 목소리가 흘러나왔다.

시찰 전에 시청으로 호출되어, 조금 전까지 안텔리제와 함께 생글생글 진심으로 행복한 듯 타쿠토를 안내하던 산양 수인 소녀의 목소리였다.

이라교 대리 교조 요나요나.

기묘하며 무허가인 건축물과 관련된 중요 참고인이라도 할 수 있는 소녀였다.

"으으, 죄송해요! 죄송해요! 설마 위대하신 신의 뜻에 거스르는 짓이었다니! 이 책임은 전부 저한테 있어요! 부디, 부디 제 목숨으로 용서를!"

"아니아니, 요나요나는 잘못 없어. 너는 정말 열심히 하고 있어. 그렇게 스스로를 비하하지 마."

내버려두면 엎드려서 빌 기세인 소녀를 달래며 황급히 위로했다.

전부 비토리오 탓으로 돌리면 편할 텐데. 그래도 자신의 책임을 느끼고 마는 것이 그녀의 장점이자 단점이었다.

"저, 저 같은 것한테 참으로 과분한 말씀……. 저는, 저는…… 시, 시이이인……."

"정말로 그 호칭은 익숙해지지 않네……."

이라교는 비토리오가 멋대로 만들어낸, 이라 타쿠토를 숭배하는 종교다.

타쿠토만을 신봉하고 타쿠토에게만 기도를 올리는 힘의 집약 기구이기도 하다.

비토리오가 가진 인심 장악 계열의 스킬을 충분히 활용하여 만들어낸 종교로, 이라교의 신도는 다들 열광적인 신앙을 가지고 있었다.

타쿠토가 명령한다면 정말로 기꺼이 목숨을 내놓으려 하는, 머릿속의 나사가 날아간 자들뿐이었다. 솔직히 타쿠토는 그들이 불편했다.

그런 종교의 대리 교조가 눈물을 흘리며, 신이라 믿는 타쿠토에게 매달렸다.

다행히도 지금 시간은 통행인이 적어서 그다지 눈에 띄지 않았다. 하지만 슬슬 귀찮은 일이 벌어질 것 같으니까 그만했으면 좋겠다.

요나요나는 우선 울음을 그치고 현재 상황을 설명해주길 바랐다.

"뭐, 이 건물은 추가 승인으로 허가하는 게 무난할까. 아까는 그렇게 말했지만 새삼스럽게 부수는 것도 수고스럽고, 그럴 여유가 있다면 다른 일을 하는 편이 나을 테니까. 그런데 안텔리제는 정말로 대처할 수 없었던 거야?"

요나요나가 쓸모없어졌으니까 안텔리제에게 이야기를 돌렸다.

이쪽은 산양 소녀와는 달리 아직은 냉정해 보였다.

"아뇨, 사실은 주변 주민이 이라교도이거나 금전으로 매수가 되어서, 행정이 개입하려고 하면 시청 앞에서 밤낮을 가리지 않고 항의 행진을 하니까……."

"주동자는? 어차피 비토리오겠지. 이만한 일을 저질렀는데 나무라지 않는 것도 그러니까, 그 녀석이 책임을 지게 만드는 게 가장 원만하게 수습되지 않을까? 일단 불러내서 본보기로 목을 치는 건 어떨까?"

"거듭 부르고 있지만 전혀 출두하질 않아서요……. 외람되오나, 왕께도 호출을 부탁드릴 순 없을까요?"

"이럴 때는 내가 말해도 아마 안 나올 거니까……."

"그, 그런가요……."

비토리오는 여러 방면에서 사고를 치고 있었다.

타쿠토는 그가 의도하는 바를 이해할 수 있으니까 그렇게까지 걱정하지는 않지만 다른 사람들은 그럴 수도 없었다.

국가의 요직에 앉은 사람일수록 성실한 사람이 많다.

다크 엘프들이든 안텔리제든 요나요나든.

성실하고 국가와 타쿠토에게 헌신적이고자 하는 사람들은 비토리오의 악행에 익숙하지 않았다.

그러니까 책임감을 느끼고, 이렇게 마음 아파했다.

'어쩔 수 없지, 도움을 줄까.'

"뭐, 비토리오가 저지른 짓은 어쩔 수 없어. 저건 내 관할이니까, 이 일은 내가 맡기로 할게. 그리고 앞으로 저 녀석이 조금이라도 문제 행동을 벌일 것 같다면 나한테 직접 말해. 그러면 너희한테 책임이 돌아가지는 않도록 할 테니까."

우선은 책임 소재부터 정했다.

드래곤탄의 모든 책임은 안텔리제에게, 이라교의 모든 책임은 실질적인 수장인 요나요나에게 있다.

물론 이 대성당도 일단 그녀들의 책임이지만 타쿠토는 논리를 굽혔다.

논리를 굽히지 않고서는 수습될 이야기도 수습이 되지 않는다. 예외적인 운용은 조직에 바람직하지 않지만, 비토리오의 경우에는 굽히지 않는다면 더욱 큰 피해를 일으킨다.

타쿠토는 두 사람이 더 이상 낙담하지 않도록 말을 골랐다.

이어지는 말 역시도 두 사람의 입장을 배려한 것이었다.

"그보다도, 과정은 좋지 않았지만 결과적으로는 잘 된 거 아냐? 제대로 기능하는 것 같은데 안텔리제는 어떻게 생각해?"

"예, 보시다시피 호화찬란기묘기발한 본 건축물, 대성당이라 칭할 만큼 이라교 신도 사이에서는 절대적인 지위를 얻었어요. 그러니까 국내외에서 순례자가 많이 방문하고, 자연스럽게 드래곤탄의 경제에 기여하고 있죠……."

"이른바 성지순례 같은 건가…… 우상 숭배는 금지하는 만큼, 명확한 신앙의 대상으로 기능하겠구나."

"예에, 이, 이, 이 건물을 보려고 대륙 전체에서 이라교 신도가 찾아오고 있어요. 그러니까 신께서 이 두메리 툴라를 부정하신다면 좀 성가신 일이…… 앗, 아뇨! 신의 결정에 불평하는 게 아니에요!"

"응응, 알고 있어. 확실히 그건 위험하겠지."

안텔리제가 책임을 느끼거나 독단적으로 철거를 명령하지 않도록 효과를 굳이 설명했다. 그러는 사이에 타쿠토도 깨닫지 못했던 장점을 하나 발견했다.

대성당이 신도들에게 하나의 목적지라는 점이었다.

신도들은 대성당으로 찾아와서 타쿠토에게 기도를 올리는 것이 목적이다. 그 덕분에 대주계의 평화가 유지되고 있었다.

만약 이것이 없었다면 지금쯤 타쿠토가 사는 대주계의 궁전으로 신도가 밀려드는 사태가 벌어졌을 것이다.

'그렇게 생각하면 이라교의 신앙 대상으로 이 건물을 추가 승인하는 편이 나을까. 권위를 과장스럽게 더하지 않도록 못을 박을 필요는 있겠지만, 잘못하면 반대로 내가 외통수에 몰려.'

이 상황을 이해하니까 비토리오는 대성당 건축에 착수했을 것이다.

보고하지 않았던 것은 비토리오라는 영웅의 특성이라고 말할 수밖에 없겠지만. 이해하기는 어렵지만 실제로는 전부 합리적으로 진행하는 만큼, 설화의 영웅은 이 세계에 와서도 최상의 컨디션이었다.

"흠. 이 성당을 어떻게 취급할지는 조금 더 생각해보고 판단할까. 아, 이건 두 사람한테 문제가 있다는 건 아니니까 착각하진 말고."

추가 승인을 어떻게 할지 잘 생각해봐야 할 것이다.

마이노그라의 수도인 대주계는 입지를 생각하면 그다지 유통에 걸맞지 않다. 그러니까 제2의 도시인 드래곤탄의 발전은 바람직한 일이다.

대성당은 발전의 마중물이 되어 크게 헌신해줄 것이다.

하지만 완전한 종교 도시로 변해버리는 것도 그리 달갑지는 않았다.

타쿠토는 제2의 도시가 경제나 제조에서 뛰어나기를 바라니까.

두메리 톨라의 권위를 이용하면서도 상업 활동이 위축되지 않도록 균형을 지켜야만 한다.

비토리오는 이번에도 난해한 과제를 내놓았다.

그것도 즐겨야 할 일이다.

내정을 좋아하는 타쿠토는 이렇게 고심하며 국가를 운영한다는 것이 정말 취향에 맞았다.

최근에는 전투 행동만 밀려들어서 내정 시간이 지나치게 줄어들어 싫기도 했다.

조금 휴식한다는 생각으로 이 상황을 즐겨도 괜찮지 않을까.

그리고 아마 그 탓에 사건은 벌어졌다.

사고가 내정으로 너무 기울어서, 자신이 처해 있는 상황을 미처 고려하지 못했다.

"호, 호호호혹시, 신이십니까!"

갑자기 타쿠토에게 말이 날아들었다.

오히려 이제까지 들키지 않은 것이 기적이었다.

그렇다, 이라교의 신도였다.

술렁술렁, 소란이 굉장한 기세로 전파되고 어디선지 모르게 번

쩍번쩍 약물 중독자처럼 이상한 눈빛의 사람들이 밀려들었다.

"위, 위험해……. 정말 위험해."

"도망치세요, 왕이시여! 축제가 시작될 겁니다!!"

"어째서 다들 그렇게 기합이 들어간 거야?! 그보다도 축제는 뭐야?!"

안텔리제는 농담이 아니라 진지하게 타쿠토를 걱정해서 외쳤다.

갑작스러운 축제 이야기에 타쿠토는 곤혹스러웠지만 고심할 시간은 남아 있지 않았다.

"그, 그야 이라교의 신께서 성지인 두메리 툴라에 강림하셨으니까요! 이만큼 위대하고 영광스러운 일은…… 틀림없이 미래에 계속 전해지고…… 헉! 그러니까 우리는 지금 신화를 직접 체험하고 있는 건가요?!"

"요, 요나요나! 어떻게든 좀 막아줘…… 안 돼! 완전히 자기 생각에 빠져버렸어!"

"안 돼요, 왕이시여! 퇴로가 막혔어요! 도처에서 신도가 우르르 모여들고 있어요!"

"조, 종교 너무 무서워……."

결국 신도로부터 도망치듯이 뒷골목까지 벗어난 타쿠토는, 그곳에서 대역인 《반편이》의 의태를 풀어서 고난을 벗어났다.

나중에 안텔리제에게 확인했더니 결국 이라 타쿠토 신 강림제라며 축제가 열린 모양이었다. 그 이야기를 들은 타쿠토가 드래곤탄에 다가가는 일은 한동안 없었다고 한다.

대성당

건축물

종교: 이라교 명칭: 두메리 툴라
파멸의 마나   +1
국가의 신도 증가율   +10%
국가의 마력 생산   +20%

대성당은 종교의 총본산에 건축할 수 있는 특수한 건축물입니다.
강력한 효과를 가졌지만 각 종교에 하나만 건축할 수 있고, 건축에는 큰 비용이
듭니다.
또한 이 건축물은 적의 점령 등으로 파괴되지 않고, 도시의 소속이 변경되더라도
계속 도시에 남습니다.

타쿠토 대역의 의태를 해제해서 드래곤탄의 《이라교》 신도로
부터 도망친 날 오후, 타쿠토는 【궁전】에서 열리는 정례 회의에
출석했다.

자신의 분신이라고도 할 수 있는 대역을 이용할 수 있으면 이
런 부분에서 편리했다. 《반편이》 자체의 전투력도 있고, 가진 능
력도 상당했다.

그 캐릭터를 능동적으로 사용한다면 타쿠토가 펼칠 수 있는 전
략의 폭은 크게 넓어진다.

"자, 드래곤탄 시찰도 일단 예상한 범위 안에서 끝났어. 지금
은 셀드치의 방침이라도 정해둘까."

모인 것은 마이노그라의 수뇌진.

요나요나나 이단심문관 크레에처럼 유익한 인재 등용은 나름대로 진행하고 있었다. 그래도 이 자리에 참석할 수 있는 인원은 한정적이었다.

마이노그라 설립 당시부터 국가에 충성을 다하는 최고참 멤버였다.

몰타르 옹, 기아, 에므루, 엘프루 자매.

그리고 서기나 자료 배치를 맡은 잡무 담당 같은 다크 엘프가 있지만, 이 인원에 변함은 없었다.

현 체제도 언젠가 변화를 주어야만 한다고 타쿠토는 느꼈다.

국가의 규모를 행정 능력이 따라가지 못했다. 다크 엘프들의 충성심에 부응하는 것은 중요하지만 슬슬 한계였다.

새로이 지배 영역이 된 셀드치 주변의 영토 넓이를 생각하면 명백했다.

"새로 얻은 셀드치, 그리고 주변 지역. 비옥하면서 온후한 지역이고 자연재해도 적어. 인구도 많으니까 분명 국력 증가에 기여하겠지."

참가자들의 표정에 기쁨이 떠올랐다.

여기에 이르기까지 겪은 고난을 생각하면 그에 걸맞은 성과라고 할 수 있었다. 국가에게 새로운 영토 획득이란 그만큼 가치가 있는 일이다.

그렇지만 평소처럼 그저 기뻐할 수만도 없었다.

"하지만 대주계 일부와 드래곤탄 주변 영역 지배가 간신히 안정된 지금의 마이노그라에게는, 제3의 도시인 셀드치를 운영하려면 한계를 넘는 행정 능력이 필요해."

고난을 하나 헤쳐 나오면 또 다른 고난. 다크 엘프들은 복잡한 표정을 지었다.

타쿠토의 말을 잘 이해한다는 증거이기도 했다.

"그러니까 지금은 갑자기 대폭 변경하는 것보다 현재의 통치 기구를 유지하며 시간을 들여서 마이노그라 스타일의 운영 방침으로 바꾸는 편이 무난하겠지. 다들 어떻게 생각해?"

셀드치 주변 영역, 그것은 정통 대륙과 암흑 대륙의 접속 영역부터 이미 멸망한 레네아 신광국의 거의 절반에 이르는 광대한 영역이다.

물론 셀드치가 눈에 띄는 도시니까 강조하게 되지만, 주변에도 작은 도시나 마을 등 통치가 필요한 지역이 여럿 존재한다.

보통은 통치가 불가능하다고 판단하는 것이 당연하다. 애당초 인구까지 모두 얻는 것이 이상한 일이었다.

비토리오가 이라교라는 종교를 전파하는, 그야말로 부정과도 가까운 비기를 사용한 덕분이었다. 그것이 없었다면 지금쯤 반란이 빈발해서 평온하게 이야기를 할 수도 없었을 것이다.

그 인식은 이곳에 있는 전원이 공유하고 있었다.

"확실히 셀드치의 규모는 드래곤탄 때와 비교가 안 됩니다. 섣불리 손을 대더라도 좋은 결과가 되진 않겠죠. 우리의 무력함이 그저 분할 뿐입니다만, 왕의 말씀이 옳다고 생각합니다."

"애초에 국가 확장이 너무 빨라. 게다가 드래곤탄이든 셀드치든 타국으로부터 전향이나 점령을 통해 손에 넣었어. 손을 쓰기가 힘든 상황이야."

이제까지 마이노그라가 얻은 영토는 모두 어떤 식으로든 국가로 편입된 것이다.

통상적으로는 개척부터 시작해서 작은 마을에서 도시로 시간을 들여 발전하는데 그런 모양새가 아니었다.

마이노그라라는 국가는 예외가 가득한, 뒤틀린 형태로 발전하고 있었다. 몰타르 옹은 자신의 무력함이라고 말했지만 이것은 이미 개인이 어떻게 할 수 있는 문제가 아니었다.

"게다가 셀드치는 전선에 가까워요. 애초에 이제까지 적국이었던 장소예요. 물론 잠자코 빼앗길 생각은 없지만, 상대에게 탈환당할 위험성도 고려해야만 하겠죠."

아투가 타쿠토의 말에 덧붙이듯이 셀드치 주변 지역의 문제점을 이야기했다.

전사장 기아가 크게 끄덕이는 모습을 보면 그도 이 문제점을 걱정하고 있었을 것이다.

현재 새로이 얻은 지역, 셀드치는 엘 나 정령계약연합 및 성왕국 퀄리아와 국경을 인접하고 있다.

거대한 산맥이 정통 대륙 중앙을 관통하며 엘 나와 퀄리아를 분단하고 있다. 하지만 북부의 극한 지대와 남부의 암흑 대륙 접속 영역에서는 산맥이 끊어져서 서로 통행이 가능했다.

그리고 북부는 적설로 불편하니까, 엘 나와 퀄리아는 전적으로 이곳 셀드치를 경유하는 루트를 통해서 오가고 있었다.

그러니까 마이노그라가 새로이 얻은 지역은 지리적으로도 중요한 의미를 가지고 있었다.

엘 나든 퀼리아든, 당연히 확보하려 할 것이다.

적어도 마이노그라라는 사악 국가에 넘어간 상태로 가만히 둘리가 없었다.

"다행인 건 이라교가 퍼진 덕분에, 우리 나라에 대한 주민들의 호감도가 무척 높다는 점이로군요. 통치하는 입장에서 이것은 무척 편한 상황입니다."

"그것만큼은 안심할 수 있겠네. 융화 정책은 굳이 진행하지 않더라도 잘 풀릴 것 같으니까, 투자는 최소한으로 하고 일단 태세를 바로잡는 것에 주력할까. 뭐,【인육의 나무】와 이라교【교회】라도 만들어두면 시간은 벌 수 있겠지."

비토리오가 레네아 신광국에서 사용한 수단은 너무나도 악랄했다.

자신의 능력을 이용하여 우격다짐으로 도시 주민을 이라교로 개종시켰다.

보통 이렇게 풀리지는 않는다. 『Eternal Nations』라면 적 국가의 종교 유닛이 대책을 찾을 테고, 평시라면 아로스교조차 대응했을 것이다.

테이블 토크 RPG 세력―― 에라키노와 두 성녀. 그리고 게임 마스터가 혼란스럽게 만든 시기였기에 가능한 수단이었다.

이만한 규모의 영토와 도시를 얻을 기회는 앞으로 두 번 다시 찾아오지 않을 것이다.

예정과 예상을 벗어난 부담이라고는 해도 이것을 극복한다면 보상은 크다.

그리고 이 정도도 돌파하지 못하고서 뭐가 이라 타쿠토냐며 그는 각오를 다졌다.

"허나 왕이시여, 셸드치의 책임자는 어떻게 하시겠습니까? 통치 기구는 그대로 이용할 수 있지만, 그래도 믿을 수 있는 책임자가 필요하지 않겠습니까."

"그거 말인데……."

각오는 다졌다. 하지만 현실이 마음을 따라오지 못하는 부분도 확실히 있었다.

바로 인원 문제. 일단 보류하더라도 완전히 방치할 수는 없다.

최소한, 정말로 최소한으로, 몰타르 옹의 진언대로 책임자를 둘 필요가 있다. 하지만 주민 위로와 동화 정책을 추진하기 위해서는 믿을 수 있는 인물을 앉혀야 한다.

항상 인재가 부족한 마이노그라에게는 조금 힘겨운 요구였다.

'영토의 크기와 인구. 전선의 위험성을 생각해서 가능하다면 영웅이 바람직해. 하지만 아투는 무리고, 비토리오는 논외야. 이슬라가 적임자였지만, 이제 와서는 어쩔 수 없지…….'

안텔리제도 힘들다. 이제까지 헌신을 다해준 만큼 더 이상의 부담은 강요하고 싶지 않기도 하고, 가장 큰 문제는 그녀의 출신 탓이었다.

잊어버리고는 하지만 안텔리제는 원래 엘 나에서 유력 씨족의 대를 이을 딸이었다.

그러나 낡은 관습이나 책임이 싫어 가족에게서 도망치고, 결과적으로 드래곤탄에 정착하는 모양새가 되었다.

그러니까 엘 나 정령계약연합을 지나치게 자극한다.

현재 저 나라가 어떠한 상황인지 상세한 정보는 알 수 없지만, 그래도 안텔리제를 훌쩍 저 땅으로 보내는 것은 너무나도 위험하다.

'그 밖에는…… 요나요나도 힘들겠지.'

그녀는 실무 능력이 부족하다. 게다가 이라교 대리 교조로서 브레이크가 죄다 풀어진 교도들을 막으러 뛰어다녀야만 한다.

일개 도시에 묶어놓는 것은 위험하다.

'어―, 그리고 보니 요전에 새로 들어온 전직 이단심문관…… 크레에 이플레이스였던가? 그녀는 어떨까?'

문득 생각했지만 역시 안 되겠다며 머리를 부여잡았다.

크레에는 실력이 부족하지는 않다. 일단 성실해 보이고, 원래 서류 업무도 많았다고 하니까 익숙하지 않은 통치도 금세 배울 것이다.

하지만 전직 이단심문관이자 퀼리아의 배신자다. 틀림없이 퀼리아를 자극할 것이다.

게다가 그녀에게는 성기사에서 사도로 전락한 《이라의 기사》를 통솔하는 역할을 줄 생각도 있었으니까, 역시 기각할 수밖에 없었다.

'큰일이야, 정말로 인재가 없어. 여기서 또 다른 사람을 찾는다면 아무래도 이름값도 뒤처지고, 직책과 비교해서 부족한 게 너

무 많아…….'

적어도 이름이든 실력이든, 둘 중 한쪽이라도 충분하다면…….

어쩔 수 없으니까 장래성을 봐서 유능해 보이는 인물을 단기 부임으로 돌릴까? 타쿠토가 정책을 세세히 확인할 필요가 있겠지만 이제는 그 방법밖에 없을 것 같다.

인재를 육성한다면 미숙한 자에게 경험을 쌓게 만드는 것도 중요하니까……. 하지만 그때였다.

"임금님."

"임금님—."

"저희가 셸드치에 부임할게요!"

"할게요!"

조금 전까지 회의를 조용히 지켜보던 엘프루 자매가 생각지도 않은 제안을 건넸다.

전혀 검토하지도 않은 이야기였으니까 타쿠토도 한순간 눈을 동그랗게 떴다.

"너희가?"

무심코 되물은 말에 힘찬 끄덕임으로 대답했다.

타쿠토는 그 반응에 곤혹스러워하면서도 그녀들 두 사람을 책임자로 보내는 것의 장단점을 확인해봤다.

'가능하다면 두 사람은 여기서 좀 더 많은 걸 배웠으면 하지만, 너무나도 적임자야.'

실제로 쌍둥이가 셸드치를 포함한 지역의 영주로 부임하는 것은 무척 이치에 맞았다.

차기 간부 후보이자 마이노그라에서도 높은 지위를 가지고 있다는 네임 밸류. 특수한 사례이기는 했지만 영웅의 힘이 깃든 역량.

그리고 두 사람이 수장을 맡는다면 한 사람보다 다양한 측면에서 융통성을 발휘할 수 있다.

대부분의 경우, 수장이 두 사람이라는 상황은 파벌 같은 문제로 최악의 경우를 초래할 것이다. 하지만 그녀들의 관계를 생각한다면 그럴 걱정도 없다.

실무는 아직 조금 불안하지만 그래도 타쿠토의 생각을 이해할 정도로 머리는 있고, 서포트 인원을 조금 빌려준다면 문제없다.

그러니까 그녀들이 셸드치와 주변 지역의 영주로서 부임하는 것은 마이노그라에게도 타쿠토에게도 무척 적절했다.

순식간에 그렇게 계산한 타쿠토는 마음속의 쓸쓸함을 감추며, 지금이야말로 자신들이 나설 차례라고 주장하는 두 소녀에게 물었다.

"괜찮겠어? 마녀의 힘이 있으니까 이곳으로 돌아오는 건 어렵지 않겠지만, 그래도 빈번하게 돌아올 수는 없다고? 우리랑 같이 있지 않아도 괜찮겠어?"

사실 괜찮지 않은 것은 타쿠토였지만, 두 사람은 그런 부분까지 생각하진 못하는 듯 든든하게 대답할 뿐이었다.

흘끗 주위를 봤다. 몰타르 옹이나 다크 엘프들은 조금 놀란 모양이었지만 기본적으로 찬성인 듯했다. 아직 어리다고는 해도 능력이 있으니까 그에 걸맞은 역할을 해달라는 것이 그들의 생각이었다.

아투도 연신 고개를 끄덕였다.

함께 호위를 맡던 쌍둥이가 빠진다면 자신이 더더욱 타쿠토 곁에 있을 수 있겠다고 생각했는지, 아니면 다른 생각이 있는지. 여하튼 이번 일에 아군은 없었다.

이치의 측면에서도 전략의 측면에서도 구멍이 없었다.

타쿠토가 쓸쓸한 심정으로 품은 갈등을 제외한다면…….

어쩔 수 없나. 완전히 못 만나게 되는 것도 아니니까.

그렇게 스스로를 납득시키고 승낙의 대답을 하려던 그때, 쌍둥이 소녀가 앞다투어 말했다.

"우리도 더더욱 임금님한테 도움이 될 수 있다고 증명하는 거야—."

"임금님이랑 모두에게 간단히 매달릴 수 없는 환경이라면, 더 강해질 수 있을 거라 느끼는 거예요."

"응! 강해질게—!"

'강해지고 싶다……인가.'

소녀들의 바람은 고귀하고 순수했다.

하지만 그녀들은 그저 그것만이 이유가 아니라 말하고 있었다.

"게다가, 당하기만 하는 건 납득할 수 없으니까요."

"두 번은 없어—."

문득 밝게 웃는 이 소녀들이 레네아 땅에서 어떻게 싸우고, 어떻게 패배했는지가 머릿속을 스쳤다.

패자는 모든 것을 빼앗긴다. 존엄마저도…….

결코 지지 않겠다는 그녀들의 결의와 마주하고, 타쿠토는 자신도 그 갈망을 잊지 말자고 스스로에게 맹세했다.

"그러니까, 잘 부탁하는 거예요."

"잘 부탁하는 거예요――."

셸드치 시청.

원래 교회 집무부서였던 건물을 간판만 바꾼 그곳에서 쌍둥이 소녀의 밝은 목소리가 울려 퍼졌다.

"아, 예……."

접대용으로는 조금 격이 부족하지만 청빈을 중시하는 퀄리아의 문화에서는 흔한 소파에 앉아 있던 그 여자는, 갑작스러운 이야기에 그저 맥 빠진 대답을 했다.

여자의 이름은 크레에 이믈레이스.

원래는 퀄리아의 이단심문관이라는 중요한 지위를 가지고서 《일기의 성녀 네림》을 따르던 성직자다.

이전 전투―― 레네아 신광국의 영토를 둘러싼 성녀와의 공방에서 성신에게 등을 돌리고 마이노그라에 순종한 배반자이기도 했다.

그런 복잡한 입장에 놓인 크레에는, 조금 전에 엘프루 자매의 제안을 듣고는 여우에 홀린 것 같은 표정이었다.

그도 그럴 것이다. 그녀들의 제안은…….

"딱히 어려운 이야기도 아닌 거예요."

"그래그래, 곤란할 때는 이것저것 가르쳐주기만 하면 충분해—."

셀드치의 새로운 영주, 엘프루 자매의 보좌관이라는 입장으로 초빙하겠다고 했다.

이야기 자체는 이해할 수 있었다. 셀드치를 포함해서 마이노그라가 새로이 얻은 영토는 광대하다. 그것을 모두 관리한다면 아무래도 어린 소녀 둘에게는 버거운 일이다.

최대한 유능하면서 지역의 관습이나 내정에 상세한 사람을 보좌로 붙일 필요가 있다.

하지만 그것을 자신이 맡는다고? 그런 의문이, 항상 냉정하고 침착하며 조용히 일을 진행하는 크레에가 그런 태도를 취하게 만들었다.

"저기, 괜찮을까요? 소관은 이 나라에서 신참. 게다가 배반자이기도 합니다. 지나치게 요직에 앉아서는 다른 이들이 반발할 것 같은데……."

"그런 사람 없다고—? 애초에 아무도 없어……."

그 말에 크레에는 무심코 납득하고 말았다.

엘프루 자매가 마이노그라에서 가진 지위는 높다. 왕인 이라타쿠토를 제외하면 어린 두 사람의 행동에 이의를 제기할 수 있는 인물은 한 손으로 꼽을 수 있다.

게다가 사람이 없다는 말 역시도 정론.

크레에도 배움 없이 이단심문관이라는 지위에 오른 것은 아니었다.

마이노그라가 품은 문제라면, 자세히 파악하지는 못하더라도 대략적으로는 추측할 수 있었다.

그러니까 이 두 사람의 제안은 무척 지당해서 반론하기는 어려웠다.

"우리도 임금님 곁에서 이것저것 배웠다고는 해도, 모르는 게 잔뜩 있는 거예요. 그러니까 실무 경험이 풍부한 크레에 씨의 도움을 받지 않는다면 정말로 곤란한 상황이 될 거예요."

"하지만 현실에는 그런 이치로는 통하지 않는 이야기도……."

열의가 담긴 캐리어의 말에 유일한 걱정을 무심코 털어놓는 크레에.

실제로 연공서열이나 혈통 같은 인간관계를 소홀히 한다면 나중에 성가신 일이 벌어진다는 사실을 그녀는 잘 알고 있었다.

어쩌면 그저 자신을 지키려는 행동일 뿐일지도 모른다. 사실 그녀도 언젠가 네림을 되돌려 놓겠다는 목적이 있는 이상, 쓸데없는 문제는 피하고 싶었다.

하지만 그녀는 잊고 있었다.

"여기서 우리를 도와주지 않으면 드래곤탄으로 가야 한다고요?"

"……? 그게 무슨 문제라도?"

정말로 중요하며 중대한 일을.

"그 변태 씨가 있는 곳이거든요."

"그건 좋지 않아. ……정말로 좋지 않아."

그렇다, 그것은 바로 비토리오의 존재였다. 그의 주요 행동 범

위가 드래곤탄을 중심으로 하는 이상, 크레에가 셀드치에서 역할을 거부한다면 뜻하지 않은 상황에《설화의 영웅》과 조우할 가능성이 있다.

크레에도 이미 비토리오의 피해자였다. 이단심문관으로서 퀼리아에서 파견되었을 때부터 저 영웅에게는 잔뜩 쓴맛을 보았다.

싫은 기억이 주마등처럼 뇌리를 스치지만 억지로 머리를 내저어 뿌리쳤다. 그리고 크레에는 아주 살짝 매달리듯이 엘프루 자매에게 시선을 향했다.

"성교에서 전향한 이라의 교도로, 성기사에서 전락한《이라의 기사》. 마이노그라의 국민이 되었다고 해도 내용물이 전부 바뀐 건 아니에요. 지금 저희에게는 이제까지의 그 사람들을 잘 아는 크레에 씨의 도움이 필요해요."

"게다가 여기 있으면 일기의 그 아이랑 또 만날 수 있을지도 모르니까―."

"네림……."

크레에의 뇌리에서 비토리오가 완전히 사라지고 대신에 공허하게 웃는 소중한 소녀가 떠올랐다.

그렇다, 그녀를 구하기 위해 크레에는 성교에서 등을 돌렸다. 모든 것은 그녀를 위해서.

그저 그것을 위해, 크레에는 이곳에 있다.

"그녀는, 사실은 다정한 아이입니다. 그녀를 구하기 위해, 소관은 무엇을 하면 좋을까요?"

고지식하고 철면피라 야유를 당하던 크레에치고는 드물게도 약한 말을 털어놓았다.

마이노그라로 온 뒤로 감정이 풍부해졌다고 생각한다.

조금 전의 한탄도 그랬다.

마찬가지로 누군가를 잃은 경험이 있다는 쌍둥이 자매라면, 이에 해답을 가지고 있을지도 모른다고 기대했다.

그 해답은,

"천상으로 초대된 국민들은, 이윽고 절정의 행복과 무한한 평온 아래 영원히 살 것이다――."

"그건 대체……?"

"그곳에는 고통도 없고, 아픔도 없고, 죽은 자조차 되살아나고, 사랑하는 사람과 다시 만나고, 행복을 나눈다――."

낭랑하게 이야기하는 캐리어의 말에 크레에는 무심코 빠져들고 말았다.

무언가 시 같기도 하지만, 크레에가 아는 어떤 시와도 달랐다. 하지만 강렬하게 이끌리는 것이 그 말에는 있었다.

"――임금님께서 말씀하셨어요. 진짜 천국이 있다고. 그곳으로 갈 수 있다면 잃어버린 사람과 다시 만날 수 있다고."

크레에는 숨을 삼켰다.

그녀가 바라는, 성녀 네림을 구할 방법이 그곳에 있었으니까.

크레에는 이미 한번 《파멸의 왕 이라 타쿠토》를 알현했다.

그때에 느낀 두려움, 동떨어진 존재에 대한 경외와 근원적인 공포를 그녀는 잊을 수 없었다.

작은 벌레가 거인의 전모를 헤아릴 수 없듯이, 왜소한 사람은 파멸의 왕을 미처 헤아릴 수는 없다.

무언가가 심장을 움켜쥔 것 같은 감각 가운데, 크레에는 확실하게 그 사실을 이해했다.

이곳에 진정한 신이 있다고.

그런 신이 있다고 단언하는 세계. 하늘의 나라.

크레에에게서 빼앗기만 빼앗고 아무것도 주지 않았던 성신 아로스와는 달리, 명확하게 손을 내밀어주시는 위대한 분.

자연스럽게 그녀의 고동이 빨라지고 흥분 탓인지 얼굴이 홍조를 띠었다.

"그게 아니더라도 임금님의 힘은 굉장해요. 어쩌면 거기까지 기다리지 않더라도 다시 일기의 그 아이랑 친하게 지낼 수 있는 날이 올지도 모른다고요?"

그럴까요? 라고는, 목소리로 나오지는 않았다.

말로 표현하는 것이 어리석다고 생각해 버렸으니까.

왕이 가진 힘의 단면을 본 크레에에게, 지금 캐리어가 건넨 말은 근거 있는 사실로 받아들여졌으니까…….

"하지만 하나 문제가 있는 거예요."

"문제―?"

두근, 크레에의 심장이 크게 뛰었다.

대체 어떤 문제가 있을까? 소중한 그 아이가 평온하게 지낼 세계를 방해하는 무언가가 있는 걸까?

크레에 안에 이제까지 어렴풋하게만 존재했던 감정이 솟구쳐 올랐다.

마이노그라의 국민이 된 그녀에게 분노라는 감정은 이제 자신을 움직이게 만드는 원동력 중 하나였다.

빨리 대답을 달라.

지금 당장 그자를 자신의 검으로 무찌르겠다.

크레에가 험악한 생각을 품는 가운데, 캐리어가 담담하게 이야기했다.

"저희는 아직 약해요."

그 말은 크레에의 뜨거운 마음을 식히기에 충분했다.

그 순간에 무력감이 그녀를 뒤덮었지만, 심호흡 한 번으로 그 마음을 억눌렀다.

그것은 캐리어의 이야기이고, 메어리어의 이야기이고, 당연히 크레에의 이야기이기도 했다.

자신이 더욱 강했다면 결과가 달라지지는 않았을까?

확인한 적은 없지만, 그것은 여기 있는 세 사람이 항상 품고 있는 생각이었다.

대상은 다를지라도 소중한 사람을 잃은 처지는 같다. 힘을 원하고 있는 것도 마찬가지다.

그렇기에 쌍둥이 자매는 크레에게 이만큼 마음을 허락하고, 크레에도 자매를 신뢰한다.

약한 것은 죄다.

이 세계에서 더없이 크게 깨달은 사실이자 그녀들이 어떻게도 거스를 수 없는 현실이었다.

하지만 그를 해결할 길은, 가늘지만 확실히 존재했다.

"크레에 씨는 분명히 《성검 기술》을 쓸 수 있었죠?"

"예, 그렇습니다. 소관이 맡고 있던 이단심문관은 성기사의 자격을 얻고 처음으로 문호가 열리는 자리. 물론 스킬은 전부 파악하고 있습니다."

"그럼 전투 행동이나 무기 취급은 어떻죠?"

"물론입니다. 마를 상대하는 것은 당연, 사람을 상대하는 것도 습득하였습니다. ……직접 말하기는 힘든 것을 포함해서."

이단심문관이 습득하는 스킬은 다양하다. 이것은 굳이 따지자면 성기사의 영역이지만, 그래도 일반적인 중하급 성기사는 아무리 발버둥 쳐도 대적할 수 없을 만큼 다양한 스킬을 크레에는 습득했다.

"오오ㅡ, 굉장해!"

"이건 기대할 수 있겠네요, 언니!"

"그건 무슨 이야깁니까?"

굳이 의문을 던졌지만 사실 크레에는 이 쌍둥이의 생각을 거의 꿰뚫어보고 있었다.

부족한 전력을 스킬로 보충하겠다는 의도였다.

일기의 성녀 네림이 기억을 신에게 바치고 비토리오와 대치했을 때, 크레에도 전투에 참가한 엘프루 자매의 모습을 보았다.

그 모습을 한마디로 표현한다면 초보자.

확실히 육체적으로는 인지를 초월하는 굉장한 힘을 가졌을 것이다.

하지만 움직임은 세련되지 않았다. 그저 자신의 힘에 내맡기고서 움직인다는 인상이 강했다.

그래도 크레에는 자신이 도저히 상대할 수 없다고 느꼈으니까 그녀들이 강력한 존재임은 분명했다.

일기의 성녀 네림은…… 그 이상이었다.

지금 이대로는 부족하다.

그러니까 기술에서 빛을 찾아냈다고 할 수 있었다.

그것은 확실히 이치에 맞는 생각이라고 크레에는 납득했다.

하지만 아직 문제가 남아 있었다.

더욱 강력한 힘을 원하는 마음은 이해할 수 있지만 자신들이 처한 상황을 크레에는 잊지 않았다.

"하지만 두 분은 셸드치 관리를 맡으신 게 아닙니까? 임무를 소홀히 하는 것은 바람직하지 않습니다."

그렇다. 무엇보다도 일, 가장 먼저 일이었다.

크레에의 성격도 그렇지만, 맡은 일을 소홀히 하며 그저 힘을 원한다는 행위는 너무나도 잘못되었다고 느꼈다.

적어도 일을 가장 먼저 성실히 하고, 남는 시간에 수행을 하는 것이 도리가 아니냐고.

하지만 크레에가 잔소리하기 전에, 쌍둥이 소녀가 떠올린 깜찍한 책략으로 그 반론도 지워졌다.

"괜찮아요. 그래서 크레에 씨를 초빙했으니까."

"운명 공동체야―."

처음부터 이것이 목적이었군.

크레에는 무심코 미간을 찌푸렸지만, 어린 소녀들에게 거칠게 말하는 것은 거북했다.

쿼리아에 있었을 무렵이라면 다크 엘프라는 존재에 대한 차별 감으로 거칠게 말할 수 있었을지도 모른다. 하지만 지금 크레에 는 마이노그라의 국민이다.

파멸의 왕 이라 타쿠토를 알현하고 국민이 되는 것을 승낙받은 순간부터 다른 종족에 대한 편견은 안개처럼 흩어졌다.

크레에에게 지금 눈앞에 있는 것은 그저 상대하기 힘든 연하의 상사들일 뿐이었다.

어쩌면 자신이 강하게 말하지 못할 것도 상대는 예상했을까. 그렇게 여겨지기도 했다.

"그렇지, 모처럼의 기회니까 이라의 기사들한테도 마이노그라 방식을 가르쳐줄까요. 모의전 상대도 될 것 같으니까요. 물론 크 레에 씨도 말이죠?"

"스파르타다―! 팍팍 가자고―!"

빠져나갈 길은 없었다.

이미 마의 힘에 매료된 그녀에게 심연과 접촉하는 것은 더없이 바라는 바였다.

그리고 무엇보다도 힘을 원했다.

게다가 이라의 기사들이 힘을 얻는 것은 마이노그라의 번영과 발전으로 이어진다.

그것은 천상의 세계로 이어지는 반석이 된다.

더 이상 거절할 이유는 어디에도 없었다.

"저희는 강해져야만 해요. 누구보다도, 무엇보다도. 더는 잃지 않기 위해서. 그러니까──."

"함께 열심히 해요."
"함께 열심히 하자──."

처음 요청할 때와 같은 목소리, 같은 순수함으로 쌍둥이 소녀
가 다시금 권유했다.
"미, 미력하지만 모든 힘을 다하겠습니다……."
크레에에게는 그저 끄덕이는 길밖에 남아 있지 않았다.

SYSTEM MESSAGE

《후회의 마녀 엘프루 자매》가 셸드치 영주로 부임했습니다.
유닛을 컨트롤하려면 호출을 위해 일정한 시간이 필요합니다.

OK

제4화 우활

SLG가 가진 힘의 본질이 국가라는 숫자의 폭력에 있다면, RPG가 가진 힘의 본질은 용사라는 개인의 폭력에 있다.

드래곤탄에서 남쪽으로 내려간 암흑 대륙의 한 모퉁이. 그 땅에 활보하던 힐 자이언트를 마치 부업이라도 하듯이 둘로 쪼갠 유는 별일 아니라는 듯 타쿠토를 향해 손을 흔들었다.

태평하고 천진난만한 유의 행동에 살짝 압도당하며 타쿠토는 가볍게 손을 들어 대답했다.

'서로의 역량을 보여준다는 명목으로 야만족을 퇴치하러 왔는데…… 이건 상상 이상이네.'

타쿠토는 마음속으로 감탄을 숨기며, 이쪽으로 느긋이 걸어오는 유에게 시선을 향했다.

사실 이 자리에 있는 타쿠토는 진짜가 아니었다. 《반편이》를 이용한 대역이었다.

진짜는 대주계에 있는 【궁전】에서 지금도 조용히 이 상황을 지켜보고 있었다.

아무리 협력 관계를 구축했다고는 해도 상대를 계속 경계한다. 그래서 타쿠토는 유와 만날 때에는 전부 《반편이》를 원격 조작하여 대응하고 있었다.

강박증과도 비슷한 신중함은 이제까지 타쿠토가 경험했던 일들을 생각하면 전혀 이상하지 않았다.

"이게 지금의 내 힘. 적어도 이곳 암흑 대륙에 있는 야생 몬스터 정도라면 몇 마리가 와도 쉽게 이길 수 있어!"

"굉장해! 굉장해요, 주인님!"

용사 유가 적을 쓰러뜨리고 노예 소녀가 과도하게 추어올린다.

그 광경을 몇 번이나 봤을까? 적어도 카미미야 데라유라는 플레이어가 다른 사람과는 차원이 다른 전투 능력을 가졌다는 사실만큼은 알 수 있었다.

"확실히 상상 이상이네. 사천왕 클래스라면 이걸로 즉살일 테니까, 허를 찔러서 마왕을 쓰러뜨린 것도 납득이 가."

'영웅이라도 책략을 준비하지 않으면 좀 힘들겠네. 역시 용사── 플레이어라고 해야 할까.'

현재는 적이 아니지만 경우에 따라서는 그럴 가능성도 충분히 있다.

만에 하나 충돌할 경우에는 책략을 준비하지 않으면 위험한 상대임은 분명했다.

물론 약점이 없다는 건 아니다.

"다만 뭐, 아무리 강해도 문제는 있어서. 아니, 그게 가장 큰 약점인데."

"숫자인가……."

개인으로 뛰어나다는 건 반대로 숫자에서 뒤처진다는 의미이기도 했다.

승부의 방식 자체가 바뀐다면 전력은 쉽게 뒤집힌다. 정정당당 일대일 전투가 승부의 전부는 아니다.

유도 그것은 잘 알고 있었다.

"그래. 그게, 용사는 소수로 전투를 벌인다면 엄청 강하지만, 숫자로 덤빈다면 엄청 힘들거든. 한 사람 정도라면 어떻게든 되겠지만 다수를 지키는 건 역시 무리야. 소설이나 만화라면 해내겠지만 내 힘은 게임이 기반이니까. RPG의 힘겨운 점이야."

"아무리 용사라도 24시간 싸울 수는 없으니까. 뒤집을 수 없는 이치이기도 해."

"식사도 하고 목욕도 해. 물론 잘 시간도 필요해. 숫자로 밀어붙이는 파상 공격이라도 당한다면 정신이 먼저 죽을 거야."

용사가 금전 문제—— 자세히 말하면 궁핍한 생활을 보내지는 않을까? 그것은 사전에 추측한 그의 약점 중 하나였다.

국가인 마이노그라와는 달리 용사의 생활 기반은 지극히 약하다.

아무리 강력한 힘을 가지고 있더라도 병참이 소홀하다면 불공평하다.

그렇기에 그는 자신들과 접촉했다.

타쿠토가 판단한 유의 목적 중 하나였다.

자신들이 숫자와 병참을 제공하고 그가 개인의 힘을 제공한다.

이쪽의 부담이 조금 큰 것 같기도 하지만 이후를 생각한다면 필요한 경비라고도 할 수 있었다.

"그래요그래요! 주인님께서는 더욱 평화롭게 사셨으면 좋겠어요! 저, 주인님만 있다면 충분한데……."

"고마워. 나도 너만 있다면—— 그걸로 행복해!"

"주인님 멋져……."

인연은 아직 짧지만 유라는 인물의 인간성도 잘 알게 되었다.

그는 성실하고, 표리부동하지 않고, 정의감이 강하고, 밝아서 사람을 끌어들이는 타입의 인간이었다.

학급에 있다면 틀림없이 리더가 될 것 같고, 괴롭힘당하는 아이가 있다면 가장 먼저 감싸고 괴롭히는 아이를 비난한다. 그런 타입이었다.

그러면서 그저 진지하기만 하지도 않았다. 여자아이한테 약하고 경박한 측면도 있었다.

틀림없이 전생에는 인기 있었겠구나. 그런 감상은 있었지만 확인했다가는 패배감을 느낄 수밖에 없으니까 굳이 물어보지는 않았다.

현재 그는 순수함을 그림으로 그린 것 같은 주인님 제일주의자, 오리지널 캐릭터 노예 소녀와 마주 보고 있었다.

사랑하는 사람이 있다는 점에서 솔직히 공감되기도 했다. 이것도 그와 동맹을 맺은 이유 중 하나이지만 부끄러우니까 누구에게도 말하지 않았다.

"남들 앞에서 알콩달콩! 이런 건 좋지 않다고 생각해요! 그렇게 생각하지 않으시나요, 타쿠토 님! 남녀 사이는, 건전한 게 최고예요!"

"그, 그렇구나, 아투. 응, 그래!"

유와 소녀의 관계가 불만인지, 아니면 불건전하다고 느끼는지. 아투는 항상 불평을 했다.

적이라며 경계하는 것도 있겠지만 그녀 안에 있는 건전한 남녀

상과 괴리되니까 마음에 들지 않는 것이리라.

타쿠토 안의 냉정한 자신이, 본인들도 눈앞의 남녀와 그리 다르지 않다며 딴죽을 걸고 있었다. 그래서 매번 이런 화제가 나올 때마다 애매하게 대답할 수밖에 없었다.

자신에게 아투라는 존재가 유에게는 노예 소녀일 것이다.

어쩌면 그는 자신이 처음에 품고 있던 목적과 완전히 같은 목적을 품고 있을지도 모른다.

적어도 노예 소녀는 유에게 소중한 인물임을 재차 확인하고, 그녀의 중요성을 더욱 높게 평가했다.

"이 이상 해봐야 너희 역량을 보여줄 수 있는 적은 나오지 않을 것 같은데, 어떻게 할까……."

기쁜 오산일까, 아니면 당연히 예상했어야 하는 사태일까…….

야만족 퇴치는 역량 확인이라는 명목으로 진행했는데, 용사 유에게 암흑 대륙의 야만족은 너무나도 부족하다는 문제가 발생했다.

물론 이 땅에 사는 적대적인 아인은 무척 위험한 존재다. 고블린, 오크, 그리고 힐 자이언트.

평범한 나라라면 인원수를 충분히 갖추어서 배제해야 한다. 자칫하면 아군에 희생자가 나올 정도의 위협이다.

하지만 그것은 평범한 나라의 이야기.

강력한 부하를 여럿 거느리고 지도자의 능력을 가진 타쿠토, 용사의 능력을 가지고 다양한 마법이나 기술을 구사하는 유에게는 전혀 적용되지 않았다.

요컨대 서로의 실력을 밝히려고 해도 소용이 없는 상황이었다.

"으—음, 나도 조금 더 요령이 있었다면 이것저것 보여줄 수 있을 텐데. 미안해! 그런 자잘한 일은 서툴러서!"

"그건 그렇겠지."

기죽은 기색도 없이 그렇게까지 말해버리니 타쿠토도 무어라 할 말이 없었다.

타쿠토 자신도 반대 입장이라면 대응하기 힘들었을 테니까.

그의 심정을 헤아렸는지 복심인 아투가 무언가 떠오른 듯 사나운 미소를 지었다.

"그럼 타쿠토 님? 저랑 여기 용사 경이 모의전을 벌이는 건 어떨까요? 서로 실력을 겨룬다면 또 보이는 것도 있을 테고……."

"음……."

마침 잘됐다. 영웅인 아투가 상대한다면 유도 쉽게 힘을 발휘할 수 있을 테고, 그녀는 타쿠토보다 상세하게 힘을 파악할 수 있다.

하지만 타쿠토는 아직 RPG 진영을 경계하니까 적극적으로 찬성할 수는 없었다.

무엇보다도 아투의 눈동자에서 번들번들하는 투지가 보여서 좋지 않다고 느꼈으니까.

'아투는 최근에 날뛰지 않았으니까 이쯤에서 살짝 기분 전환을 하고 싶은 걸까? 아니, 이전에 엘프루 자매랑 붙는데 간섭당한 울분 같은 것도 있겠지…….'

아무리 그래도 본분을 잊지는 않겠지만 다소 폭주할 수도 있다.

타쿠토는 바로 판단하기 힘들었다.

"나는 상관없어. 그럼, 과하지 않을 정도로 하면 되겠지?"

"예, 그건 물론이죠. 하지만 뜻밖의 사고가 벌어질 가능성은 생각해주시길. 물론 제 공격을 모두 받아낼 만큼의 역량이 있다면 문제없습니다만."

"아니―, 그럼 안심이야. 혹시 부상이라도 입히면 어떻게 할지 조금 걱정했거든."

"……호오."

고민하는 사이, 순식간에 이야기가 진행되었다. 그것도 무척 좋지 않은 방향으로.

아투의 도발을 태연하게 흘려 넘긴 유는 반대로 그녀의 자존심을 건드리는 것에 성공했다.

지금 아투는 타쿠토라도 말을 건네기가 조금 망설여질 정도로 화가 났다.

한번 터뜨리지 않으면 수습할 수 없겠다고 타쿠토는 체념했다.

"하아…… 일단 확인해 두겠는데, 서로의 역량을 파악하기 위한 모의전이니까. 그걸 잊지 말고―― 그럼 시작해."

말이 끝난 순간, 양쪽이 달려갔다.

유의 손에는 한 자루 칼, 아투의 손에는 성기사검.

날카로운 철 부딪치는 소리와 함께 시작된 대결. 타쿠토가 보더라도 서로 힘을 조절하고 역량을 확인하려는 전투임은 알 수 있었다.

"와아…… 괴, 굉장해."

노예 소녀가 무심코 흘린 감탄의 목소리에 동의하듯 끄덕였다.

공기를 찢어발기는 소리와, 검이 부딪치는 소리.

전투의 양상은 힘을 조절한 모의전이라도 타의 추종을 불허할 정도로 과격하고 뜨거웠다.

어설픈 실력으로는 이 사이로 파고들 여지 따위는 없다. 적어도 타쿠토는 들어가고 싶지 않았다.

'서로 여유는 있고, 대응에 뒤처지는 일은 없다……. 적어도 지금의 아투와 맞설 만큼의 역량은 있나.'

《오니의 아투》가 가진 능력은 대기만성형이다.

시간과 함께 강화되는 전투력, 적 격파를 통해 가능한 능력 탈취.

그리고 잊어버리고는 하지만, 국가가 확보한 마나의 숫자만큼 전투 능력이 올라간다.

마이노그라의 궁전이 만들어내는 파멸의 마나만큼 아투는 강화되었다.

지금의 그녀라면 일찍이 테이블 토크 RPG 세력에게 선수를 빼앗긴 장면에서조차 순식간에 대응할 것이다.

그만큼 강화되었다.

그런데도 호각…….

타쿠토는 사람 좋고 싹싹한 이 용사의 잠재적 위험성에 다시금 경계를 품었다.

"주인님, 힘내세요—!"

옆에서는 유가 생각한 최고의 오리지널 캐릭터가 응원을 보내고 있었다.

그러고 보니 노예 소녀라고만 부르고 있는데, 그녀의 이름은 뭘까?

문득 그런 사실에 의문을 느낀 사이, 아무래도 결판이 났나 보다.

두 사람에게서 조금 떨어진 장소의 땅에 박힌 것은 유의 칼.

하지만 아투가 촉수를 꺼냈으니까, 제대로 공격을 받을 참이었던 아투가 황급히 촉수를 사용한 결과로 보였다.

서로에게 존재하던 조금 전까지의 찌릿찌릿한 열기가 흩어졌다. 아마 두 사람 사이에는 검을 사용한 전투만 벌이자는 암묵적인 양해라도 있었을 것이다.

누가 이겼다고 판단하기는 미묘하지만 굳이 따지자면 아투의 반칙패였다.

타쿠토는 무사히 끝났다는 사실에 안도하며 두 사람에게 말을 건넸다.

물론 승패나 역량에 대해서 불필요한 소리를 해봐야 상황만 이상해질 뿐이니까 무난하게.

"둘 다 훌륭했어. 서로의 역량은 충분히 보여줬다고 생각해. 적어도 어중간한 플레이어나 NPC는 상대도 안 되겠지. 아투도 고마워."

"아뇨…… 그러네요. 감사합니다, 카미미야 데라유 경. 그리고 조금 전의 일은 사죄를. 부주의하게 도발한 건 제가 모자란 탓이에요."

"응? 어, 문제없어. 나도 이런 성격이잖아? 어쩐지 다른 사람을 화나게 만들 때가 있는 모양이라서, 그냥 신경 쓰지 않으면 좋겠어."

응어리도 해소된 듯했다.

타쿠토도 안심했다.

"그러고 보니 마법도 몇 가지 쓸 수 있는데.『브레이브 퀘스투스』는 알지? 그렇다면 편리한 마법은 나중에 설명하면 이해하려나."

알려준다면 얼마든지 알아두고 싶다. 상대의 정보를 파악하는 것은 어쨌든 필요한 일이다.

하지만 안타깝게도 오늘은 여기까지였다.

하늘이 붉게 물들었다.

해가 질 시간이었다.

마법도 규모나 위력을 직접 확인해두고 싶었지만 그것은 훗날로 돌리기로 하자.

타쿠토는 이것으로 마무리하고, 마지막으로 딱 하나 확인해 두어야만 하는 것을 질문했다.

"응, 그런 부분도 포함해서 질문이 있다면 차차 할게. 그런데 네 오리지널 캐릭터라고 할까…… 거기 있는 아이 말인데──."

"예! 저는 주인님의 노예예요! 첫째 노예예요!"

기운차게 손을 척 드는 여자. 반응이 좋았다.

"어─, 응. 그 첫째 노예 말인데, 이름은 뭐야? 이제까지 유가 이름을 부르지 않았던 것도 뭔가 이유가 있는 건가?"

확실하게 해두어야만 할 것 같아서 타쿠토도 각오를 다지고 물어봤다.

만약 좋아하는 아이의 이름으로 지어둔 거라면 어떻게 반응해야 할지 모르겠다. 하지만 적어도 절대 웃지는 말자며 각오를 다지고…….

"어—, 조금 부끄러운 이름이니까 비밀로 해도 될까? 아니면 애칭으로…… 그러네. 아이라고 할게."

"어—, 혹시 이름에 이상한 걸 넣어버렸어?"

"아—! 나도 참! 왜 그때 좀 더 평범한 이름으로 하지 않았던 거야! 이렇게 될 줄 알았다면! 이렇게 될 줄 알았다면!"

아무래도 그가 사랑하는 노예 소녀는 특이한 이름인가 보다.

복장은 완고하게 노예 장비니까 집착은 강할 것이다.

유일한 문제점은 당시의 자신과 오리지널 캐릭터가 대중들의 시선을 받는 미래를 전혀 예상하지 않았다는 점이었다.

"왜 그러세요, 주인님? 제 이름에 뭔가 이상한 거라도? 주인님께서 붙여주신 이름, 저 무척 좋아한다고요? 그게 말이죠—— 우읍우읍!"

"아이, 그 이상은 그만하자! 항상 말하지만 중학생 시절의 내가 저지른 유일하며 가장 큰 실수야! 마음속의 내가 눈물을 흘리며 몸부림치고 있으니까, 정말로, 애칭으로 좀 참아줘! 응?!"

이 어찌나 가여운 사람일까.

마음속으로 눈물을 흘렸다. 『Eternal Nations』에서 영웅 유닛의 이름 변경이 혹시 가능했다면, 타쿠토도 비슷한 사태에 빠졌을지도 모른다.

앞으로 그와 어떤 관계가 될지는 알 수 없지만 적어도 지금은 다정하게 대해주자.

"흐음, 대체 어떤 이름을 붙였을까요? 타쿠토 님은 어찌어찌 추측하시는 모양인데……."

"그만해주자, 아투. 모르는 척하는 것도 다정함이야."

"그, 그렇군요……."

"그래. 모르는 척한다면 누구도 상처받지 않아."

성격은 완전히 반대라서 거북한 타입이지만, 타쿠토는 이때만큼은 유에게 친근감을 품었다.

"후우후우. 어, 엄청난 추태를 보인 것 같기도 하지만, 아무 말도 안 해준 타쿠토 왕한테 감사할게……. 동맹이란 건 좋구나!"

"동맹이 아니더라도 그걸 슬쩍 넘어가는 건 다정함이라고 생각하지만, 일단 이야기를 되돌릴까. 결국 그만한 힘을 가지고서도 협력 관계를 제안한 건, 숫자에서 약점이 있고 그게 불안하니까 그랬다고 생각하면 될까? 둘만으로는 힘들다고?"

"그런 인식이면 충분해. 내 목적은 반드시 적을 죽일 필요는 없지만, 상대도 그렇다고 단정할 순 없지. 그러니까 가능하다면 이익이 겹치지 않도록 동료를 늘려두고 싶었어."

그렇구나, 대략 상황은 파악했다.

유의 이야기가 사실이라면 서큐버스를 한층 더 경계해야 한다.

전 진영 회담 같은 소리를 늘어놓지만 사실은 자신들을 함정에 빠뜨릴 속셈일지도 모르니까…….

그것은 유 역시도 마찬가지겠지만.

여하튼 전 진영 회담에서는 해답이 무엇일지 맞추어볼 수 있다.

계속 의심이 남지는 않을 테니까 좋다.

"서큐버스는 엘 나 정령계약연합을 수중에 넣어서 거대한 세력을 구축했다는데……. 성녀나 엘프도 손에 넣었다면 경계하는 것도 어쩔 수 없나."

"그래, 서큐버스의 플레이어는 이미 또 하나의 플레이어와 손을 잡고 있어. 엘프 성녀에 플레이어가 둘. 아무리 그래도 세력도 없는 솔로 플레이어는 불리해."

"잠깐, 그건 못 들었는데."

진지한 표정을 지었다.

이 남자는 이야기를 갑작스럽게 툭툭 꺼낸단 말이지.

본인은 악의가 있기는커녕 마치 내가 뭔가 실수했어? 라는 듯한 표정을 지었다.

'그거 중요하잖아! 협력 이야기를 꺼낸 시점에서 말하라고! 적어도 동맹을 체결했다면 말해!'

서로의 관계를 생각해서 마음속으로만 성대하게 매도를 던졌다.

마음속으로만 그런 이유는 사실 자신도 제대로 묻지 않았다는 자각이 있었기 때문이었다.

처음부터 서로의 상황을 조금 더 상세하게 파악해야 했다. 하지만 아직 유를 경계하고 있었기에 굳이 파고드는 이야기를 피했다.

그 실수가 여기서 드러났다.

더욱 큰 문제는 유 본인에게 그다지 위기감이 없다는 점이었다. 미안하다며 가볍게 사과하는 것만으로 이런 큰 실수의 책임을 넘기려 했다.

"어라? 말 안 했던가? 적은 엘프 성녀 셋에 플레이어 둘. 그리고 서큐버스 야한 누님들이야. 큰일이란 말이지!"

그저 큰일 정도가 아니었다.

하마터면 어슬렁어슬렁 적의 일대 세력이 개최하는 회담에 참가할 참이었다.

전제 조건이 조금 전부터 마구 뒤집히고 있었다. 처음에는 이 동맹이 RPG 세력의 함정이나 책략일 가능성도 생각하고 있었는데, 단순히 상대도 벼랑 끝에 몰렸을 뿐이었다.

타쿠토는 성대하게 한숨을 내쉬었다. 이렇게까지 자신에게 마음고생을 시키는 존재는 좀처럼 없었다.

폰카븐과 동맹을 체결했을 때에는 그저 동맹은 좋은 것이라는 무사태평한 감상을 품었다. 하지만 그저 페페가 제대로 된 인재였을 뿐이었나 보다.

"혹시 너, 그때그때의 기세에 따라 움직이는 편이야?"

무심코 그런 말이 나왔다.

유도 비아냥거리는 말임을 깨달았는지, 아니면 자신이 그만 깜박하고 전하지 않았던 정보가 무척 중요한 것임을 깨달았는지.

그는 당황한 듯 양손을 붕붕 내저었다.

"그, 그런 건 아니야! 그렇지, 아이!"

"그래요! 주인님은 항상 깊은 생각과 통찰력을 바탕으로 움직이세요! 주인님은 굉장해요! 그게, 구체적으로 뭐가 어떻게 굉장한지는 저한테는 어렵지만, 어쨌든 주인님은 굉장해요!"

"고마워! 그 말만으로, 나는 누구보다도 강해질 수 있어!"

강해질 수 있다면 머리 쪽도 좀 강해져.

그러기를 무척 바랐지만, 노예 소녀 아이의 응원도 거기까지는 커버해주지 않았다.

비토리오에 더해서 카미미야 데라유.

타쿠토의 위장에 다정하지 않은 인물이 점점 늘어나고 있었다.

'이슬라…… 진짜로 널 잃은 게 가슴 아파. 정말로 아파.'

그녀의 포용력이라면 조금은 나았을 것이다.

설령 이슬라의 힘이 미치지 않더라도, 타쿠토와 하나가 되어 고생은 해주었을 것이다.

마이노그라 영웅 가운데 유일한 양심이라 불리는 그녀가, 몹시 그리웠다.

"일단 회의실로 돌아가서 정보를 맞춰보자. 폰카븐 사람들과 대면시켜줄 테니까, 친하게 지내줘."

이곳에 이슬라가 있었더라도 그에게 건넬 말은 어차피 단 하나였다.

'왕이시라면 이 정도 어려운 일, 아무것도 아니시겠죠'.

알기 쉽게 말한다면 위대한 파멸의 왕이니까 열심히 하라는 말이었다.

"오—! 대면! 뭔가 굉장하네!"

"굉장하네요, 주인님!"

"후후후, 나의 왕께서 얼마나 위대하신지 알았나요? 왕이라면 항상 국가를 생각하여 두세 수 앞을 내다보는 법입니다!"

'어쩔 수 없지. 이슬라가 지켜본다고 생각하며 철저하게 할까.'

태평하게 시끌벅적한 세 사람을 바라보며 타쿠토는 한숨을 내쉬었다.

자신도 저 자리에 함께할 수 있다면 얼마나 편했을까. 하지만 그럴 수는 없었다.

✿ 엘 나 정령계약연합

국가

속성: 신성 · 사악

지도자: 정숙의 마녀 바기아

......

지향: 《삼림 지향》 《정령 지향》 《타락 지향》

NO IMAGE

해설

엘 나 정령계약연합은 숲과 정령을 믿는 엘프의 국가입니다.

독자적인 정령 기술과 숲과의 친화성으로 강력한 군사력을 가지고 있습니다.

광대한 숲과 그곳에 사는 정령의 백업을 받고 있어서 수비에 강하고, 성녀라는 강력한 유닛을 보유하고 있습니다. 현재는 정숙의 마녀 바기아가 이끄는 서큐버스군의 지배를 받아 국가의 성질도 크게 변질되어 있습니다.

제5화 대화

대역을 사용할 수 있다면 풋워크가 가벼워진다.

타쿠토는 적대 세력의 능력을 걱정하여 더욱 신중한 행동을 추구하고 있었다. 그러니까 이 행동력은 그야말로 하늘의 선물이라고도 할 수 있는 새로운 무기였다.

그 능력은 최대한 이용해야 한다.

타쿠토의 현재 위치는 폰카브 수도 크레센트문.

기동력을 활용하여 직접 페페를 방문, 이제까지 정체 분위기였던 양국의 관계를 해소하고자 했다.

"여, 페페 군 오랜만이야. 그리고 갑작스럽게 미안해. 가능하다면 직접 대화를 해두고 싶었거든."

"신경 쓰지 말아요, 타쿠토 군! 내가 자릴 비우는 건 항상 있는 일이니까, 해가 질 때 정도까지라면 괜찮아요!"

"그, 그래. 다른 나라 일이니까 이런 말을 하는 것도 어떨까 싶지만, 너무 걱정시키면 안 돼."

"괜찮아요! 괜찮아요!"

타쿠토와 마찬가지로 페페도 폰카브이라는 국가의 지도자다.

아무리 그래도 타쿠토만큼은 아니겠지만 그 역시도 이래저래 목숨의 위험이 있는 중요한 입장이다.

그런 상황을 아는지 모르는지, 동맹국이라고 해도 갑자기 단독으로 방문한 타국의 지도자와 태평하게 밀담을 나누는 그의 담력에 살짝 불안을 느꼈다. 그러면서도 타쿠토는 이제까지 시간을 내지 못해서 건네지 못했던 감사의 말을 한꺼번에 전했다.

"우선은 마이노그라 국왕으로서 감사를 전할게. 이번 레네아 신광국과의 분쟁에서 귀국의 조력, 무척 훌륭했어."

"뭐, 타쿠토 군이랑 마이노그라한테는 크게 신세를 졌으니까요. 저 정도라면 값싼 대가예요. 북쪽 대륙 사람들은 이쪽 사람들한테 냉정하니까 너무 오진 않았으면 하는 것도 있었고요!"

"페페 군이라도 친해지기 힘든가……."

마이노그라의 왕으로서 정식으로 건네는 감사의 말이었다.

레네아 신광국과 전투를 벌일 때, 페페가 두 대륙의 접속 지역에서 군사 연습을 진행하며 레네아 성기사단 일부를 묶어둘 수 있었다.

타쿠토에게도 테이블 토크 RPG 세력과의 전투는 속도와 은밀성이 요구되는 아슬아슬한 싸움이었다. 그런 상황에 눈속임으로 화려하게 움직여준 덕분에 무척 도움을 받았다.

처음에는 폰카븐이 접속 영역으로 군을 파견하여 그대로 실효 지배할 예정이었다. 하지만 이 지역도 폰카븐으로부터 위양받았다.

드래곤탄 때부터 받기만 하는데 괜찮을까? 혹시 관계가 악화되었나? 솔직히 타쿠토는 그런 불안이 있었지만 뚜껑을 열었더니 이유는 따로 있었다.

"그러고 보니, 총기 훈련이나 대지 개척은 좀 어때?"

"그래! 그거 말이에요! 사실 그걸 감사하고 싶었거든요! 타쿠토 군이 빌려준…… 《파멸의 정령》이었던가? 그 애들이 열심히 해준 덕분에, 폰카븐의 토지가 점점 풍요로워지고 있어요! 이제 비싼 돈을 지불해서 행상인한테 식량을 살 필요도 없어졌어요! 겉모습은 그렇지만, 굉장하네요! 그래서 그런 부분도 포함해서 이래저래 타쿠토 군이랑 장사 이야기를 하고 싶은데요!"

대지 개척. 그것이 폰카븐이 기껏 얻은 비옥한 토지를 넘긴 이유였다.

본격적으로 운용이 개시된 대지의 마나와 대지의 군사 마법 덕분이었다.

대지의 군사 마법. 그것은 토지 개선에 기여해서 내정을 강화하는 무척 유익한 마법이다.

원래 암흑 대륙은 메마른 토지라서 농작물도 변변히 자라지 않지만, 이 마법을 쓴다면 그 황폐한 땅을 농작물이 풍요롭게 열매를 맺는 땅으로 바꿀 수 있다.

현재 폰카븐에서는 수도를 포함한 소유 도시 주변의 토지 비옥화로 무척 바빠서, 새로이 얻은 쓸데없이 먼 거리의 영토 따위는 도리어 짐일 뿐이었다.

그러니까 얼렁뚱땅 얻은 영토 따위는 근처의 마이노그라한테 파는 편이 이득이라고 폰카븐은 판단했다.

'추가로 상당한 총과 탄약을 가져왔는데, 영토와 물물교환이라고 생각하면 싼가. 지금 폰카븐과 섣불리 다투어봐야 불이익밖에 없고, 다른 플레이어 세력과 관련이 없는 그들이 우호적이면서 강력한 세력이 되어주는 건 우리한테도 유익해.'

"앞으로 진행할 정식 교섭 때 실제로 계약을 맺자. 일단 나도 이건 문제없으니까 페페 군 쪽에서도 사전에 준비해주겠어?"

"예, 물론이에요! 아직 양국의 관계는 빈틈없이 친하다는 거군요!"

서로 만족스럽게 끄덕였다.

타쿠토는 폰카븐과 관계가 계속된다는 것, 여러 걱정거리가 불식된 것을.

폰카븐은 하늘에서 떨어진 이 행운이 끝나지 않고 국력을 높일 기회가 아직 이어진다는 것을.

"그래. 대륙 전체가 수상쩍은 분위기니까. 친하게 지낼 수 있다면 그러는 편이 낫겠지."

그것은 양쪽의 방침으로, 적어도 현재는 거짓 없는 본심이었다.

"전날 나온 커다란 누나 말이죠! 가슴 컸죠!"

이야기가 다른 방향으로 넘어갔다.

타쿠토도 이런 정보는 필요했으니까 페페가 이야기를 돌려줘서 다행이었다.

폰카븐을 포함한 암흑 대륙의 다른 국가가 이번 사태를 어떻게 받아들이는가?

"그러네, 모든 게 컸지……. 페페 군은 어떻게 생각해?"

"난 친하게 지내고 싶지만, 어떨까요? 일단 대리로 사자는 보낼 예정이에요!"

"대리……인가."

"북부 대륙 사람과 교류를 가지는 건 좀 조심하고 싶거든요. 난

151

신경 쓰지 않지만, 이쪽 대륙에는 북부 대륙을 싫어하는 사람이 많으니까요. 폰카븐 말고도 비슷한 느낌 아닐까요?"

예상 밖으로 소극적인 반응이었다. 아니다, 폰카븐의 상황을 생각한다면 이 판단도 옳다고 할 수 있었다.

폰카븐은 중립 국가다. 게다가 소동의 소용돌이 안에 있는 엘나에서 멀리 떨어져 있다. 그러니까 적극적으로 상대에게 뛰어들 이유가 없다.

그리고 다른 중립 국가도 비슷한 방침인 듯했다.

"하지만 그 전 진영 회담이라는 건 별로 흥미 없지만, 마이노그라의 이라 타쿠토 군과 이야기하고 싶다는 사람은 꽤 많을 거라고요?"

어라? 하고 타쿠토는 의외의 제안에 내심 고개를 갸웃거렸다.

페페와 이렇게 친한 듯 대화를 나누고 있으니까 그만 착각하고는 하지만, 마이노그라는 사악 국가다. 폰카븐과의 교류도 이익이 있으니까 하는 행동에 불과했다.

그런데 여기서 다른 중립 국가가 추파를 던진다니 무슨 일일까? 모든 생명이 사악한 존재를 기피하는 것은 본능과도 같다. 폰카븐과는 마왕군이라는 공통의 적이 있었기에 교류를 가질 수 있었으니까 이례적인 일이었다.

'흠? 대륙 구석에 영토를 가진 중립 국가라고 해도 역시 초조해졌나? 일단 자세히 들어볼까.'

"나랑 이야기, 말이지. 그러고 보니 페페 군은 이쪽 대륙의 다른 국가와도 교류가 있었구나. 마침 좋은 기회니까 페페 군이 어떻게 보는지 평가해줬으면 해."

암흑 대륙의 국가에 대한 정보는 어느 정도 수집했다.

그러나 폰카븐 이상으로 수도가 떨어져 있거나 원래 폐쇄적인 나라거나, 그래서 조사가 제대로 진행되지 않았다.

이제까지는 폰카븐처럼 상대가 먼저 다가오지 않는다면 내버려두자고 신경도 쓰지 않았지만, 앞으로 마이노그라가 커지면서 자연스럽게 접촉할 기회는 늘어날 것이다.

적어도 서큐버스 진영의 전 진영 회담 같은 황당무계한 제안으로 가능성은 높아졌다.

타쿠토는 자신의 머릿속에 있는 암흑 대륙 다른 나라의 정보를 정리하며 페페의 설명과 맞추어보기로 했다.

"그러네요. 우선은 해양 국가 서딜랜드. 여긴 드워프의 나라인데, 주로 근해에서 낚시나 해상 교역으로 힘을 기르고 있어요."

"이야기로는 들었지만, 드워프의 나라인데도 해양 국가라니 조금 특이하네. 광산과 기술의 드워프라는 인상이 있었으니까."

"타쿠토 군이 어떤 인상을 품고 있는지 나는 잘 모르겠지만, 원래는 내륙에서 부흥한 나라라고 해요. 다만 이런 땅이니까 풍요를 원한 결과 바다에 다다랐다는 느낌이겠네요."

호오, 내심 감탄했다.

드워프 해양 국가라니 처음 듣는 개념이라 자기 안의 이미지가 무너졌지만, 그것 또한 흥미 깊었다. 다만 행상인 따위가 드래곤 탄에 왔을 때에도 그런 이야기는 전혀 못 들었으니까 비교적 폐쇄적이거나 완고할 것이다.

그것은 이미지 그대로라고 할 수 있었다.

"다만 기술은 타쿠토 군의 이미지가 틀림없을지도 모르겠네요. 그들이 가진 배는 전부 거대하고 멋있으니까요! 소문에 따르면 다른 대륙까지 무역을 하러 간다나?"

"오오, 흥미가 생기네."

호들갑스럽게 놀라기는 했지만 조금 위험할지도 모른다. 기술이 뛰어나고 다른 대륙과 무역까지 한다면 상상 이상으로 국가의 규모가 클 가능성이 있으니까.

적어도 폰카븐보다 거대한 국가임은 이것으로 확실.

그래도 위협이 될 정도의 국가는 아니라는 것 또한 확실했다. 그만한 나라라면 페페의 말대로 해안 지역으로 내몰리지도 않았을 테고, 풍요로운 토지를 원하여 퀼리아나 엘 나와 전쟁 상태에 돌입하더라도 이상하지 않으니까……

암흑 대륙이라는 토지와 그곳에 있는 여러 중립 국가의 실상이 타쿠토 안에서 더욱 선명해졌다.

"그리고 도시 국가라고 할까, 마을 하나에 나라 하나, 그런 소국이 두 개 있어요. 우리 같은 다인종 국가랑, 북쪽 대륙에서 범죄를 저지르거나 정쟁에 진 사람들의 국가가 하나. 둘 다 우리 이상으로 작은 나라예요!"

암흑 대륙의 국가는 도합 다섯 개인가.

서덜랜드, 폰카븐, 도시 국가가 둘. 그리고 마이노그라.

북쪽의 정통 대륙에서 박해를 당하는 만큼 국력도 강하지는 않고, 인구도 그리 많지는 않다.

서덜랜드의 기술이나 무역은 구미가 당기기도 하지만, 솔직히 다른 도시 국가라는 곳은 그다지 흥미가 생기지 않았다.

『Eternal Nations』라면 어느샌가 소멸하든지, 새로운 유닛의 운용 테스트 대신에 멸망시킬 정도의 나라일 것이다.

물론 어떤 식으로든 이용할 수 있을지도 모르니 판단은 아직 이르다.

"그렇구나, 고마워. 그리고 다른 곳에서는 절대로 작은 나라라든지 그러면 안 돼."

"그 작은 나라도 포함해서, 다들 마이노그라에 흥미진진하다는 거예요. 특히 우리 폰카븐이 양호한 관계를 구축하고 있으니까 더 그런가 봐요. 한번 다 같이 만나서 식사 모임이라도 해볼래요? 나, 또 타쿠토 군이 주는 요리 먹고 싶어요!"

"요리 정도라면 언제든지 기꺼이 초대하겠지만, 그렇게까지 말하는 걸 보면 이미 페페 군 쪽에서는 어느 정도 연줄이 있구나?"

몹시 거침없이 다가온다.

그가 재촉을 받고 있다는 예감이 들었다.

페페가 굳이 시간을 만들면서까지 회담에 응하고 있다. 항상 자리를 비운다는 것은 그의 성격을 생각하면 거짓이 아니겠지만, 그래도 폰카븐의 실질적인 지도자가 이렇게 공들여서 타쿠토에게 시간을 내준 이상, 나름대로 의도는 있다고 생각해야 한다.

이유는 바로 이것. 페페에게 현재 최대의 관심사는 마이노그라와 다른 중립 국가의 앞날이었다.

"그보다도, 이미 지금 언급한 나라 전─부 빨리 마이노그라와 회담할 기회를 만들고 싶다며 시끄럽거든요. 사실 타쿠토 군의 대답을 기다리고 있어요! 나도 오늘 타쿠토 군이 와주지 않았다면 조만간에 만나러 갈 예정이었어요."

"흠……."

"다들 필사적이에요. 가슴이 큰 누나는 가슴만이 아니라 준 충격도 컸던 모양이니까요."

"그거 말인가……."

이제 납득이 갔다.

오히려 왜 이제까지 알아차리지 못했느냐고 할 만큼 간단한 이유였다.

자신들 주변에서 플레이어와 관련된 이상 사태가 너무 많이 벌어진 탓에 그런 감각이 마비되었나 보다.

타쿠토에게는 그저 화려하게 저질렀다고 느껴질 정도의 일이었지만, 이제까지 가난하면서도 평온하게 살았을 사람들에게는 그렇지도 않았다.

"대륙 전체에 직접 자신을 투영하다니, 내가 아는 마법 중에는 존재하지 않아요. 다른 사람들도 모르고, 혹시 존재했더라도 그렇게 간단히 할 수 있는 일은 아니겠죠. 그러니까 다—들, 굉장히 당황했다고 생각해요."

그러니까 상대측의 입장에서는, 알 수 없는 강력한 힘을 가진 군대가 자신들을 부르고 있다. 무슨 짓을 당할지 알 수가 없으니까 폰카븐을 통해서 마찬가지로 강력한 힘을 가졌을 마이노그라와 인연을 만들고 싶다…….

'정체 모를 괴물과 이야기가 통하는 괴물, 어느 쪽이 더 낫냐는 이야기구나.'

타쿠토는 게임이 아닌 현실의 지도자로서 나라를 이끈 경험을 바탕으로, 지금쯤 중립 국가의 지도자들은 위장에 구멍이 날 정도로 스트레스가 쌓였을 것이라고 동정했다.

하지만 그들을 고려하거나 배려할 필요도 이유도, 어디에도 없었다.

타쿠토는 마이노그라의 지도자이고, 국가와 자신의 이익만을 추구하는 게임 플레이어니까.

"어떤가요, 타쿠토 군. 이건 완전 이익이라고 생각하지 않나요?! 이 기회를 놓치지 마세요!"

"페페 군, 나쁜 생각을 하는구나……."

"하지만 타쿠토 군, 이런 거 정말 좋아하잖아요?"

페페도 페페 나름대로 이번 흐름을 역으로 이용해서 이것저것 생각하는 모양이었다.

그의 이런 순수한 모습은 무척 호감이 간다. 어린아이 같다는 것은, 다시 말해 잔혹하다는 것이기도 하다.

그리고 한동안 페페와 타쿠토는 열심히 이 대륙의 미래에 대해 이야기를 나누었다. 자세한 내용은 누구도 알 길이 없었지만…….

다만 그 후로 이어진 두 사람의 즐거운 웃음소리만이, 그것을 이야기해주는 것 같았다.

✿ 파멸의 정령

마법 유닛

전투력: 7 이동력: 1
《파멸의 친화성+1》《사악》

※《6대 원소》 연구 완료로 해금

해설

~정령이라 부를 수밖에 없지만,
허나 그 존재는 너무나도 추악했다~

《파멸의 정령》은 6대 원소 해금으로 생산할 수 있는 마법 유닛입니다.
일반적인 마법사와 다르진 않지만 파멸의 친화성을 가지고 있기에 파멸의 마나 증가에 따라 전투 능력이 강화됩니다.
또한 모든 마법 속성에 적성이 있기에 전략에 따라 군사 마법을 습득할 수 있습니다.

제6화 여정

타쿠토에게 바쁘면서도 충실한 내정의 시간. 그것은 순식간에 지나가 버렸다.

전 진영 회담 개최일이 다가왔다.

적진이기도 하니까 당연히 모르는 지역이다.

여유를 가지고 먼저 움직이는 것은 정보 수집에도 중요하다.

타쿠토는 서큐버스 사자가 가져온 편지에 적혀 있던 대로, 약속 장소로 향하는 길을 걷고 있었다.

길동무는 세 사람. 우선 그의 복심 아투.

그리고 일시적으로 동맹 관계를 구축한 용사 유와 노예 소녀 아이.

다만 타쿠토의 내용물은 《반편이》이고 아투의 내용물은 비토리오다.

이 사실은 용사 진영에는 알리지 않았고 알릴 필요도 없다.

타쿠토 본인은 현재 마이노그라【궁전】안에서 집중하며 지시하고 있으니까.

그리고 대역을 포함한 일행이 현재 있는 장소는 바로, 마이노그라가 새로이 얻은 셀드치가 있는 지역의 북서쪽 끝.

정통 대륙을 둘로 나누는 중앙의 산맥이 끊어지고, 퀼리아와 엘 나 정령계약연합에게 교통의 요충지인 장소였다.

실제로 간단하면서도 포장된 길이, 아득히 멀리 보이는 엘프의 숲으로 이어지고 있었다.

하지만 이 땅이 아무리 교통의 요충지라고 해도 현재 그런 흔적은 전혀 없었다.

마이노그라의 영지와 서큐버스들에게 빼앗긴 나라의 경계에 위치한 이곳은, 지금은 유수의 위험지대로서 상식적인 판단력을 가진 상인이라면 접근은커녕 화제로 꺼내기도 주저할 것이다.

그래서 마차가 넉넉히 몇 대는 다닐 수 있는 이 길을 걷는 것은 타쿠토 일행뿐이었다.

조용한, 과거에는 떠들썩했을 장소에 《파멸의 왕》의 목소리가 울렸다.

"자, 여기서부터는 완전히 상대의 영지야. 일단 전 진영 회담은 서큐버스 진영이 개최한다는 **모양새**니까. 갑자기 습격을 당할 일은 없겠지만, 그래도 계속 경계하자."

"그래! 이번에는 소수의 파티니까 적이 습격하더라도 최악의 경우에는 도망치면 그만이라고 생각해. 도주용 마법이라면 몇 가지 갖고 있으니까. 문제없겠지!"

"그래요그래요! 주인님께 걸리면 어떤 적이라도 간단해요!"

"그렇다면 좋겠는데. 일단 조금 더 가면 안내자와 합류한다고 그랬으니까, 거기까지는 도보로 갈까."

멤버는 무척 소수였다.

상대 진영에서 무슨 일이 있을지 알 수 없는 이상, 타쿠토는 다크 엘프들을 한 사람도 데려가고 싶지 않았다.

이런 곳에 타쿠토와 아투 두 사람뿐이라면 위화감을 느낄 테지만 유와 아이가 동행하고 있어서 자연스럽게 보였다.

서로 자신과 심복만을 데리고서 참가한다고 볼 수 있으니까.

"하지만 타쿠토 님. 이번 전 진영 회담이라는 거, 과연 어떤 의도를 가지고 하는 일일까요? 함정이든 우호 다지기든, 적잖이 과장스럽게 느껴지는데요……"

"모든 진영을 부른다면 어느 쪽 이유든 일이 빠르다는 장점은 있지. 하지만 이것만큼은 뚜껑을 열어보지 않고서는 알 수 없어……"

아투의 껍질을 뒤집어쓴 비토리오가 질문을 던졌다.

아투를 무척 잘 따라 하는 만큼, 상당히 미묘한 기분이었다.

비토리오가 자신으로 변화했으니 아투 본인은 그보다 더 미묘한 기분을 품고 있겠지만…….

고도의 정치 판단이라는 걸 고려해 용서해줬으면 좋겠다.

어쨌든 현재는 남녀 둘씩인 기묘한 파티가 결성되어 있었다.

마이노그라 지배 지역인 셀드치 외곽부터 중앙 산맥 연선, 엘나 정령계약연합으로 향하는 길.

온화한 산들바람을 느끼며 타쿠토는 넌지시 주변의 기척을 탐색하고 유에게 이야기했다.

여기서 정보 공유를 마쳐두고 싶었다.

"그러고 보니 유. 너는 서큐버스 진영과는 양립할 수 없다고 그랬지. 직접 공격을 당한 적이 있다고 그랬는데. 새삼스럽지만 그이야기, 조금 더 자세히 들려줄 수 있을까?"

조금 더 이른 단계에서 물어봤어야 하는 일이겠지만, 타쿠토도

유와 어떤 관계를 가져야 할지 제대로 결정하지 못했으니까 이제까지는 파고들어서 묻지 않았다.

플레이어끼리는 원래 싸우는 운명이라는 선입견이 미처 사라지지 않아서 그랬을지도 모른다.

혹은 질문을 던졌더니 상대가 그 대가로 정보를 요구한다면 성가시다는 판단이었을지도 모른다.

타쿠토도 항상 상대보다 앞서는 판단이 가능한 것도, 항상 정답을 도출하는 것도 아니었다.

하지만 새로 시작할 수는 있다.

그러니까 이번 의문도 어느 정도 서로의 인성을 알게 된 이 단계에서 해소하고자 했다.

'그렇게까지 중요한 이야기는 포함되어 있지 않을 것 같지만…….'

돌아오는 대답은 타쿠토가 상상한 그대로일 테지만, 혹시 몰라서 물어본다고 손해 볼 일은 없다.

만에 하나라도 중요한 사항을 공유하지 못했다가는 큰일이 벌어진다. 유는 서큐버스가 다른 플레이어와 손을 잡았다는 사실을 깜박하고 전하지 않은 전과가 있으니까 신중을 기해야만 한다.

"응? 아, 그거……. 여기까지 왔다면 괜찮으려나. 키고라고 알아?"

"아마도 이미 격파당한 플레이어지? 전체 메시지를 통해서 나는 알았는데."

서큐버스 진영의 돌발적인 선고가 인상 깊지만, 그 이전에도 중요한 일은 존재했다.

타쿠토의 뇌리에 표시된 전체 메시지. 키고 마사토라는 이름의 플레이어가 격파당했다는 공지였다.

타쿠토가 전혀 모르는 마녀 이름, 플레이어 이름이었기에 아마도 마이노그라에서 떨어진 지역에서 벌어진 일인가 생각했다. 그런데 유가 그 이름을 꺼냈으니까 무언가 관계가 있겠지.

해답은 그의 입에서 아무렇지도 않게, 지독히 간단하게 나왔다.

"아, 그런 구조구나. 그렇다면 모든 플레이어가 그 녀석이 게임에서 배제되었다는 사실을 알고 있다는 건가. 큰일이네……."

"설마……."

"그래, 키고는 내가 죽였어."

한순간의 공백. 험악한 분위기가 흘렀지만 그것 또한 한순간에 흘러갔다.

타쿠토는 조용히 호흡을 하고, 이윽고 조금 전까지 길 저편으로 향하고 있던 시선을 유에게 돌리며 짧게 물었다.

"왜?"

왜 그런 비인도적인 짓을? 이라는 의미의 『왜』가 아니었다.

어떤 의도가 있었나, 혹은 어떤 경위로 그렇게 되었나. 타쿠토는 그것을 물어보고 싶었다.

사람 좋아 보이는 이들 이인조가, 다른 진영의 살해라는 기피되어야 할 행위를 할 수 있을 거라곤 생각하지 않았다.

물론 이제까지의 모든 이야기가 거짓말이었을 수도 있다. 하지만 타쿠토는 무언가 다른 의도가 있다고 여겼다.

"저쪽에서 일방적으로 공격하니까 어쩔 수 없었다는 느낌이야.

서로 오해가 있었지만, 처음부터 사고방식이 크게 달랐으니까 어떻게든 부딪치는 건 불가피했어. 아마 타쿠토 왕도 그런 녀석은 싫어할 거야."

"어떤 녀석?"

"남자는 발판, 여자는 트로피. 그런 녀석? 자신만이 특별하고, 다른 사람은 바보에 어리석은 잔챙이들, 희생시키는 것에 아무런 아픔도 느끼지 않는 잘못된 녀석일까."

내심 으헥, 기겁한 목소리를 흘렸다.

타쿠토가 가장 싫어하는 타입이었다. 독선적이고 자기중심적인 부분, 이 아니었다.

단순히 멍청하니까 싫었다.

"응, 가끔씩 있단 말이지, 주체하지 못하고 폭주하는 타입. 복권 1등에 당첨되었는데도 어째선지 몇 년 뒤에는 모두 써버리고 빚을 지는 무계획적인 인간."

"솔직히 나도 부딪치고 싶지는 않았어. 플레이어는 굉장한 힘을 갖고 있잖아?『브레이브 퀘스투스』가 뒤처진다고 말하진 않겠지만, 어떤 식으로 나올지 알 수 없으니까 진짜로 무섭잖아."

수긍이 간다. 이해할 수 있다. 충분히 이해할 수 있다.

타쿠토도 잔뜩 고생했다. 물론 그 뒤처진다고 말하진 않겠다는『브레이브 퀘스투스』한테도.

타쿠토도 다른 플레이어를 상대로 이제는 절대 방심하지 않는다.

같은 인식을 유도 가지고 있다면 더더욱 상대에게 덤벼들 생각도 없을 것이다. 게다가 그의 목적은 아이와 즐겁고 유쾌하게 사는 것이다.

단점이 지나치게 크고, 동시에 너무나도 장점이 없다.

"확실히. 나도 플레이어가 가진 게임 시스템이 얼마나 위험한지 정말 잘 알아. 그럼 운 나쁘게 저쪽한테 트집을 잡히고 도망치지 못했다든지?"

"아이가 있지. 상대의 눈에 띄어버렸어. 저 멍청이가『그 여자를 두고 간다면 넌 보내주겠다』라면서 인중을 축 늘어뜨리며 말했다고. 그런 소리를 들었다면 해치울 수밖에 없잖아? 임금님도 그렇게 생각하잖아?"

삼류 연극의 초보 배우인가? 아니면 수준 낮은 삼류 소설의 악당인가? 여하튼 유한테는 그저 동정만을 느꼈다. 상대의 주장이 너무나도 거짓말 같아서 그의 위증이라는 느낌조차 들지만, 타쿠토는 이런 패거리가 정말로 현실에 존재한다는 사실을 잘 알고 있었다.

"뭐, 확실히. 하지만 제대로 죽인 모양이라 다행이야."

"응, 제대로 끝은 냈어. 괜히 놓쳤다가 도리어 원한이라도 사면 무서우니까, 그건 어쩔 수 없었어."

그렇다면 문제없다. 세상은 아무 일 없다.

어중간하게 정을 베풀어서 큰 문제의 씨앗을 남기지 않았다는 것이 타쿠토에게 좋은 인상을 주었다.

조금 전의 어리석은 인간과 마찬가지다. 어설픈 정의감이나 동정심 때문에 상황을 적당히 수습했다가, 나중에 귀찮은 일이 벌어져서 우왕좌왕하는 인간이 존재한다.

유가 그렇지 않아서 다행이었다. 혹시 유가 끝을 내지 않았다면 타쿠토의 걱정거리가 하나 늘어났을 테니까.

아니, 잠깐만. 타쿠토는 퍼뜩 생각을 고쳤다.

무언가 좋지 않은 예감이 들었다. 타쿠토가 자연스럽게 미간에 주름을 지었다.

'이야기가 이어지지 않아. 나는 서큐버스와 적대하는 이유를 물었어. 왜 이미 끝을 낸 플레이어 이야기가 나오지?'

타쿠토가 작은 위화감의 가시에 곤혹스러워하는 동안에도 유의 이야기는 이어졌다.

"그래서, 진짜 위험한 게 지금부터야. 키고가 가진 게임. 그게 트레이딩 카드 게임이었거든."

──트레이딩 카드 게임.

다양한 삽화와 효과가 그려진 카드를 사용해서 대전을 벌이는, 뿌리 깊은 팬 층이 있는 게임이다.

각자 라이프라고 불리는 점수를 가지고, 카드를 이용해서 몬스터를 소환하거나 마법을 사용하거나 특수 효과로 상대를 공격하여 라이프를 없애는 것이 목적이다.

복잡하면서 전략성이 요구되는 게임성, 그리고 카드 자체가 가진 콜렉션 요소나 레어리티 등으로 많은 사람들을 매료시키고 있다.

세계 각국에서 진행되는 대회, 때로는 집조차도 살 수 있을 정도의 금액이 되는 레어 카드 등등, 무척 독특하며 뜨거운 장르가 바로 트레이딩 카드 게임이다.

타쿠토도 조금은 알고 있었다.

고레어 카드 따위를 실제로 구입하거나 덱을 만들어 타인과 플레이할 수는 없었지만, 인터넷에서 카드 정보를 보거나 대회 승패를 보는 것은 좋아했다.

어느 정도 지식은 있다. 타쿠토는 무수하게 존재하는 게임 중에서 자신이 아는 게임 이름을 몇 가지 언급했다.

"트레이딩 카드 게임……. 『애니메틱 유니버스』? 『블러드 앤드 크리스탈』?"

"뭐였더라? 무슨 왕이라고 들었어."

"『칠신왕(七神王)』인가. 투기 이미지가 강해서 개인적으로는 좋아하지 않는데. 세계관이나 게임성은 좋아하지만……."

짚이는 게임이 있었다.

『칠신왕』. 통칭 『칠신』이라 불리는 그것은 카드 게임 중에서도 특히 이질적이었다.

카드 자체가 일종의 상품적인 가치를 가지게 되어서, 트레이딩 카드 게임 중에서도 월등히 고가의 카드가 많다는 점이었다.

한때 자산가는 금괴 대신에 『칠신왕』 카드를 금고에 보관한다는 야유를 들었을 정도로 팬들은 열광적이었다.

게임 그 자체에서 가치를 찾아내는 타쿠토는 그렇게 실체가 없는 가치 폭등이나 유행을 불쾌하게 생각했다.

그래서 유가 그 이름을 꺼냈을 때도 솔직히 기분이 좋지는 않았다.

'어쩌면 『칠신』의 캐릭터와 부딪칠 가능성도 있었을까. 밸런스 붕괴 수준의 마법이나 몬스터가 많으니까 다행이라면 다행인데, 유는 잘도 쓰러뜨렸구나. 한 번 정도는『칠신』의 캐릭터를 보고 싶었는데 그것도 어렵겠네.'

『칠신왕』의 플레이어인 키고는 이미 이 세계에서 배제되었다.

그렇다면 게임 자체도 배제되었을 터.

키고는 어떤 경력을 가지고 있었을까, 마녀는 어떤 캐릭터였을까? 호기심은 끝이 없지만, 그것은 이미 지나가 버린 일이니까 이제는 알 수 없다.

"아아! 임금님, 알고 있어?! 다행이야! 이걸로 정보가 불안하진 않겠어!"

"……응? 무슨 말이야? 키고는 배제되었잖아?"

『칠신왕』에 대한 흥미로 희미해지던 경계심이 돌아왔다.

동시에 머릿속에 경종이 울려 퍼졌다. 무언가, 위험한 일이 벌어지고 있다.

적어도 이제부터 그 위험한 일이 이 남자의 입에서 나온다.

의태한 타쿠토의 대역과 대주계에 있는 타쿠토 본인의 이마에서 땀이 주르륵 흘렀다.

"아니, 그게 말이지. 키고를 격파했을 때에 아무래도 그 녀석의 덱이 이 세계에 남아버린 모양이라서! 그리고 서큐버스 누님들이 가져갔어!"

"야, 너……!!"

타쿠토는 진심으로 분노해서 터질 것 같았다.

아니, 이미 진심으로 터졌을 것이다. 평소부터 비교적 정중한 말투를 사용하는 타쿠토치고는 무척 스스럼없는 말투였다.

그럴 만큼 타쿠토는 동요했다. 폭언이 나오지 않은 것만으로 다행이었다.

"미안하다니까! 진짜로 미안해! 아니, 사라졌다고 생각했어! 쓰러뜨리면 끝이라고! 그랬더니 그 녀석이 갖고 있던 카드가 그대로 바닥에 떨어져서! 아, 트레이딩 카드니까 그런 구조인가? 그렇게 생각하는 사이에!"

"죄, 죄송해요! 저도 잘못했어요! 서큐버스한테 붙잡힐 뻔해서, 주인님이 저를 먼저 구해 주셨거든요! 그러니까 카드까지 생각이 미치지 않아서. 정신이 들었더니 이미 도망친 뒤라…….

눈물을 글썽이며 사죄하는 유와 아이.

사이좋게 사죄하고 있지만, 그럴 상황이 아니었다.

"그럼 뭐야? 혹시 현재 서큐버스 진영은 서큐버스와 엘프 군대, 엘프 성녀가 셋. 플레이어랑 마녀 둘씩에 추가로 『칠신왕』의 시스템을 갖고 있다는 거야?!"

"그, 그렇게 되겠네…… 아하하! 이렇게 들어보니까 우리 진짜 위험하네! 이 협력 관계, 앞으로도 계속 소중히 하자!!"

"당연하지! 진짜 배신하지 말라고?! 등 돌리면 안 돼!"

"어, 응! 타쿠토 왕도 배신하지 말아줘!"

"어떻게 하면 이 상황에서 배신할 수 있겠어."

위험하다. 정말로 위험하다.

예상하던 것보다도 적의 전력이 강할 가능성이 있다.

그의 마음속을 아는지 모르는지 온화하게 흘러드는 바람을 오히려 귀찮게 느끼며, 서둘러『칠신왕』의 시스템을 떠올렸다.

『칠신왕』은 카드를 사용하려면 각각 고유의 속성을 가진 마나가 필요해. 반대로 마나가 없다면 아무것도 못해. ……아니, 잠깐만! 이 세계에는【용맥혈】이 있어!『Eternal Nations』에서 쓸수 있었는데『칠신왕』의 시스템에서는 못 쓴다고 생각하는 게 이상하겠지.'

마치 짠 것처럼 모든 조각이 깔끔하게 하나로 맞추어졌다.

『칠신왕』은 직접 대결을 메인으로 하는 게임이니까 RPG처럼개인전에 특화되어 있어서 숫자에 약하다.

반면에 개인전에서는 무척 전략적으로 움직일 수 있어서, 이쪽은 상대가 취할 수단에 대책을 세우기가 어렵다.

상대 플레이어를 직접 공격할 수 있는 능력이나 마법이 잔뜩존재하는 게임.

한순간이라도 방심했다가는 순식간에 먹힌다.

역전, 자이언트 킬링, 원 턴 킬, 무한 콤보…….

카드의 숫자만큼 전략이 존재한다. 그것이 트레이딩 카드라는게임이다.

'위험해, 위험하다고. 그럼 서큐버스가 엘 나 정령계약연합의영토에 집착한 이유도 알 수 있어. 그 광대한 영토 어딘가에는 틀림없이【용맥혈】이 존재해. 숫자는 미지수지만, 최소한 두 개만있다면 마나 산출 카드에서 무한 소환 콤보를 짤 수 있을 거야!……젠장!!'

"크으으으으으!!"

그만 목소리로 표현되지 않는 고함을 터뜨렸다.

그 모습을 바라보며 옆에 있는 아투가 정말로 기뻐하는 표정과 목소리로 속삭였다.

"후후후. 어쩐지 끓어오르네요. 저 아투, 타쿠토 님께서 어떤 활약을 보여주실지 진심으로 기대하고 있어요."

본인조차 보여준 적 없을 만면의 미소로 격려하는 아투.

지금은 그런 그녀── 내용물인 비토리오를 노려볼 수도 없었다.

한편 유도 타쿠토의 반응을 보고 더욱 위기 상황임을 이해했을 것이다.

안면이 창백해져서는 연신 몇 번이고 "큰일이야, 큰일이야"라며 중얼거렸다.

"으으, 주인님. 힘내세요. 아이는 주인님을 믿어요!"

"힘내세요. 타쿠토 님♪"

한쪽은 슬픔, 한쪽은 희열, 두 소녀는 자신의 주인을 응원했다.

당사자들은 그런 말도 안 들리는지, 용사와 파멸의 왕이라는 입장을 생각한다면 한심할 정도로 계속 동요하고 있었다.

칠신왕의 세계에 어서 오세요!

칠신왕은 ──컴퍼니가 발매한 트레이딩 카드 게임입니다.
현재 제 11 탄까지 발매 중이고 카드 종류는 수천 종. 그리고 전략도 무한대.
전 세계에 번역되어 각지에서 밤낮으로 대회도 열리고 있습니다.
이 사이트에서는 주로 각 카드의 성능 랭킹이나 최신 거래 금액 랭킹을 소개합니다.

매력적인 캐릭터와 세계관이 너를 기다린다고!
자, 너도 칠신왕으로 레츠 배틀이다!

제7화 음부

　보연상── 그러니까 보고·연락·상담의 중요성을 충분히 이해하게 된 슬픈 사건을 제외하고, 여정은 무척 순조로웠다.

　서큐버스 지배 영역. 마이노그라의 국경 근처에서 합류한 안내인 서큐버스의 인도에 따라 무사히 엘 나 정령계약연합으로 입국한 타쿠토 일행은, 그대로 도보로 가장 가까운 엘프 마을── 현재는 서큐버스 마을에 도착했다.

　"이것이 서큐버스에게 지배당한 엘프 도시……인가."

　주위로 모여든 주민들의 호기심과 경계가 담긴 시선.

　그 시선을 온몸으로 느끼며 타쿠토도 거침없이 주위를 둘러봤다.

　시야에 들어오는 것은 대부분이 거대한 나무들. 입체적으로 만들어진 마을의 구조도 어우러져서 안내인이 없었다면 틀림없이 바로 길을 잃었을 것이다.

　서큐버스 마을은 원래 엘프들의 마을을 점령한 곳이라서 숲속에 만들어져 있었다.

　베이스는 엘프 문화다.

　건물 자체는 어딘가 기시감 느껴지는 것이 많았다. 그도 그럴 것이다. 근연종인 다크 엘프들의 나무 위 건축물과 특징이 무척 비슷했다.

　다른 점은 디자인, 그리고 다크 엘프와 달리 건물에 하얀색이나 녹색이 많은 것일까? 하늘에서 나무 사이로 햇빛이 비쳐들어 주위를 온화하게 비추었다.

마이노그라 수도인 대주계와 속성을 정반대로 한다면 이런 마을이 될 것 같은 풍경이었다.

단 한 가지를 제외한다면.

"우, 우오오오! 여, 여기저기에 야한 누님이……."

유가 함성을 터뜨렸다.

그도 그럴 것이다. 엘프의 나라에는 어울리지 않는 존재——서큐버스가 그 마을 여기저기에 존재하고 있었다.

그들 모두가 타쿠토 일행을 음미하듯 고혹적인 시선을 보내고 마치 유혹하듯 음란한 미소를 지었다.

《반편이》를 통해서 이 광경을 보는 타쿠토조차 무심코 얼굴을 붉힐 뻔했다. 그 자리에서 직접 마주하는 유는 견딜 수가 없을 것이다.

지금도 한창때인 청년답게 인중을 늘어뜨리고서 한심스럽게 주위로 애교를 흩뿌리고 있었다.

하지만 그런 남자의 아련한 꿈도 금세 끝을 맞이했다.

"주 · 인 · 니임~!"

"히, 히익! 죄송합니다, 아이 씨! 야한 눈으로 안 봤어요! 전 무죄에요!"

그야말로 러브코미디구나. 타쿠토는 그런 감상을 품었다.

동시에 조금 안도하기도 했다. 여기서 서큐버스의 색기에 넘어가서 섣불리 행동한다면 큰일이다. 그런 의미에서 유의 뺨을 꼬

집으며 막아주는 아이의 존재는 고마웠다.

그녀의 힘은 미지수. 유의 말을 빌린다면 일단 서포트를 중점으로 싸울 수는 있다고 하지만…….

전투와 관계없이 이대로 유의 외장형 양심 회로로 있어줬으면 좋겠다는 생각마저 들었다.

전혀 다른 장르의 청춘을 펼치는 두 사람을 제쳐놓고, 타쿠토는 마이노그라의 왕으로서, 그리고 『Eternal Nations』 플레이어로서 상황을 확인했다.

도시에는 그 국가의 성격이 드러난다.

국민을 노예처럼 다루는지, 아니면 자유분방하게 관리하는지.

사람들의 표정이나 건강 상태에 그것들이 모두 반영되고, 속이기는 쉽지 않다.

타쿠토는 이곳 서큐버스 마을의 풍경에서 조금 허를 찔렸다는 감상을 품었다.

그것은 옆에 있는 아투——의 모습으로 《위장》한 비토리오도 동의하는 듯했다.

"의외군요. 음욕과 퇴폐로 도시가 붕괴할 거라 생각했는데, 얼핏 보면 도시 기능이 유지되는 것 같아요."

"아투도 그렇게 생각했어? 그러네. 남자가 비쩍 말라서 전멸하든지 가축 신세라도 되었을까 싶었는데, 그런 일은 전혀 없어. 뭐, 남들의 시선도 개의치 않고 알콩달콩하는 커플은 많아 보이지만……."

"그런 분위기는 심각하게 느슨하지만, 저희가 상상하는 서큐버스의 생태를 미루어보면 조금 신기하네요."

마을에 있는 엘프들의 표정은 밝아서 적어도 점령하에서 지독한 취급을 당한다는 인상은 없었다.

그러기는커녕 친근하게 손을 맞잡고 길을 가는 젊은 엘프 남성과 서큐버스 커플, 곤란한 듯 여러 서큐버스의 유혹을 받고 있는 장년 엘프 남성도 있었다.

눈길을 어디 둘지 알 수 없는 열애를 공공장소에서 과시하는 자들도 있지만 그래도 다소 과격할 뿐, 타락이라고 단언할 수는 없었다.

관리되고 있다——.

타쿠토는 이 상황에 서큐버스들의 경계도를 한 단계 올렸다.

그 대화가 흥미를 끌었는지, 조금 전까지 묵묵히 타쿠토 일행과 동행하고 있던 서큐버스—— 그러니까 안내인 중 하나가 대화에 참가했다.

"그건 당연하지, 손님. 우리 서큐버스의 목적은 착취가 아니라 공존 번영. 메뚜기 같은 짓을 하려고 이 세계로 온 게 아니야."

늘씬한 체구의, 어딘가 차가운 인상이 느껴지는 서큐버스.

서큐버스치고는 전체적으로 몸매가 빈약하지만 그것이 도리어 매력이었다.

그녀의 이름은 프리지아.

안내인 중 하나인 그녀는 외모나 행동거지를 보면 높은 지위에 있는 인물 같았다.

흔한 서큐버스들이 외모에서 그다지 차이가 느껴지지 않는 것과는 달리 그녀에게는 명확한 개성이 있었다.

커리어 우먼 타입 같다는 감상을 품으며, 어딘가 오만하게 설명하는 그녀에게 타쿠토는 질문을 던졌다.

"그건 너희 여왕의 뜻이라고 생각하면 되겠나?"

공존 번영이라니 거창한 주장이지만, 하는 일은 사실 마이노그라와 다크 엘프들의 관계에 가까운 측면이 있었다.

그런 부분도 포함해서 상부가 어떤 생각을 가지고 있는지 탐색하기 위한 질문이었다.

"예, 여왕 바기아 님께서는 평상시부터 말씀하세요. 『불쌍한 건 뽑지 않는다』라고. 그러니까 모두 사이좋게, 야하게 사는 것이 우리 서큐버스의 가장 큰, 유일한 목표예요."

물음에 대답한 것은 다른 안내인 서큐버스였다.

그녀의 이름은 골리앗.

조금 전의 프리지아와는 반대로 작은 체구에 사랑스러운 인상을 주는 그 서큐버스는 조금 심약한지 어딘가 겁먹은 태도로 덧붙였다.

아무래도 외모가 이름한테 밀린다는 인상이지만…….

"……그렇구나."

안내인은 서큐버스 여왕…… 그러니까 마녀 바기아로부터 직접 명령을 받아 타쿠토 일행을 인도하고 있었다. 여왕에게 어떤 의도가 있는지 알 수 없지만 적어도 국가의 지도자로서 결정했다면 그들은 나름대로 요직일 것이다.

그리고 그런 자들이 여왕의 명령으로 행동하는 이상, 그들의

말에는 책임이 동반된다.

목적은 제쳐놓고 이 단계에서 서큐버스들의 동기를 알 수 있어서 다행이었다.

하지만 동시에 좋지 않은 상황이기도 하다고 타쿠토는 이해했다.

엘프들이 너무나도 순종적으로 받아들이고 있었다.

이래서는 엘프들을 부추기거나 지원해서, 국내에서 게릴라 활동을 벌여서 국력을 깎아낸다는 작전도 사용할 수 없다.

어느 정도 받아들였을 가능성은 머릿속에 들어 있었다. 그러나 완전히 동화되어 있다면 더더욱 좋지 않은 상황이었다.

"공존 번영. 그렇다면…… 혹시 이 나라에 사는 엘프는 매일 야한 서큐버스 누님과…… 아얏! 아야야! 그만, 그만해주세요 아이씨 제가 잘못했어요!"

"주인님 바보바보 변태! 정말이지, 말만 해준다면 제가 주인님한테……."

"어? 지금 뭐라고?"

"아무 말도 안 했어요!"

도움이 되지 않는 두 사람은 여전히 즐거워 보였다.

이 녀석들, 뭘 하는 거야? 타쿠토는 목구멍까지 나오려던 말을 필사적으로 삼켰다.

이래도 단독 전력으로는 특급이다. 본인도 아이도 책략은 전혀 못 짠다고 했으니까 두뇌 노동은 자신이 하면 된다.

적재적소. 못 하는 일보다도 할 수 있는 일에 집중하는 것이 중요했다.

그리고 타쿠토에게는 아직 할 수 있는 일이 있었다.

전 진영 회담이 개최될 때까지 최대한 정보를 수집해야 한다.

이 마을에서 강하게 느낀 위화감. 그것이 상대를 무너뜨리는 한 수라고 믿으며.

"그리고 보니 여성의 모습이 보이지 않는데. 서큐버스가 아닌 엘프 여성……. 그녀들은 어떻게 됐지?"

"어? 백합백합하게 살거나 그러고 있는데요? 그리고 취미에 집중하거나 애완동물을 기르거나 해요."

'아니, 살아있냐!'

마음속으로 성대하게 딴죽을 걸었다. 그만 대주계에 있는 본체까지도 목소리가 나와 버렸다.

서큐버스의 성질을 생각하면 남자에게만 흥미가 있을 것이다. 여성을 노리는 인큐버스가 존재하지 않는 이상, 엘프 여성들은 곤란한 상황에 처했을 거라 예상했는데.

타쿠토의 예상과 달리 단순히 이 자리에 없을 뿐. 게다가 서큐버스들이 가능한 범위에서 대응하고 있었다.

모두 사이좋게. 여왕의 정책은 그저 말뿐인 듣기 좋은 어필 문구도 아니었나 보다.

"다행히 엘프 여자들도 어떻게든 타협해주고 있어. 하지만 그것도 받아들일 수 없다는 여자들도 있지. 그런 자들은 정치 단체를 결성해서는 매일 평의회 앞에서 데모를 벌이며 스트레스를 발산하고 있다만."

"그, 그래……."

"그렇군요, 잘 통치하고 있네요. 그런데 실례지만, 이렇게까지 다른 종족인 엘프들을 배려하면서도 왜 침략이라는 방법을 취한 건가요? 당신들이라면 어딘가 빈 땅에 나라를 세우고, 미모와 몸으로 이주자를 모아도 괜찮았을 텐데."

아투의 모습을 한 비토리오가 타쿠토 대신에 계속 질문했다.

아무래도 타쿠토가 어이없어하니까 자신이 대신 행동해야겠다고 판단한 듯했다.

타쿠토에게도 무척 고마운 일이었다. 타쿠토는 비토리오보다도 통찰력이 뛰어나지만 그래도 미처 못 보고 빠뜨리는 점도 여럿 있었다.

비토리오와 함께 나선다면 평소보다 더욱 다양한 정보를 수집할 수 있다.

조금 전의 질문은 괜찮았다. 타쿠토도 이런 정보를 더 자세히 물어보고 싶었지만 지나치게 질문 공세를 펼쳐도 경계를 산다.

이제까지 잠자코 있던 아투가 의문을 품었다는 모양새라면 자연스럽게 대답을 이끌어낼 수 있을 테니까.

'이제까지의 흐름을 본다면 뭔가 웃기지도 않는 이유 같지만. 아무래도 바기아는 비교적 장난스러운 성격인 것 같고, 서큐버스들의 분위기를 봐도 이른바 병맛 게임 부류에서 온 걸까? 그렇다면 살상을 피하는 것도 이해할 수 있어.'

이제까지의 이야기나 인상을 검토하는 사이, 어렴풋했던 상대의 윤곽이 점점 명확해졌다.

적어도 어느 정도 범위를 좁힐 수 있었다.

하지만…….

""…………?""

두 서큐버스는 아투——비토리오의 질문을 미처 이해하지 못하겠다는 표정을 지었다.

질문의 표현을 모르겠다든지 대답이 허락되지 않았다는 표정이 아니었다.

마치 처음 듣는 개념인 것처럼, 이해의 범주 밖에 있다는 듯한 표정이었다.

"어라? 질문이 어려웠을까요? 침략을 선택한 이유를 묻는 겁니다. 결과가 같다면, 조금 더 원만한 수단이라도 괜찮지 않았나요?"

그 말에도 두 서큐버스는 의아하다는 표정을 지을 뿐이었다.

이번에는 서로 마주 보고 어떻게 대답하면 좋을지 생각하는 모습조차 드러냈다.

타쿠토는 상대방 역시도 단순 명쾌한 사정을 가진 것은 아니고, 그녀들 나름대로 특수한 규칙과 개념에 따라 움직인다는 사실을 이해했다.

몇 초 후, 그 이해가 올바르다고 뒷받침하듯이 간신히 두 사람은 대답했다.

"아니, 아니야. 그런 건 생각해본 적도 없었으니까."

"'확대'라는 건, 생명이 있는 존재로서 올바른 모습이에요."

"그렇군요, 그것은 도리. 이건 제 질문이 비상식적이었군요. 사죄드리겠어요."

아투는 그렇게만 말하고 대화를 중단했다.

비토리오도 더 이상 물어볼 것은 없었다.

타쿠토는 내심 한숨을 내쉬었다.

적어도 이 시점에서 서로의 국가 사이에 무언가 타협점을 찾아 내기는 불가능하다는 사실이 명백해졌으니까.

'그렇구나. 이건 힘들겠어.'

그녀들은 자신들을 가리켜서 "메뚜기가 아니다"라고 했다.

하지만 자신이 확대 증식하는 것에 일체 의문을 가지고 있지 않다면 그 주장도 공허해질 뿐이었다.

'생태는 굳이 따지자면 곤충에 가까운가? 그것도 개미나 벌 같은 계급형……. 게다가 상대마저도 끌어들여서 세력을 확대하는 키메라 타입인가……. SF 공포 영화에서 우주선으로 들어오는 타입의 생물이네.'

타쿠토는 시선을 거리로 향했다.

엘프와 서큐버스는 얼핏 행복해 보인다.

하지만 타쿠토는 그 광경이 무언가 정체 모를 존재의 배 속에 서 꾸는 한때의 꿈처럼 느껴졌다.

그 후의 여정은 무척 평온했다.

중간에 들른 마을은 둘.

규모는 그리 크지는 않아서 인구나 넓이는 드래곤탄과 비슷한 수준의 마을이었다.

그것 자체는 아무 문제될 것도 없지만, 도중에 숙소에서 서큐버스들이 밤에 숨어들거나 유혹하는 것이 너무 심해서 질려버렸다.

다만 그들도 안내인 둘이 일갈을 터뜨리자 흩어져서 결국 아무일도 없었다.

반대로 서큐버스들의 생태를 알 수 있었으니까 플러스로 생각할 수도 있었다.

유는 제대로 소동이 벌어져서 아이와 잠시 사이가 험악해졌다.

그 후로 금세 또 평소처럼 알콩달콩하는 모습을 보니 서큐버스의 유혹도 양념 정도에 불과했다.

무사평온. 타쿠토는 그 사실에 안도하면서도, 평온하면 평온할수록 반동이 심하다는 사실을 알기에 경계를 늦추지 않았다.

엘 나 정령계약연합으로 들어오고 며칠이 지났을 무렵.

엘프와 서큐버스의 나라는 영토가 모두 삼림으로 뒤덮여 있으니까 현재 위치를 알기 힘들지만, 걸은 거리로 대략 환산하면 영토 중앙으로 접어들었을 무렵이었다.

과거에는 엘프들의 수도, 현재는 서큐버스 여왕 바기아가 통치하는 수도—— 칸 나에 도착했다.

'자, 지금부터가 진짜……인가. 상대가 무슨 이야기를 할 것인가, 어떤 거창한 의제를 꺼낼 것인가. 기대되기도 해.'

정령 도시 칸 나.

엘프의 나라는 각 씨족의 명사가 대표를 맡아서 통치하는 합의

제 국가다.

그래서 엄밀하게 수도는 존재하지 않는다.

대신 그들에게 중요한 건축물인, 【세계수】라 불리는 거목이 존재하는 이곳 칸 나가 편의상 수도로 취급되고 있었다.

물론 편의상이라고는 해도 그저 장식은 아니라서, 규모와 인구 모두 국가 최대를 자랑했다.

나무들에 가로막혀 규모를 헤아리기는 힘들지만 이전의 마을과 비교하면 수령이 긴 나무들이 많은 것, 사람들의 왕래가 활발한 것.

무엇보다 나무 위 건축물의 숫자와 복잡함을 생각하면 누가 보더라도 이곳이 거대한 도시임은 알 수 있었다.

'제대로 풀리진 않을 테지만, 이건 해야만 하는 일이니까.'

이미 회담의 앞날을 예상하는 타쿠토는, 마음속으로 그렇게 혼잣말하며 안내인 두 사람을 따라갔다.

"아투. 일단 방침을 전해둘까?"

"이번 방문은 평화가 목적, 상대가 행동에 나서지 않는 이상은 이쪽에서 움직이는 건 엄히 금지한다……겠죠?"

"정답, 이야기가 빨라서 좋네."

"감사합니다. 나의 왕이시여."

『그건 그렇지만 정보 수집도 게을리하지 말고. 가능하다면 서큐버스 진영 포함, 다른 진영의 플레이어가 가진 게임 시스템은 파악해두고 싶어.』

『음~~! 이번에는 그게 목표겠군요! 상대를 알고 자신을 안다면 뭐랬던가. 그렇다면 유희는 정도껏 해야겠네요!』

안내받은 대기실에서 아투에게 거듭 확인하며, 비토리오에게 비밀 이야기를 텔레파시로 건넸다.

어디에 귀가 있는지 알 수 없다. 이럴 때에 누구에게도 들리지 않도록 상담이 가능한 텔레파시는 방첩 면에서도 무척 유용했다.

이번 회담, 일단 명목은 평화를 위한 대화이다.

빈틈만 있다면, 이라는 생각을 항상 머릿속에 두면서도 적극적으로 움직일 생각은 없었다.

모두가 이곳에 있는 타쿠토와 아투를 진짜라고 믿는 이상, 카드는 보존해두어야 한다. 그것이 타쿠토의 판단이었다.

"이미 다른 진영도 도착한 것 같아. 회담은 내일……인가. 과연 어떤 인물이 왔을까. 흥미가 끊이질 않네."

타쿠토는 들을 사람도 없는 혼잣말을 했다.

그 말에 가짜 아투가 끄덕이고 침묵만이 남았다.

무언가 의도에 따라 이 대륙으로 소환된 플레이어.

그들 모두가 모일 전 진영 회담은 바로 코앞까지 다가왔다.

………

……

…

엘 나 정령계약연합 수도, 칸 나.

수도 중앙에 위치한 테트랄키아 평의회, 심의장.

타쿠토 일행이 안내받은 곳은 과거 엘프의 수장들이 국가의 방침을 결정하던 장소였다.

수도 중앙에 존재하는, 세계수라 불리는 거목의 최상부에 건설된 심의장. 그곳은 엘프의 위엄을 전 세계에 과시하듯 장엄하고, 동시에 정령과의 조화를 보여주듯 자연으로 넘쳐났다.

옅은 녹색의 빛이 주변에 감돌고, 농밀한 마력이 이 장소가 가진 마나원으로서의 가치를 가득 나타냈다.

마이노그라의【궁전】도 파멸의 마나를 만들어내는 기능이 있다.

세계수에 만들어진 평의회도 명백하게 같은 기능을 가지고 있지만, 규모를 비교한다면 안타깝게도 이 나라가 웃돌 것이다.

적어도 현재 마이노그라의 궁전 수준으로는 도저히 맞설 수 없는 규모였다.

'엘프의 나라에서 가장 중요한 시설일 텐데, 무척 시원스럽게 적을 불러들였어…….'

반대로 말하면 그만큼 양보했다고 받아들일 수도 있었다. 동시에 안에서 소란이 생기는 정도로 자신들의 지위는 흔들리지 않는다고 생각했을지도 모르겠지만…….

어떻게 될지는 이제부터 알 수 있을 것이다.

적어도 대륙 전체를 끌어들인 전 진영 회담이라는 거창한 이벤트 개최장으로는 충분했다.

다른 진영 사람들도 거대한 목제 원탁에 차례차례 앉았다.

아는 얼굴은…… 유밖에 없었다. 퀄리아 사람을 모르는 것은 당연하고, 폰카븐도 타쿠토가 모르는 사람이었다.

페페가 지난번에 말했듯이 사자를 대신 보냈을 것이다.

그 밖에는…….

'예상보다도 참가자가 적어? 게다가 저건……?'

다른 플레이어의 인상을 알아두고 싶었지만 지금은 보이지 않았다.

대신에 테이블 위에는 신기한 장식물이 설치된 자리가 몇 개있었다.

그중 하나가 산산이 부서진 것을 본 타쿠토는 그 자리가 무엇을 의미하는지 알아차렸다.

자신과 마찬가지로 이미 알겠지만 혹시 모르니까 공유해둘까. 비토리오에게 텔레파시를 보내려던 그때였다.

문이 끼익 열리고 타쿠토 일행을 안내하던 서큐버스 두 사람이 들어왔다.

"회담장에 잘 왔어. 전 진영 회담 참가, 진심으로 감사할게♡"

동시에 그녀들의 배후에서 잘 아는, 하지만 처음 만나는 서큐버스가 나타났다.

그리고 세계의 운명을 결정하는 회의가 시작되었다.

SYSTEM MESSAGE

【이벤트】전 진영 회담

전 진영 회담이 시작되었습니다 .
각 진영의 참가자는 자신들의 이익을 최대화할 수 있도록 회담에 임해
주십시오 . .

OK

Eterpedia

✣ 노블 서큐버스

전투 유닛

전투력: 불명 이동력: 불명

해설

노블 서큐버스는 서큐버스 계급 안에서 제2위에 위치하는 서큐버스입니다.
그들은 귀족 계급으로 여왕의 명령을 받아 하위 계급 서큐버스들을 관리합니다.
또한 서큐버스 국가의 운영에서 중심적인 역할을 하는 것도 그들입니다.
서큐버스는 계급이 올라갈수록 전투 능력이 높아져서, 노블 서큐버스라면 영웅에
필적하는 전투 능력과 지혜를 가지기도 합니다.
다만 남성 취향은 천차만별이라, 엉망인 남자와 인연이 생겨서 헌신한 끝에 파산
하는 개체도 있습니다.

제8화 전 진영 회담

전 진영 회담이 지금 시작된다.

이곳에 있는 모두가 긴장감을 품고서 상황을 지켜보고 있었다.

적어도 마녀 바기아가 무슨 생각으로 이 회담을 개최했는지 본심을 알아내고자 했다.

"어머어머? 다들 긴장한 걸까? 좀 더 편안하게 있어도 돼♡ 처음이라고 긴장하지 마. 딱딱한 건 저쪽만으로 괜찮아♡"

장난스러운 말투로 말하고 마녀 바기아가 의자에 앉았다.

등 뒤에는 안내인이었던 서큐버스 둘. 바기아를 등 뒤에서 모시는 것이 허락된다면 타쿠토의 예상대로 높은 지위일 것이다.

타쿠토에게 아투. 유에게 아이. 그런 중요한 위치다.

적어도 호위로서 충분한 능력을 알 수 있었다.

'마녀 바기아인가…… 여기도 플레이어가 없다면, 숨어 있나? 아니면 그녀의 꼭두각시가 되었나…….'

이제까지의 상황을 보면, 통상적으로 플레이어에게는 마녀 하나가 따른다.

타쿠토에게 아투, GM 쿠하라에게 에라키노. 패배한 플레이어에게도 《무가치한 마녀》라는 이름의 존재가 있었고, 카미미야 데라유에게는 아마도 아이가 그럴 것이다.

플레이어는 남성이고 그를 따르는 여성 마녀가 존재한다고 생각해야겠지만 샘플 숫자가 지나치게 적어서 단언할 수는 없었다.

적어도 따로 숨은 인물이 있을 가능성은 머리 한구석에 넣어두어야 한다.

침묵을 유지한 채, 타쿠토는 바기아를 관찰했다.

'그건 그렇고, 굉장한 복장이네.'

타쿠토는 눈앞에서 기분 좋게 웃는 서큐버스 여성의 복장에 그만 얼이 빠졌다.

알몸은 아니지만 전체적으로 노출이 많았다. 글래머러스한 체형도 어우러져서 눈을 어디에 둬야 할지 알 수 없었다.

서큐버스 여왕으로서는 백점만점이겠지만 교섭 상대로서는 너무나도 품위가 부족했다.

하지만 사람의 성욕이라는 개념을 잔뜩 조려놓은 것 같은 그녀조차, 이곳은 이미 전장이라는 사실을 이해하고 있었다.

참가자 전원이 관망세로 돌아선 것을 파악하고는 호스트의 역할이라며 회담을 진행했다.

"어쩔 수 없네, 그럼 내가 개최하겠다고 했으니까 먼저 인사를 할까? 어흠── 안녕하세요, 모든 국가의 대표자♡ 그리고 플레이어 여러분. 내가 이 땅을 다스리는 새로운 지배자! 서큐버스 여왕이자 엘프 왕!《정숙의 마녀 바기아》야♡"

기세 좋게 일어서서 흔들리는 풍만한 가슴을 과시하는 포즈와 함께 선언했다.

등 뒤에 있는 서큐버스 둘이 짝짝 박수를 치고, 바기아가 각 참가자에게 손으로 키스를 날렸다.

이대로 자기소개라도 시작하는 흐름일까? 타쿠토는 긴장하지 않고 막힘없이 말할 수 있을까? 잠깐 엉뚱한 생각을 하는데, 예상치 않게 그가 원하던 정보가 밝혀졌다.

"아, 참고로. 게임 시스템은 ADV. 게임 이름은『두근두근☆서큐버스 월드 ~현실 세계에 서큐버스가 찾아온 일~』이야♪"

"『두근 서큐』냐고!"

'『두근 서큐』인가…….'

유가 그만 외치고, 타쿠토는 마음속으로 중얼거렸다.

『두근 서큐』라는 명칭으로 친숙한 그 게임은, 타쿠토가 원래 있던 세계에서 유명한 성인용 게임이었다.

장르는 노벨 계열 어드벤처. 어느 날 이세계의 서큐버스가 쳐들어와서 세계가 정복당하고, 그 후로는 서큐버스들과 그저 알콩달콩한다는 성인 남성 대상의 게임이었다.

게임 시스템은 새롭지 않다. 그림과 음성, 그리고 텍스트로 진행되는 어드벤처 게임에서는 복잡한 게임 시스템을 함께 준비하는 것이 더 어렵다.

그러니까 시스템의 위협도는 낮다. 적어도 비기 같은 방식을 사용하더라도 타쿠토 일행을 직접 공격할 수단은 없다…….

'그건 그렇고 설마 성인용 게임일 줄이야…….'

타쿠토는 그럴 가능성은 없다고 생각했다. 이 세계에서 벌어지는 전투에는 너무나도 어울리지 않는 게임이라서 살짝 당황했다.

그 충격은 또 다른 놀라움으로 사라졌다.

'젠장! 그래서『칠신왕』을 확보했나! 유 녀석, 제대로 시스템까지 죽였어야지!'

서큐버스 진영에 특수한 능력은 없다.

굳이 말하면『두근 서큐』라는 애칭을 가진 게임 안의 설정 정도다.

서큐버스는 현대 인류가 도저히 대적할 수 없는 종족이고, 숫자가 많다. 그것이 그녀들의 유일한 무기였지만 지금은 완전히 뒤집혔다.

강력한 군대와 강력한 능력. 엘 나 정령계약연합의 영토가 가진 막대한 마나.

그리고『칠신왕』의 시스템까지.

그것들을 상대한다면 얼마나 큰 피해가 발생할지 알 수 없다.

"후후후♡『두근 서큐』를 아는 사람이 있었나 보네♡ 게임 이야기를 이것저것 나누고 싶지만, 오늘은 그 이야기를 하러 온 게 아니니까 다음 기회에♡ 그럼 애써 모였으니까, 서로를 알기 위해서라도 소개가 필요하겠네. 프리지아, 부탁할 수 있을까?"

"그럼 외람되오나 여왕님의 명령을 받들어 제가 각 참석자 분들을 소개하겠습니다……."

당연히 서로를 소개하는 흐름인가.

정보 수집이 중심인 타쿠토에게는 기쁜 상황이었다. 이대로 다른 진영도 자신들의 능력이나 내부 정보를 술술 이야기한다면 좋겠지만…….

타쿠토는 눈에 띄지 않을 만큼 조용히 주변을 둘러봤다.

자리에 앉은 인물들이 보이고, 사람이 없는 자리에도 작은 장식품이 준비되어 있었다.

학생들이 미술 시간에 만드는 점토 작품 같기도 하지만, 그중 하나가 주사위를 본뜬 디자인인 것을 확인하고 눈매를 가늘게 떴다.

'신경이 쓰이긴 하지만 저게 뭔지는 곧 알 수 있겠지. 다른 자리는…… 폰카븐은 예정대로 참가했네. 다른 암흑 대륙의 중립 국가가 오지 않은 건 상대가 상대라서 그럴까? 서덜랜드는 올지도 모른다고 생각했는데, 드워프로 보이는 사람은 없으니까 불참했나.'

예상한 그대로 암흑 대륙 영역, 그러니까 남부 대륙에 있는 중립 국가의 참가율은 낮았다.

'소규모 도시 국가 두 곳은 어쩔 수 없더라도, 마이노그라를 제외하면 암흑 대륙에서 가장 큰 국력을 가진 서덜랜드가 불참한 건 의외네. 폰카븐이 참가했으니까 대항해서 사자를 보낼 거라고 생각했는데…….'

폰카븐도 상황을 경계해서 페페 대신에 지팡이 술사로 여겨지는 수인이 참가했지만…….

타쿠토는 한순간에 그런 사실을 확인하고 이어서 정통 대륙── 그러니까 북부 대륙의 참가자에게 시선을 향했다.

'서큐버스 진영은 당연하고, 엘프도 대표를 내세웠나. 다만 성녀는 아닌 것 같아. 명목상이라는 느낌일까?'

성스러운 국가의 최고 전력인 성녀. 그들은 물론 엘 나 정령계 약연합에도 존재한다.

자신들의 힘을 보여주기 위해서라도 성녀를 내놓을 것이라 생각했다. 하지만 서큐버스에게 지배당한 엘 나는 몰라도 퀼리아 조차 성녀를 보내지 않은 것은 조금 의아했다.

'엘 나는 서큐버스 바기아와 엘프 대표로 보이는 노인. 그리고 퀼리아는…… 성직자. 직위가 상당히 높아 보이니까 저 사람이 세 법왕 중 하나일까?'

타쿠토가 보내는 시선을 알아차렸는지 퀼리아의 출석자인 인물이 흠칫 겁먹은 표정을 지었다.

겉보기에 과장스럽고 비싸 보이는 복장인 것치고는 배짱이 작은 듯했다.

지나치게 자극하는 것도 미안하니까 타쿠토는 일부러 시선을 피하고, 그들의 의도를 생각했다.

'퀼리아도 중립 국가와 마찬가지로 이 회담에 신중한 걸까? 저 나라의 최고 전력은 성녀. 남은 성녀는 둘이니까 그들 중 하나를 데려오는 건, 만에 하나의 사태가 벌어졌을 때에 리스크가 크다고 판단했을 테지. 우리도 대역을 내놓은 이상, 다른 뜻 없이 성실하게 참가한 사람은 유뿐이라니 아이러니하네.'

북부 대륙──정통 대륙의 참가자는 적었다. 양대 국가를 제외하면 암흑 대륙처럼 다른 국가나 종족은 존재하지 않는다. 대륙 전체를 초대한 전 진영 회담이라는 것은 명목뿐, 실제 참가 인원수는 예상보다 더 적었다.

'정통 대륙이 두 진영, 그리고 암흑 대륙이 세 진영. 일단 거물은 전원 참가했다고 할 수 있지만, 그보다도 중요한 게 있어.'

타쿠토가 다양한 정보를 바탕으로 추측하는 동안에 각 진영의 인사가 진행되었다.

엘프가 종족의 대표로서 참가했다는 사실을 표명하고, 예상대로 퀄리아가 세 법왕 중 하나라고 이야기했다. 폰카븐이 대리라는 사실에 사죄하며 이 자리가 좋은 만남이기를 바란다고 이야기했다.

이윽고 마지막 순서가 돌아왔다.

타쿠토 차례였다.

"마이노그라에서 온, 국왕 이라 타쿠토 님."

호위 서큐버스──프리지아가 소개했다. 모두의 시선이 단숨에 자신에게 모인 것을 확인한 타쿠토는 조금 전부터 몇 번이나 머릿속으로 반복한 자기소개를 천천히, 더듬지 않도록 건넸다.

"안녕하신가. 이라 타쿠토다. 일부에서는《파멸의 왕》이라 불리고 있다."

꿀꺽, 누군가 침을 삼켰다.

그저 간결한 말은 압력으로 바뀌어 이 자리를 가득 채웠다.

퀄리아 법왕과 엘프 대표자는 불쾌한 표정을 드러내고, 폰카븐 대리나 호위 서큐버스도 어딘가 긴장한 표정이었다.

타쿠토는 이 어색한 분위기가 싫어서 빨리 다음으로 넘어가기를 바랐지만, 아무도 입을 열지 않았다.

그 분위기가 타쿠토를 더욱 긴장하게 만들었다.

'어? 혹시 뭔가 실수했나?! 아니, 이상한 짓은 전혀 안 했을 텐데…….'

타쿠토의 심장이 더욱 빨리 뛰었다. 얼굴을 수치심 탓에 붉게 물들일 뻔했지만, 각국의 지도자들이 모인 이곳에서 추태를 드러내어서는 안 된다며 기합을 넣었다.

누가 무슨 말이라도 해줘!

불과 몇 초가 몇 시간으로 느껴지고, 마침내 타쿠토가 참지 못하여 무언가 말하려던 순간이었다.

"그것뿐……일까? 오늘은 모처럼 모두가 친교를 다지기 위해 모인 자리인데, 아무 말도 없다니 조금 심술궂잖아♡"

바기아가 말을 건넸다. 견디기 힘든 분위기를 풀어주며 대화를 이어준 것은 고맙지만 안타깝게도 타쿠토는 여기서도 선택을 그르치고 말았다.

"달리 무슨 말을 해야 하지?"

"――윽!"

짧게 대답하자 그것이 또 바기아의 기분을 거슬렀다.

아무리 타쿠토라도 상대가 기분이 상한 것은 알 수 있었다. 조금 전의 말은 정말로 거짓 없는 본심이었다.

담당 신이나 게임 이름은 이렇게 많은 사람 앞에서 함부로 드러낼 수는 없고, 드러낼 이유도 없었다.

그렇다고 상대에게 시비를 거는 것도 품위 없고 무의미한 짓이다.

무언가 재치 있는 말을 할 수 있다면 좋겠지만 타쿠토는 근본적으로 소통 장애가 있다.

최근에 다크 엘프나 부하들과의 교류로 어느 정도 나아졌지만 아직 그의 소통 능력은 최하층을 저공비행하고 있었다.

그러니까 조금 전에는 바기아에게 간청하는 의도도 있었다.

타쿠토의 의도는 긴장해서 제대로 말을 못 하겠으니까 어떻게든 원만하게 이야기를 진행해 주었으면 한다. 그것뿐이었지만…….

의도가 매번 올바르게 전해지는 것은 아니었다.

특히 타쿠토 본인은 깨닫지 못했지만, 현재 그는 주위에 끝없는 어둠으로 보인다.

그곳에 존재하는 것만으로 살아있는 이들에게 공포를 주는 파멸의 왕. 참가자들을 압박하더라도 어쩔 수 없었다.

어둠을 쫓아내는 성질이 있어서 어지간한 위압감을 신경 쓰지 않는 카미미야 데라유나, 속마음을 잘 아는 다크 엘프나 부하들과 너무나도 오래 지낸 탓에 잊고 있었지만…….

여전히 이라 타쿠토는 세계에 파멸을 초래하는 자였다.

"그러네……. 당신은 그런 사람이지."

'…………지금 그건? 반응이 어쩐지 이상하네.'

위화감이 들었다. 상대가 불쾌하게 느낀다고 위화감이 든 것은 아니었다.

마치 상대가 자신을 처음부터 아는 듯이 평가했다는 위화감이었다.

적어도 타쿠토는 바기아와 접촉한 적이 없고, 이 세계로 오기 전── 그 병실에서만 보낸 인생에서도 그녀 같은 인물과 만난 적은 없었다.

게임과 관련하여 온라인으로 교류한 인물──일 가능성도 희박했다.

신경이 쓰이기는 했지만 지금은 판단할 수 없으니 타쿠토도 일단 보류했다.

중요한 것은 타쿠토의 자기소개가 끝났다는 사실이니까.

물론 문제없이 끝난 건 아니지만, 무사히 끝나기만 한다면 타쿠토는 상관없었다.

"이상으로 이 자리에 참석하신 여러분의 소개를 마치도록 하겠습니다."

마지막으로 프리지아가 의연한 태도로 마무리하고, 또다시 긴장감이 가득한 공간으로 돌아왔다.

참가자 소개와 인사는 끝이 났다. 바기아든 호위 서큐버스든, 그들의 사회로 이 회담의 의제가 나올 차례였다.

하지만 이곳에 있는 사람들은 아직 자기소개가 끝나지 않았다는 사실을 어렴풋이 느꼈다.

자연스럽게 참가자들의 시선은 공석 위에 놓인 불가사의한 조각상으로 향했다.

명백하게 의도적으로 놓인, 기묘한 석상—— 스태추로.

"자, 여기 있는 사람들은 모두 인사를 마쳤네. 하지만~, 다들 신경 쓰이지? 불참한 사람에 대·해·서♡ 아이~잉! 안심해, 제대로 설명할 테니까 그렇게 재촉하지 말고♡ 야한 일에는 예의가 필요한 거야, 콧김 거칠게 굴면 미움받는다고?"

과연 그렇다며 묘하게 납득하는 유는 제쳐놓고. 타쿠토는 드디어 본론이냐며 의식을 집중했다.

놓여 있는 물체는 세 개.

하나는 주사위를 본뜬 물체. 타쿠토의 예상대로 이곳에 없는 플레이어의 존재를 가리킨다면 이것은 테이블 토크 RPG 플레이어, 쿠하라 케이지를 의미한다.

그때 격파했지만 죽이지는 못했다.

그 후로는 적당히 넘어갔으니까 신경이 쓰였는데 역시 살아있었나 보다.

틀림없이 원한을 샀겠지만 힘의 차이를 충분히 보여줬으니까 간단히 복수하러 나서지는 않을 것이다. 그래도 GM의 능력은 강력하니까 낙관시할 수는 없다.

다음은 박살 난 물체로 시선을 향했다.

박살이 났다는 것은 배후에 있는 플레이어가 격파된 증거로 볼 수 있다. 그 상황에 맞는 것은 카미미야 데라유가 죽인 플레이어 키고 마사토. 『칠신왕』의 시스템을 가지고 이 세계로 온, 첫 탈락자이다.

자세히 보면 박살 난 일부 조각이 카드처럼 보였다. 틀림없이 키고의 조각상이다.

'그렇다면 마지막 하나가 문제인가…….'

그 물체는 조금 기묘한 디자인이었다.

무기나 방패, 목걸이 등의 아이템이 뒤죽박죽으로 채워진 구형 조각상. 그것은 어떤 게임을 나타내는지 알 수 없었다.

검이나 방패가 있으니까 판타지 계열은 틀림없다고 생각한다. 하지만 타쿠토도 쓸데없는 고정관념이 생기는 것은 싫으니까 단정하지는 않았다.

중요한 것은 자신이 전혀 모르는 새로운 세력—— 아직 정체를 숨긴 최후의 플레이어가 존재한다는 사실이었다.

"아시다시피 이 세계에는 플레이어라고 불리는 존재가 잔뜩 와 있어♡ 다들 이미 깨닫고 있잖아? 굉장한 힘을 가진 사람들이 잔 뜩 있다는 거♡ 이 자리는 그 플레이어라는 존재를 세계에 알리 고, 플레이어들이 서로 얼굴을 마주하는 자리이기도 했어. 일부 는 참가하지 않았지만♡"

그 말에 퀼리아와 폰카븐 쪽에서 숨을 삼키는 소리가 들렸다.

그들에게는 청천벽력일 것이다. 퀼리아는 에라키노나 마이노 그라에게 쓴맛을 보았다.

폰카븐도 마이노그라와 동맹 관계가 되었지만 마왕군의 위협 은 아직도 기억에 짙게 남아 있었다. 그리고 무엇보다도 동맹국 인 마이노그라가 가진 상식 밖의 강력한 힘을 직접 보았다.

신의 위업이나 마찬가지인 존재가 이 세계에서, 자신들이 아는 것보다도 많이 활동하고 있다.

그들이 경악과 절망을 느끼는 것은 당연했다.

하지만 그들 스스로가 이해하듯이, 이 자리의 주역은 그들이 아니었다.

플레이어. 그들이 이곳에 집결하여 무언가 약속을 맺으려 한다.

회담에 참가는 시켰지만 처음부터 당신들의 존재는 덤이다, 라 고 하는 수준이었다.

말을 하려고 입을 열려던 퀼리아 법왕을 무시하듯, 바기아는 계속 설명했다. 명확하게, 이곳에 있는 플레이어에게.

"이 작은 석상은 불참을 표명했거나 이 자리에 올 수 없었던 사람들 거야♡ 나는~ 직접 만나서 알고 싶었는데♡ 아무래도 바쁘다고 하니까, 그 대신에 이걸 준비했어♡"

'그런 숨겨진 규칙이 있었다면 처음부터 가르쳐달라고……. 아니, 결렬되었을 경우의 타협안으로 준비했나? 그렇다면 납득이 가지만…… 저건 대체 무슨 구조일까?'

바기아는 이 회담에 심상치 않은 열의를 쏟는 듯했다.

적어도 플레이어 전원 참가는 필수였겠지. 참가하지 않은 중립 국가에 대해서는 아무 말도 없으니까 틀림없다.

"그럼 거기 있는 이상한 물체에 음성이 연결되어 있는 건가? 우리 대화도 들린다는 거고?"

"그거야! 이제까지 우리가 나눈 비밀 이야기도 전~부 새어나가고 있었어♡ 최고급 도청기 수준으로 선명하게, 저쪽에 들리는 거야♡"

흐—음. 그렇게만 중얼거리고 유는 입을 다물었다.

다음은 이곳에 없는 참가자를 소개할 차례였다. 그런데도 아무 말 없다는 사실이 마음에 들지 않을 것이다.

하나는 산산이 부서져서 이미 이 세상에 없다고 해도, 바기아의 말을 믿는다면 적어도 두 개는 작동할 것이다.

하지만 아무런 반응도 없다니 무슨 이유일까.

'으—음…… 살짝 잽을 날려볼까. 이런 건 익숙하지 않지만, 가만히 있을 수도 없어.'

"그럼 소개를 부탁할 수 있을까? 그들만 무시하고 이야기를 진행할 수는 없어."

최소한 이름만이라도 들어두고 싶었다. 쿠하라는 몰라도 처음 보는 스태추는 미지의 플레이어다.

조금 전과 마찬가지로 바기아의 부하가 나서서 소개해줬으면 좋겠다고 생각했지만……

"그렇다고 하는데, 어떨까?"

아무래도 그 의도는 통하지 않았나 보다.

타쿠토의 예상과는 달리 바기아가 이곳에 없는 참가자에게 이야기를 돌렸다.

돌아오는 것은 침묵뿐. 아무래도 스태추 쪽은 스스로 소개할 생각은 없는 모양이었다.

위험을 감수하고 이곳으로 찾아온 유나 타쿠토와 달리, 무척 겁쟁이였다.

타쿠토는 마음속으로 그렇게 어이없어하면서도, 그것도 잘못된 판단은 아니라고 생각했다.

그런 신중함은 때로 얻기 힘든 재능이기도 하니까.

'그렇지만 난 굳이 여기까지 고생해서 왔는데, 일방적으로 정보를 주기만 하는 건 피하고 싶어.'

그들과 달리 타쿠토의 목표는 가능한 한 정보를 수집하는 것이다. 특히 플레이어 정보는 우선순위가 지극히 높기에 다소의 리스크는 허용할 수 있다.

그렇게 판단한 타쿠토는 실망한 태도로 팔짱을 낀 유 대신에 입을 열었다.

"침묵인가……. 하지만 주사위 석상이 있으니까 추측할 순 있어. 오랜만이네, 쿠하라 군. 너도 전 진영 회담에 참가했구나. 지금은 어디에 있어? 식사는 제대로 해? 두 성녀는 잘 지낼까? 부디 목소리를 들려줘."

『…………윽!』

"침묵이라니 너무하잖아, 쿠하라 군."

반응이 있었다.

타쿠토는 마음속으로 흐뭇하게 웃었다. 위축된 상대의 목소리가 작게나마 전해졌다.

아무 말도 없으니까 틀림없이 이 회담에 경계심을 품고 있을 것이다. 게다가 타쿠토가 말을 건네었을 때의 반응을 보면 그를 피하고 있다.

'쿠하라 군의 능력은 솔직히 무서우니까, 상대가 나한테 겁먹었다는 걸 알아낼 수 있어서 다행이야. 이건 나중에 이용할 수 있을지도 모르겠어.'

타쿠토의 판단대로 쿠하라 케이지라는 플레이어는 이라 타쿠토를 무척 거북해하고 있었다. 그것은 겁먹었다고 표현해도 될 것이다.

지난번 싸움으로 그의 마음은 완전히 꺾였다. 다만 타쿠토도 살얼음판을 걷는 것 같은 승리였으니까 쿠하라가 불편했지만…….

『──윽! ──!!』

"……?"

주사위 스태추에서 무언가 말다툼 같은 기척이 전해졌다.

혹시 쿠하라 말고 다른 누군가가 있는 걸까?

예상되는 인물은 두 성녀였다. 그들도 행방이 묘연하니까, 함께 어딘가에 숨어 있다고 봐야겠지.

'조금 신경 쓰이지만, 지금은 보류할까. 아무래도 쿠하라 군은 입을 열 생각은 없어 보이고, 지금은 일단 회담에 집중해야겠네.'

그렇게 판단하고 마음을 다잡는데 타이밍 좋게 누군가 말을 건넸다.

"……누구야?"

유가 조금 전의 대화에 설명을 요청했다.

유가 키고를 쓰러뜨린 에피소드는 들었지만, 마이노그라가 테이블 토크 RPG 세력을 쓰러뜨린 이야기는 자세히 하지 않았다. 타쿠토는 그 사실을 떠올리고 설명해주었다.

여기서 전부 이야기할 수는 없으니까 중요한 부분만.

"테이블 토크 RPG 플레이어야. 마녀는 죽였지만 본인은 도망쳤어."

"아—, 아마 아투를 빼앗겼다던가? 본인을 죽이진 못했다니 큰일이네!"

"빼앗긴 건 아니야. 불쾌하니까 올바른 말을 써줘."

타쿠토는 그만 화가 났다. 하지만 여기서 분노를 드러낸다면 뒤에 있는, 아투의 껍질을 쓴 비토리오가 기뻐할 테니까 감정을 가라앉혔다.

만약 자신에게 스트레스 내성이라는 스테이터스가 있다면, 틀림없이 지금 레벨이 올라갔을 것이다.

"어―! 미안, 진짜로 미안해! 부디 용서해줘―, 하하하! 그런데, 쿠하라 군이라는 녀석은 알겠는데, 또 하나. 저쪽에 진짜 사람이 있기는 해? 대답이 없는데 상태가 안 좋나?"

"쿠하라 군은 부끄럼쟁이니까 어쩔 수 없고, 그건 나도 신경 쓰이네."

흥, 유가 코웃음 쳤다. 등 뒤에 있는 아이는 아무 말도 하지 않았다.

평소의 유와 달리 날이 선 대응이었다. 그가 이렇게 어딘가에 틀어박혀서 얼굴도 비추지 않는 타입의 인간을 싫어하기 때문일 것이다.

'나랑 싸울 때도 철두철미하게 숨어 있던 쿠하라 군과는 상성이 최악이겠네.'

다행히 현재 두 사람이 만날 예정은 없다. 만에 하나 쿠하라와 또 부딪치게 된다면 유를 전면에 내세우자고 타쿠토는 생각했다.

"그쪽도 그냥 침묵이라고 받아들이면 될까?"

또 한 사람에게 유가 날카로운 지적을 날렸다.

말에 짜증이 담겨 있었다. 일촉즉발의 상황은 아니지만 그다지 좋은 분위기도 아니었다.

바기아는 그 모습을 즐거운 듯 바라보고 있었다. 개입하거나 상황을 주선할 생각은 없어 보였다.

조금 틈을 두고 의외로 대답이 돌아왔다.

『듣고 있다. ……하지만 내 정보를 전할 생각은 없거든. 미안하지만 양해를 부탁하지.』

"호오, 그러십니까…….."

성인 남성의 목소리. 자신들보다는 확실히 연상이지만 아버지나 삼촌뻘은 아니었다.

20대…… 혹은 30대 초반.

음성 변조기나 위장 계열의 능력을 사용하는 것이 아니라면 틀림없었다.

무척 경계하는 모양이었다. 이래서는 일방적으로 정보를 넘겨주기만 하는 꼴이 되어버린다. 조금 더 무언가 나오지는 않을까, 타쿠토는 트집을 잡아봤다.

"적어도 이름만이라도 가르쳐줬으면 한다만? 이름 없는 그라고 부를 순 없겠지?"

"그러네, 그럼 H 씨라는 걸로 해둘까? 나도 그렇게 부르고 있어♡"

마지막 플레이어…… 그를 대신해서 바기아가 대답했다.

좋지 않은 흐름이었다.

타쿠토는 H 씨라는 녀석이 어떤 인물인지를 바로 추측했다.

'동맹이니까 상세한 이야기를 하진 않을 거라고는 생각했지만, 그렇게까지 감추나. 스스로 전면에 서면서까지 비밀을 지키다니 무척 사이가 좋네.'

스스로 선언한 것도 아니고 바기아가 나서줬다. 게다가 자기소개에서도 철저하게 정보를 숨긴다.

그렇다면 서큐버스 진영은 H 씨라고 불리는 의문의 플레이어를 결정적인 카드로 보호하고 있을 가능성이 높다.

적어도 상대는 여기서 전부 밝히고 사이좋게 회담을 가질 생각
은 없다.

처음 생각한 것과는 달리, 적의 함정일 가능성이 더욱 높아졌다.

'그렇지만 회담은 이제 시작했으니까 지금은 철저히 상황을 볼
까. 먼저 나서는 것도 나와는 어울리지 않아.'

물론 필요하다면 발언을 꺼리지 않겠지만, 지금은 관망이다.

현재 타쿠토는 상황을 지켜본다는 방침이었다.

"뭐, 이제 회담을 통해 친교를 다지자♡ 얼마나 친해지든 나로
서는 대환영인걸♡"

그리고 회담은 자유 발언으로 넘어갔다. 누가 처음 발언하는가.

철저히 관망하려는 타쿠토에게는 강 건너 불구경이었지만, 예
상대로 이 상황에 짜증을 느꼈을 인물이 불씨를 당겼다.

"그건 너희 목적을 들은 다음이야. 이번 회담의 주제는 뭐야?
우리와 친해지겠다고 해도 납득이 안 가는데. 적어도 너하고는
힘들어."

카미미야 데라유. RPG 플레이어인 그는 자신의 불쾌함을 감
추지도 않고 시비조로 바기아에게 따졌다.

직설적인 그의 성격이라면 당연한 반응이지만, 바기아는 가시
돋친 그 말에도 개의치 않았다.

"후후후, 그렇게 짓궂은 말은 하지 말라고? 처음부터 말했다시
피 내 목적은 항구적인 평화. 그리고 새로운 질서 구축이야♡"

"평화라. 불가능하잖아? 이제까지 세계에서 전쟁이 사라진 적
이 있었던가? 아니, 우리 세계 얘기지만."

'없지.'

타쿠토는 마음속으로 조용히 유의 물음에 대답했다.

그가 말하다시피 유사 이래 세계에서 분쟁이 사라진 적은 없다.

크든 작든, 사람은 모이면 다투는 법이다. 지금 이곳에서 현실을 보는 것은 유였다.

마녀 바기아의 이야기는 너무나도 이상론이고, 너무나도 경솔했다.

적어도 그 말 그대로 받아들이는 것은 위험하다.

"하지만 이대로는 더욱 많은 사람들이 희생돼♡ 그건 어떻게 생각해? 적어도 그 책임의 일부는 있다고 생각하진 않아? 마왕군이 저지른 일, 모르는 건 아니잖아?"

"허! 내 부하도 뭣도 아닌 마왕군이 저지른 걸 이러쿵저러쿵 해도 말이지. 혹시 내가 타이르면 얌전히 들어주는 녀석들이라고 생각했어?"

"적어도 네가 결단을 내리지 않으면 같은 비극이 반복되지 않을까? 방치는 의무에서 도망치는 것으로 받아들일 수도 있어♡"

"그게 내 책임이야? 그보다 너희도 엘프의 나라를 박살냈잖아? 나랑 다르게 자기들이 먼저 공격한 주제에 태연한 얼굴로 질서니 뭐니 너무 뻔뻔한 거 아냐?"

"그건 어쩔 수 없는 일이었어♡ 다만 희생은 없었다고? 우리 능력을 사용하면 희생 없이 국가를 지배하는 건 간단한 일인 걸……♡"

말의 응수가 이어졌다.

타쿠토의 입장에서는 다 똑같았다. 물론 타쿠토를 포함해서.

모두가 이미 타인에게 희생을 강요하였고, 모두가 그것으로 지금의 입지를 구축했다.

타쿠토는 그 사실 자체가 비난할 일은 아니라고 느꼈다.

모든 생명은 자신의 생존을 위해 다른 존재의 희생을 강요한다.

매일 먹는 식재료도 과거에는 삶을 구가하던 생물이었다.

그렇기에 바기아의 말은 너무나도 기묘하게 느껴졌다.

타쿠토는 마음속으로 유에게 성대한 응원을 보내며, 그가 조금 더 정보를 끌어내서 가장 맛있는 부분만 얻을 수 있기를 바랐다.

"어쨌든 나는 너희가 마음에 안 들어. 게다가 평화니 새로운 질서니, 정말로 그런 게 제대로 돌아갈 거라고 생각해?"

"여기에 있는 사람들이 결정권을 가졌다고 난 믿어♡"

"계속해봐야 평행선이겠네."

양손을 들어 항복의 포즈를 취하는 유는 일단 내버려두고, 타쿠토는 바기아의 말을 가볍게 검토했다.

확실히 이 자리에 있는 사람들은 다들 강력한 능력을 가지고 있다.

게임 시스템에 더해서 휘하 NPC까지 존재한다면, 이 세계에 원래 존재하던 국가는 상대할 수 없다.

실제로 엘 나는 지배당했고 퀼리아는 기진맥진이다.

하지만 플레이어 전원의 동의를 얻는다고 평화가 실현되는가? 수상쩍다는 느낌이 가시지 않았다.

"사람은 서로를 이해할 수 있어♡ 아무리 마음속에 힘들고 괴

로운 상처가 있어도, 서로가 서로를 지탱해줄 수 있어♡ 그
래── 야한 게 있다면!"

"한순간 동의할 뻔했던 내가 싫어……."

"으음, 주인님!"

'이상하게 평화에 집착하네. 그게 어떤 의미를 가지는지는 몰
라도, 평화라는 단어가 바기아의 핵심적인 무언가일까?'

재미있는 대화에도 여전히 타쿠토는 바기아를 관찰하고 있었다.

그녀의 말투나 유와 나눈 대화를 보면 틀림없이 다른 무언가가
있다.

하지만 동시에 초조해하는 것처럼도 보였다.

예를 들어서 정말로 평화를 원한다면. 지금은 만남과 교류만으
로 마무리하고, 최소한 불가침조약이라도 맺으면 충분하다.

그리고 시간을 들인 교섭을 거쳐서 우호적으로 관계를 개선한
다음, 거대한 질서를 구축하면 된다.

갑자기 평화니 질서니, 너무나도 성급하다.

대체 뭐가…….

문득 타쿠토는 좋지 않은 예감을 느꼈다.

유를 서포트할 겸, 드디어 타쿠토는 자신의 의견을 이야기했다.

"평화를 원하는 마음은 중요하지. 하지만 그── 카미미야 데
라유의 말도 이치에 맞아. 설령 이곳에 있는 모두가 네게 공감하
더라도, 다른 사람이 그 방침에 찬성한다고 단정할 순 없어. 특
히 우리한테는 스폰서가 있지."

"그러네──. 적어도 우리 신은 불평할 것 같아."

타쿠토가 신경 쓰던 것은 신의 존재.

유는 이 게임의 목적은 과정에 있다고, 승리가 아니라고 단언했다.

하지만 동시에 목적이 무엇인지는 알 수 없다고도 했다.

과정이 중요하다면 더욱 드라마틱한 전개를 바랄 것이다.

신들은 승리를 원하지 않는다는데, 혹시 분쟁이나 죽음을 원하는 것은 아닐까?

그러니까 바기아는 새삼스럽게 평화를 원한다. 그렇게 생각했다.

"모두가 납득하는 새로운 질서라니, 정말로 가능할까? 모두가 납득하는, 말이야."

그리고 바기아는 완전히 빗나가진 않는 대답을 했다.

"간단히 말하면—— 이 게임의 종료를 원해."

긴장감이 스쳤다.

그 말의 의도는 플레이어만이 정확하게 인식할 수 있었다.

이 상황이 신들의 의도에 따라 벌어지고 있다는 것은 잘 안다.

과연 그런 일이 가능할까? 게다가…….

"잠깐만, 구체적으로 어떻게? 그게 중요해."

유도 그런 의문을 느꼈을 것이다.

그가 바로 질문을 던졌다. 타쿠토도 그것을 물어보고 싶었다.

물론 상대도 대답을 준비하고 있을 테지만…….

"게임 종료♡ 조금 복잡하지만 그것 자체는 불가능하지 않아.

간단히 말하면, 승자를 정하지 않고 전원이 항복하면 돼♡"

"서렌더…… 게임 자체를 깰 생각인가."

『Eternal Nations』에도 그런 시스템은 존재한다. 게임상에서 항복은 자신의 패배를 의미하지만, 예를 들어 참가자 전원이 동시에 항복하면 어떻게 되는가.

게임 그 자체를 거절한다. 타쿠토도 전혀 알 수 없는 상황이다.

말만으로는 신용할 수 없다. 하지만 흥미 깊은 이야기이기도 했다.

타쿠토는 다시 바기아에게 시선을 향하고 가볍게 턱을 까닥거렸다.

계속 말하라는 신호였다.

신들을 납득시킬 근거를 말해보라는 뜻이었다.

"게임 종료는 플레이어가 그것을 바란다면 가능해♡ 이 세계는 신들이 운영하고 있지만 일정한 규칙이 존재하지. 그건 관리신인 《《반상(盤上)의 신》》이 정의한 공통 준수 사항♡ ──그래서 각각의 신은 너무 공공연하게 세계에 개입할 순 없는 거야♡"

'반대로 공공연하지만 않다면 개입할 수 있다.'

어디까지가 신의 개입이고 어디까지가 아닌가. 타쿠토를 둘러싼 환경을 모두 검증할 수는 없겠지만 어느 정도 설득력은 있었다.

정말로 신이 마음대로 개입할 수 있다면 현재 상황은 더욱 혼란스러웠을 것이다.

게다가 신들이 승리가 아니라 과정을 중시한다면 대규모 개입은 피할 것이다.

"그리고 플레이어의 결단을 존중하는 것은 이 반상 유희에서 가장 중요시되는 사안 중 하나. 진심으로 모두가 바란다면, 신은 받아들일 수밖에 없어♡"

카미미야 데라유가 예전에 했던 말을 타쿠토는 머릿속으로 다시 떠올렸다.

신들이 이른바 즐겜 중이라는 것은 상당히 정확도 높은 정보가 되었다.

아마도 각각의 플레이어라는 장기말을 사용해서, 어떻게 세계에서 춤추는지를 관찰하고 있다.

그렇다면 게임 포기로 평화롭게 끝내는 것 또한 허용될 터.

재미나 흥미는 적을지도 모르겠지만, 오락으로서 보는 경우에는 그런 경우도 납득할 수 있으니까.

"딱히 게임을 중단한다고 죽는다든지 사라진다든지, 그런 일은 없어♡ 뭣하면 자기 담당 신한테 물어봐도 되지 않을까? 빈도 차이는 있겠지만, 다들 신이랑 대화한 적이 있잖아?"

유가 끄덕이자 황급히 타쿠토도 끄덕였다.

들키지는 않았을까 살짝 식은땀을 흘렸지만 딱히 문제는 없어 보였다.

그러나 또 다른, 그것도 중요한 문제가 있었다.

'담당 신이랑 이야기한 적이 없단 말이지…….'

타쿠토가 가장 뒤처져 있는 문제점이 드러났다.

만약 자신의 담당 신과 교류할 수 있다면, 이야기를 들어보면 단번에 해결될 문제였다.

지금은 이야기를 가지고 돌아가서 검토한다. 그래도 괜찮을 것이다.

하지만 애석하게도 그의 담당 신은 전혀 연락이 없었다. 어쩌면 자신과 마찬가지로 소통 장애일까? 조금 엉뚱한 생각을 하며, 타쿠토는 의문을 솔직히 던졌다.

"게임을 종료시켰다 치고, 평화가 구축된다고 단정할 순 없는 게 아닐까?"

"거길 찌르면 목소리가 나와버려♡ 하지만 느끼고 있지? 반상유희가 계속되는 한, 운명은 우리가 다투는 방향으로 작용해♡"

그렇구나. 그 말로 모든 것을 이해했다.

"용사도 이라 타쿠토도, 기억이 있지 않을까?"

이 세계에 온 뒤로 이상하게 트러블이 빈발한다고 생각했는데, 그런 구조였다면 납득이 갔다.

처음에 마이노그라는 존재를 일체 알리지 않고 내정으로 국력을 기를 예정이었다.

대주계라는 맞춘 것처럼 준비된 최고의 환경에서, 누구에게도 들키지 않고……

그런데도 마치 끌려나오듯이 수많은 이벤트나 적과 조우하고, 현재 이런 곳에서 세계의 운명을 건 회담에 임하고 있었다.

우연도 거듭되면 필연이라고 한다. 그야말로 필연적인 일이 주변에서 일어나고 있었다.

'그러니까 마왕군과 충돌한 것도 테이블 토크 RPG 세력과의 벌인 전투도, 모두 계획된 일이었다는 건가? 아니…… 정확하게

는 서로 부딪칠 가능성이 높았다는 이야기인가. 확률 변동이라니, 신이라 칭할 만큼 스케일이 크네…….'

이 세계에 온 플레이어는 반드시 무언가 싸움에 말려들고 있었다.

타쿠토는 물론. 용사 유도 트레이딩 카드 게임 플레이어와 부딪쳤고, 테이블 토크 RPG의 쿠하라도 퀼리아나 마이노그라와 부딪쳤다.

서큐버스들은 엘프의 국가를 침략.

최후의 플레이어만큼은 어떠한 경위로 이곳에 있는지 알 수 없지만, 현재 타쿠토가 아는 플레이어는 반드시 싸움을 경험했다.

바기아의 말대로, 운명에 이끌리듯이.

그리고 그 운명은 자신이 바란다면 없앨 수 있다고, 눈앞의 마녀는 그렇게 말하고 있었다.

"그러니까 이 제안은 결코 이상론이나 꿈같은 이야기도 아니야. 제안에 응해준다면 우리에게 큰 변화가 일어나. 그건 확정된 미래야♡"

일제히 게임 포기, 그에 따른 싸움의 운명 정지. 그리고 평화와 신질서 구축.

어느 정도 납득이 가는 이야기였다. 신의 인증까지 있다면 최고겠지만 안타깝게도 그것은 포기할 수밖에 없다.

물론 유를 통해서 그의 담당 신에게 확인하는 방법도 있겠지만, 신뢰성이 확 떨어지니까 고려할 가치는 없었다.

어쨌든 마녀 바기아가 펼치는 평화의 전체적인 그림이 명확해졌다.

그렇구나. 전 진영 회담을 개최한 것도 납득이 갔다.

여기서 모든 플레이어의 합의를 얻을 수 있다면 그 시점에서 전부 끝이 나니까.

"따돌림당한 다른 사람들한테도, 이 제안은 정말 적절한 이야기라 생각해♡ 이 이상 무익한 분쟁이 일어날 가능성을 확 낮추는 것, 적어도 나랑 동맹자 H 씨는 그걸 바라고 있어♡"

바기아는 이미 아득히 저편으로 따돌림당하고 있던 국가의 멤버들에게 체면치레 정도로 이야기를 돌렸다.

그들에게는 이해하기 힘든 이야기인지, 그들의 표정에서는 그저 곤혹스럽다는 심정만이 보였다.

그래도 가장 중요한 부분은 이해할 수 있었을 것이다.

여기서 합의가 가능한가에 따라 앞으로 세계의 미래가 크게 바뀐다는 것을…….

그 운명을 가르는 중요한 요소 하나가 이곳에 있었다.

"당신은 어떻게 생각해? 마이노그라 왕, 이라 타쿠토♡"

"나…… 말이지."

"그래. 당신의 목적은 뭘까? 평화는 매력적이잖아? 여긴 게임의 세계가 아니라 현실이야♡ 아무리 신이나 게임의 가호가 있다고 해도, 죽으면 그걸로 끝♡ 저세상이 있는지는 알 수 없지만, 적어도 패자에게 그것은 준비되어 있지 않아♡"

이 회담이 시작된 이후로 이미 수차례 주목을 받았다. 확실히 이 흐름에서는 타쿠토에게 의견을 물을 수밖에 없었다.

용사 유를 포함해서 다른 플레이어는 설득에 따라 어떻게든 될 것 같다.

H 씨는 처음부터 바기아와 동맹을 맺었으니까 그녀의 의사를 존중할 것이다.

유일한 불안 요소, 바기아에게 키 퍼슨은 바로 이라 타쿠토였다.

그리고…… 그녀의 불안은 적중했다.

'조금 더 이른 시점에서 들었다면 몰랐겠지만.'

타쿠토도 죽고 싶지는 않다. 모처럼 건강한 몸을 가지고 새로운 세계로 왔으니까. 평화가 보증된다면 그저 아투와 함께 마이노그라를 부흥시키는 길도 있었을 것이다.

하지만 그 길은 이미 사라져버렸다.

여기서 생각을 바꿀 정도로 타쿠토는 어리석지 않고, 여기서 흔들릴 정도로 타쿠토는 약하지 않다.

"그러고 보니 임금님의 목적은 듣지 않았네. 나랑 같다면 무척 평화적인 목적이 아닐까?"

"평화를 바라는 마음은, 확실해."

"오―, 그렇구나! 파멸의 왕이라고 해서, 뭔가 무시무시한 일이라도 생각하는 걸까 싶었다고."

"그런 생각을 한다면 용사한테 토벌당하고 말 거야."

상투적인 말로 얼버무렸다.

유에게 거짓말을 한 적은 없다. 우선순위가 바뀌었을 뿐이다.

그리고 현재의 우선순위는, 앞으로 무엇을 하더라도 변함없을 것이다.

"그럼 받아들여 주겠어?"

"거절한다."

그러니까 간발의 차도 없이 대답했다.

단 한마디. 명확한 거절을.

어설프게 말을 늘어놓는 것보다도 이렇게 확실하게 대답해야, 자신의 생각이 더욱 제대로 전해지기도 한다.

바기아의 일그러진 표정을 보면 그것도 정답이었나 보다.

"왜냐고, 물어봐도 될까?"

"이유는 딱히 없어. 굳이 말하자면 내가 파멸의 왕이자 사악한 존재라서? 세계를 멸망시키는 것에 조금 흥미가 생겨버렸거든."

거절한다면 물론 적이 된다. 그렇다면 상대에게 쓸데없이 정보를 줄 필요도 없다.

이미 이 회담에서 얻기 힘든 정보를 여럿 손에 넣었다.

쓸데없이 변명하다가 이쪽의 약점을 드러낼 이유도 없다.

시선을 흘끗 옆으로 향했다.

시선 앞에 있는 유는 복잡한 표정을 짓고 있었다.

처음부터 알고 있었지만, 그 역시도 이 제안에 부정적이었다.

선전포고로도 받아들일 수 있는 타쿠토의 말을 불평 없이 묵묵히 듣고 있었다. 대략적인 방향성은 같은 듯했다.

'용사의 감도 얕볼 수는 없으니까. 게다가 결국에 수상쩍다는 것도 이유야.'

그럴듯한 이야기를 끄집어내고 이것저것 이유를 붙여서 조급하게 결단을 강요하는 녀석은 대부분 사기꾼이다.

타쿠토도 그 정도는 알고 있었다.

어쨌든⋯⋯ 《차원 상승 승리》나 이슬라 문제가 없었더라도, 타쿠토가 이 이야기에 응할 일은 없었다.

"어떻게든 굽혀줄 수 없을까? 우리도 가능한 한 타협할 테니까."

"그럼 너희가 전원 패배를 선언하고 내 휘하로 들어오는 건 어떨까? 괜찮아, 우리 나라는 같은 편에게는 다정하니까."

"그건⋯⋯ 못 하겠네."

그것 보라며 타쿠토는 마음속으로 코웃음 쳤다.

게임 종료가 목적이라면 결국 누가 이기더라도 문제없다.

전원이 항복해서 게임이 끝나든 누구 하나가 승리해서 게임이 끝나든, 그것은 같은 일이다.

중요한 것은 피가 흐르지 않는 것.

누가 이기든 지든, 피가 흐르지 않으면 그것은 평화다.

그러나 바기아는 그 제안을 거부했다.

어떻게든 전원 항복해서 게임을 끝낼 필요가 있다. 혹은 이라 타쿠토라는 인물을 신용하지 않는다. 둘 중 하나다.

이미 적대 의지를 굳힌 타쿠토에게는 의미 없는 일이었다.

"역시 마이노그라에게 굽히는 건 힘든가? 그럼 이건 어떨까? 신뢰의 증거로 H 씨의 이름과 게임을 가르쳐 준다면 생각해볼 수도 있어."

『그건 불가능한 이야기입니다.』

갑자기 스태추에서 말이 나왔다.

갑작스러운 말에 타쿠토는 한순간 허를 찔렸지만, 그것이 H

씨의 목소리임을 알고 무심코 웃음을 흘렸다.

"풉, 하하하!"

『⋯⋯대체 뭐가 우스운 겁니까?』

"아니, 미안미안. 갑자기 대화에 끼어들어서 놀랐거든. 으음⋯⋯ H 씨였던가? 불쾌하게 만들었다면 사과할게."

말을 들어서 알아낼 수 있는 정보는 적다. 상대의 얼굴을 보고 표정을 살핀다면 말의 의미가 변하는 경우도 있으니까.

그럼에도, 그 말을 들은 것만으로 타쿠토는 H 씨가 얼마나 분노를 품었는지 쉽게 상상할 수 있었다.

"여기 나오지도 않은 겁쟁이한테는 말 안 해. 나는 마녀 바기아에게 제안하는 거야."

일단 도발을 한 번.

분노는 거친 태도로 이어지고, 그것은 실수로 이어진다.

그리고 실수는 동요를 낳고, 동요와 실수는 죽음으로 이어진다.

적대하겠다고 결정한 이상, 타쿠토는 상대를 계속 도발해서 무언가 재미있는 게 나오지 않을까 흔들어봤다.

──이라 타쿠토라는 플레이어는 자기 부하 비토리오를 가리켜서, 남을 놀려대는 곤란한 인물이라고 평한다.

하지만 과연 그에게 그것을 지적할 권리가 있을까? 지금 그는 그야말로 《설화의 영웅 비토리오》의 주인답게 상대의 기분을 거스르려 하고 있었다.

"어떨까? 네가 여기서 H 씨의 이름과 게임을 가르쳐 준다면, 나는 기꺼이 그 제안을 받아들일게. 평화를 위해서 게임을 포기하고, 이후로는 상호 이해를 다진다── 정말 훌륭한 제안이잖아. 난 감동했어."

짝짝 손뼉을 치는 동작이 더욱 수상쩍었다. 누가 보더라도 본심이 아님을 알 수 있지만, 유일하게 그 말을 진지하게 받아들인 유가 불평했다.

"이봐, 타쿠토 왕! 난 그걸로 납득 못 해!"

"지금은 좀 조용히 있어줘, 유."

그 말에 정말 조용해지니까 무척 다루기 편하다고 타쿠토는 생각했다.

타쿠토와 협력하겠다는 그의 마음은, 아무래도 타쿠토가 생각하는 것 이상으로 두터운 듯했다.

두뇌를 이용하는 일은 서툴러서 전부 맡긴다고 그랬으니까 정말 그대로 행동하는 것일지도 모르지만······.

타쿠토는 계속 몰아붙였다. 상대의 태도를 살피고, 이쪽을 몰아붙이는 진짜 의도를 끌어내기 위해서.

"마녀 바기아. 아무래도 너는 조금 전부터 날 위험시하더라고. 그 판단의 근거가 뭔지는 흥미가 있지만, 부디 날 믿어줘. 난 신뢰할 가치가 있어."

상대의 눈을 똑바로 바라보며 말했다.

조금 전부터 기뻐하며 텔레파시로 소란을 떠는 비토리오 때문에 참을 수 없이 시끄러웠다. 하지만 타쿠토는 그것을 그저 흘려넘기고 집중했다.

할 때는 철저하게, 그것이 타쿠토의 모토다.

"그건 받아들일 수 없는 제안이야. 매력적이지만♡"

"어라? 어째서?"

유감이라는 듯 과장스럽게 놀란 모습을 보여주었다. 그렇게 대답하리라 생각했고, 타쿠토가 상대방이었다면 그렇게 대답했을 것이다.

하지만 일부러 익살을 떨어봤다.

네가 말하는 평화 권유란 이다지도 우스꽝스럽고 신뢰할 수 없는 일이다. 그렇게 말하듯이.

그리고…… 바기아도 마침내 명확한 거절의 말을 꺼냈다.

"그게 말이지, 당신. 이미 우리를 몰살하기로 결정했잖아?"

"……글쎄?"

결정하지는 않았지만, 그럴 필요성은 있다고 생각했다. 서큐버스라는 존재를 신뢰하지 않는 이상, 바기아라는 인물은 아무래도 성가시기 짝이 없었다.

이런 타입은 책략을 짠다. 쿠하라처럼 적당히 판단해 행동할 일은 없다.

천천히, 방심하지 않고. 사냥감을 집어삼키는 그 순간까지 이빨을 감추고서.

그런 향기를 느꼈기에 타쿠토는 서큐버스들── ADV 진영을 배제하기로 결정했다.

"여하튼 뱃속에 **무언가**를 품은 상태에서 할 수 있는 이야긴 아니겠네."

"나는 다른 **무언가**를 품는 건 좋아하는데♡"

"그런 태도가 신용할 수 없다는 거야."

원래 예정대로 회담은 결렬되었다.

남은 건 무사히 귀환하는 것. 이것도 원래 예정대로 무사히 풀리지는 않을 것이다.

상대도 모든 제안이 허사로 끝난 것을 간신히 받아들였는지 크나큰 한숨을 내쉬더니, 풍만한 가슴을 출렁 흔들고 타쿠토를 진지한 표정으로 바라봤다.

"하지만 난 당신을 이해하고 싶어. 이건 거짓 없는 진심이야."

"이야기를 나누면 알 수 있다. 그런 생각은 얼핏 아름답게 여겨지지만 본질은 오만에 불과해. 마녀 바기아."

"안타깝네……."

말의 응수는 이것으로 막을 내렸다. 이제부터는, 타쿠토의 예상대로라면 상대가 다음 수단으로 나올 것이다.

가능하다면 빗나가길 바랐지만 여기까지 와서 그럴 리는 없다는 것도 잘 안다.

타쿠토는 마음을 다잡고 언제든지 대응할 수 있도록 준비를 시작했다.

"하지만 이 이야기를 들으면 그 생각을 바꾸어줄 거라고 생각해♡ 그래—— 이라 타쿠토가 받아들일 수밖에 없는 서프라이즈를, 나는 준비해 버렸거든♡"

"그건 흥미 깊네, 꼭 들려줘."

그것 봐라. 내심 타쿠토는 안도했다.

혹시 만에 하나 상대가 완전한 선의로 이번 평화 제안에 나섰다면 찜찜했을 테니까.

하지만 그럴 가능성은 없었고, 타쿠토가 예상한 것처럼 상대는 이쪽을 몰아붙이기 위한 책략을 준비했다.

타쿠토는 시선으로 유에게 신호를 주고 등 뒤의 비토리오에게 텔레파시로 지시를 내렸다.

마녀 바기아는 서큐버스다.

그런 만큼 이미 확인한 서큐버스의 본능—— 확대를 참을 수는 없을 것이다.

무엇보다도 예로부터 서큐버스는 남자를 희롱하는 것이 가장 특기이니까.

"우리 엘 나 정령계약연합은 성왕국 퀼리아, 그리고 플레이어 H 씨와 영구 동맹을 맺을게♡ 그리고 마녀 바기아는 맹주가 되어 여기서 새로운 질서, 『정통 대륙 연맹』 창립을 선언합니다♡"

'H 씨나 엘프는 당연하지만, 거기에 퀼리아도 같은 편인가…….'

퀼리아 법왕이 불쾌한 기색이니까 전체의 동의를 받은 것은 아니겠지만, 국가로서 승인을 내린 것은 분명했다.

전 세계의 파워 밸런스가 이 순간에 확정되었다.

정말로 불쾌하고, 정말로 견실한 방법이다. 타쿠토는 어딘가 엉뚱한 감상을 품었다.

상대의 수단을 전부 빼앗고 자신에게 유리하도록 진행한다. 이것이 시험이라면 백점을 주고 싶었다. 물론 그 상대가 타쿠토 일행이 아니라는 전제가 붙겠지만…….

"그리고 나는 맹주로서 이 대륙의 모든 국가에게 새로운 질서와 평화를 받아들일 것을 제안하겠어♡"

의기양양하게 선언하는 바기아.

타쿠토는 그 선언을 듣고 그저 무표정하게 그녀를 마주 봤다.

SYSTEM MESSAGE

동맹이 체결되었습니다.

【정통 대륙 연맹】맹주 : 정숙의 마녀 바기아
참가 진영 :
ADV 진영 / H 씨 진영 / 성왕국 퀼리아
/ 엘 나 정령계약연합

동맹 관계가 해소될 때까지 동맹 국가 사이의 전투 행위는 금지됩니다. 그리고 다른 나라에 대한 선전포고는 동맹국 전체의 의사가 되고, 결정은 맹주만이 내릴 수 있습니다.

OK

제9화 결렬

대담무쌍한 발표였다. 그것은 이미 선전포고라고 받아들일 수 있었다.

사실 상대가 절대적으로 유리했다. 타쿠토는 조금이나마 그럴 가능성도 예상했지만, 여기서 최악의 상황이 벌어졌으니까 조금 놀랐다.

'『Eternal Nations』로 말하면 동맹 제패 승리일까? 이럴 바에는 회담을 무시할걸 그랬어…… 아니, 불참해도 이 동맹은 체결되었을 테니까 이 타이밍에 알 수 있었다는 것만으로 잘됐다고 생각해야 하나.'

"어, 어떻게 하지, 임금님! 정통 대륙에서 동맹 같은 소릴 했다고?! 이, 이런 거 예상 못 했어!"

"동요했을 때에 말하는 건 그다지 좋은 행동이 아냐. 일단 조용히 있어줘."

"으, 응!"

유도 이 상황은 청천벽력인지 아이와 사이좋게 동요하고 있었다. 그는 내버려둬도 된다. 우선할 일은 잔뜩 있었다.

이 상황, 이 선언, 이미 충돌은 필연. 그렇다면 조금이라도 정보를 얻어서 돌아가거나 상대에게 타격을 주어야 한다.

기껏 여기까지 왔으니까 타쿠토는 더욱 큰 선물을 원했다.

이 상황에서도 타쿠토는 아직 여유로운 태도를 무너뜨리지 않았다.

"그건 그렇고 정통 대륙 연맹이라니 과감한 결단을 했네. 확실히 전력 차이를 생각하면 조금 주눅이 들어. 잘도 퀼리아와 동맹 관계를 구축했구나."

"같은 위협을 함께 증오하는 사이니까 완전히 폭 합체할 수 있었어♡ 어디의 누구께서 레네아 신광국 땅에 추파를 던지지 않았다면 이렇게까지 편하지도 않았을 테지만♡"

"그렇군, 지나치게 욕심을 부렸나. 하지만 너희 특성을 생각한다면 언젠가 모든 걸 집어삼키는 상황은 피할 수 없어. 퀼리아 사람들이나 이 자리에 참가하지 않은 H 씨라는 녀석은 진정한 의미로 동의하는 걸까? 그녀들이 말하는 평화를 액면 그대로 믿는 건 너무나도 어리석은 일이고, 서큐버스는 만만치 않은 상대야."

"이간 공작은 헛수고야♡ 우리는 첫날밤을 맞이한 남녀처럼 강하게 이어져 있어♡ 그러니까 서로에게 어느 정도 타협점을 찾아내서 이 동맹을 구축했다는 거야♡"

'만만치 않다⋯⋯인가.'

말로 상대에게 불신을 부추기는 책략은 실패로 끝났다.

물론 타쿠토도 처음부터 통할 거라 생각하지는 않았다. 상대의 태도에는 많은 정보가 포함되어 있다. 태도를 보고 상대의 내면에 감추어진 것을 간파하려던 행동에 불과했다.

알게 된 것은, 이 계획이 세밀하게 오랜 시간에 걸쳐 준비되었다는 사실뿐이었다.

"하룻밤에 이루어진 일이 아니거든♡ 우리의 욕망에 파고들 틈이 있다고 생각하다니 유감이야♡"

'서큐버스는 얼마 전에 이 세계에 왔어. 적어도 활동을 개시한 건 지극히 최근이야. 그런데도 이만큼 훌륭한 동맹 관계를 구축할 수 있다고? 엘프 국가의 동화 정책도 그렇지만, 행동이 지나치게 깔끔해.'

의문은 계속 이어졌다.

하지만 여기서 풀릴 의문은 아닐 것이다. 타쿠토는 상대가 가진 게임 시스템을 전부 이해하지는 못했다.

무언가 능력을 사용해서 이 동맹을 만들어냈을 가능성도 있고, 어쩌면 본인이 가진 선천적인 카리스마로 진행했을 가능성조차 있다.

타쿠토는 가볍게 끄덕이고 그대로 턱을 까닥여서 다음 이야기를 재촉했다.

달리 하고 싶은 말이 있다면 하시죠, 그런 의미였다.

"이번 동맹, 퀼리아도 찬성하는 일이다."

『저도 찬성합니다.』

'쿠하라 군의 대답이 없네…… 역시 그는 열외인가.'

사전에 이야기가 갔지만 거절했나, 혹은 처음부터 대상으로 여기지도 않았나.

타쿠토가 판단할 수 없는 일이었지만 안도할 수 있는 정보였다.

이런 최강 멤버에 테이블 토크 RPG 플레이어인 쿠하라까지 가담한다면 버틸 수가 없다. 타쿠토는 어려운 적이나 높은 목표가 설정된 게임은 좋아하는 편이지만, 결코 쓰레기 게임을 좋아하는 것은 아니니까.

"정말로 훌륭한 솜씨라고 평가해둘까. 본래라면 결코 양립할 수 없는 속성의 사람들을 한데 모아서 플레이어, 마녀, 성녀를 포함한 거대 세력을 만들어낸 수완은 그저 멋질 따름이야. 그래서? 다음으로 너희가 제안할 말은 대략 짐작이 가지만…… 자, 하시죠?"

불손한 태도를 취하며《파멸의 왕》역할극을 해봤지만, 타쿠토는 이미 아무래도 상관없다 생각하고 있었다.

오히려 이 시점에서 이미 타쿠토는 도망칠 방법을 마련했다. 몇 가지 수단이 있지만 최악의 경우에는 비장의 카드를 하나 꺼내야만 한다는 각오조차 했다.

비토리오는 괜찮더라도《반편이》나 용사 팀, 그리고 폰카븐의 사자는 함께 도망치지 않으면 추후에 문제가 될 테니까…….

'으─음, 일단 비토리오한테 상황을 휘저어달라고 할까? 아니면 유한테『브레이브 퀘스투스』의 이동 마법을 쓰라고 하는 편이 나을까? 아니, 폰카븐의 사자가 있으니까 범위 이동 마법을 쓰는 편이 빠른가…….'

상대가 타쿠토의 파멸의 왕 역할극에 압도당한 사이, 타쿠토는 척척 작전을 짰다.

힘겨운 상황이기는 하지만 이 정도는 예상하고 있었다.

아직은 어떻게든 된다. 그것이『Eternal Nations』세계 랭킹 1위인 이라 타쿠토가 내린 판단이었다.

"아시다시피, 이제는 싸워서 결판을 낼 시간은 끝났어♡ 아무리 마이노그라의 왕이자 사악한 군대를 마음대로 조종하는 이라 타쿠토라도, 이 상황에서 쓸 수단은 없잖아? 안심해, 딱히 잡아먹겠다는 건 아니야…… 우리가 바라는 평화를 받아들여 줘♡"

잡아먹는 거잖아.

타쿠토는 무심코 그렇게 말할 뻔했다. 옆에서 유가 무슨 말을 하려는데 아이가 그의 입을 막았다.

미묘한 분위기가 되었다. 그래도 지금은 상황을 이상하게 만들어버리지 않는 게 나으니까 일단 넘어갔다.

"어때? 딱히 항복한다고 해서 사람들을 죽이는 건 아니야♡ 야한 서큐버스 누나가 잔뜩 이주해서, 다들 사이좋게 매일 퇴폐적이고 야한 생활을 보내는 것뿐이야♡"

"글쎄……. 나한테도, 그리고 여기에 있는 카미미야 데라유한테도 목적은 있어. 본인한테 직접 들은 건 아니니까 단언할 수는 없지만, 쿠하라 군한테도 목적은 있겠지. 그걸 버리고 네게 굴복하라니, 무엇보다도 우리가 받아들인다고 그만인 이야기도 아니야."

"담당 신의 반응이 불안해? 그것도 안심해도 돼♡ 내 담당 신, 《확대의 신》이 이야길 할 테니까. ──신들은 승부의 행방에 집착하지 않아. 결과의 좋고 나쁨으로 장기말에게 벌을 내릴 정도로 도량이 좁지도 않아. 스케일이 다르거든♡ 틀림없이 쓸모없는 걱정이었다고 가슴을 쓸어내리게 될 거야♡"

'거짓말을…….'

적에게 그런 말을 들어봐야 순순히 납득할 수도 없다. 타쿠토는 테이블 토크 RPG 세력과의 전투 당시에 GM의 권한을 빼앗으려다가 한 번 페널티를 받을 뻔했다.

그녀의 말에 얼마나 거짓이 섞여 있을지 이미 꿰뚫어 보고 있다는 것이다.

듣기 좋은 말로 유혹한 것은 좋았지만, 조금 조잡한 교섭이라고 할 수 있었다.

"괴로워할 필요는 없어♡ 어려운 일은 잊고, 상쾌해져 버리면 돼♡"

풍만한 가슴을 양손으로 밀어 올리듯이 어필하고, 바기아는 타쿠토 일행에게 항복을 권유했다.

그 밖에 참가한 진영이 있는데도 타쿠토만 바라보는 태도는, 그녀가 품은 위기감을 증명하고 있었다.

사실 타쿠토는 음란하게 농담을 던지는 바기아의 표정에서 미처 감출 수 없는 초조함이나 긴장감 같은 것을 보았다.

'그녀도 여기서 요행에 걸었나. 이런 전력 차이로도 날 위험시해주는 건 영광이기도 한데, 대체 뭘 알고 있는 거지?'

바기아는 이미 타쿠토가 암흑 대륙의 패자로서 군림한다고 여기는 태도였다. 확실히 전력으로 따지자면 암흑 대륙에서는 최강이다.

하지만 중립 국가는 몰라도 이 자리에는 용사인 유도 있고, 어디에 있는지 불명이지만 GM 쿠하라도 있다.

그런데도 그녀는 항상 타쿠토만 보고 있었다.

응어리 같은 위화감. 과거에 이 예감을 무시했다가 위기에 빠졌다.

같은 전철은 밟지 않는다. 타쿠토는 이 회담에서 얻은 위화감을 소중히 가슴속에 간직했다.

"그러니까 이곳에 있는 모두——라고 할까, 정통 대륙은 동맹을 맺었으니까 우연히도 암흑 대륙의 사람들이네♡ 그런 여러분에게 최후통첩이야. 우리 동맹에게 굴복해. 이런 전력 차이를 뒤집는 건 당신들에게는 불가능해♡"

최후의 선언.

명확한 선전포고. 긍정의 말 이외에는 원하지 않는 절대적인 요구.

이 권유를 부정하는 순간, 새로운 전쟁이 시작된다.

그렇지만…….

'어쩔 수 없네, 얼른 도망칠까.'

타쿠토의 결단은 더없이 시원시원했다.

두근두근☆서큐버스 월드
~ 현실 세계에 서큐버스가 찾아온 일 ~

【줄거리】
세계가 서큐버스에게 지배당해 버렸다 ?!
다른 차원에서 쳐들어온 서큐버스들에게 불과 일주일 만에 멸망해버린 지구 .
총도 미사일도 통하지 않는다 . 독도 쓸모가 없다 . 그런 가운데 , 서큐버스를 굴복시키고
힘을 뺄 유일한 방법을 찾았다 ?

남자여 , 지금이야말로 일어서라 !

발매일 : ──년 4 월 1 일
발매 가격 : 9,800 엔
게임 장르 : 서큐버스 징벌 어드벤처
발매원 : 래빗 소프트웨어

서큐버스 진영의 항복 권고.

이것 자체는 예상하던 일이니까 타쿠토는 놀라지 않았다. 다만 그들의 규모가 생각보다는 컸던 탓에 예상과 다르게 대응해야 했다.

그렇지만 이 정도로 동요할 만큼 타쿠토의 정신은 빈약하지 않았다.

어떤 일이라도 일어날 수 있다. 이제까지 잔뜩 쓴맛을 보았던 결과로 얻은 교훈이, 타쿠토에게 강인한 정신력과 방심을 허락하지 않는 강철의 의지를 주었다.

"응, 열정적인 권유 고마워. 안타깝지만 그 제안은 거부할게. 나는, 그리고 그들도 너희 동맹에게 굴복하진 않아."

타쿠토는 조용히 일어서서 바기아의 눈을 똑바로 마주 보며 대답했다.

국가 사이의 예법으로 그렇게 대답한 것이 아니었다.

동맹 관계인 폰카븐의 사자, 그리고 용사 유에게 지금부터 도망친다는 신호를 보낸 것이다.

참고로 아투로 변신한 비토리오에게는 이야기 틈틈이 텔레파시로 전달했다.

꼬리를 말고 도망친다고 말했을 때, 진심으로 기뻐하는 그의 목소리는 무척 짜증 났지만…….

다행히도 타쿠토의 그런 속마음을 알아차리지는 못했는지, 바기아는 드물게도 싸늘한 표정을 드러내며 잠시 말을 고르는 기색으로 타쿠토에게 물었다.

"어머? 숙녀를 소홀히 하다니 나쁜 사람♡ ──일단 이유를 물어봐도 될까?"

흠, 타쿠토는 턱에 손을 대며 생각에 잠기는 것 같은 태도를 보여주었다.

그리고 유를 흘끗 확인했다.

그도 이쪽으로 시선을 향했다. 의도는 전해진 듯했다.

"여기에 있는 카미미야 데라유는 RPG의 용사라서. 아무래도 파멸의 왕인 나와는 물과 기름이라고 할까, 속성이 완전히 다르지만……."

갑자기 무슨 소리야? 그런 표정으로 바기아가 미간에 주름을 지었다.

타쿠토는 이 상황에서도 이리저리 표정이 바뀌는 바기아에게서 그녀가 미처 숨기지 못하는 인간미 같은 것을 느끼며, 자신의 독무대라는 듯 계속 이야기했다.

"속성은 다르면서도, 이야기를 해보니 엄청 마음이 맞는 부분도 있었거든. 행동 지침 같은 건 특히나 그래서, 역시 마음이 맞으니까 협력 관계를 구축했다고도 할 수 있어. 예를 들자면, 다른 플레이어를 상대하는 스탠스라든지?"

"남자들의 우정이란 거구나♡ 이것 참, 그만 질투해버려! ······좋아, 들려줘. 당신들의 스탠스를."

바기아는 이제 애써 꾸미지도 않고 이쪽을 노려봤다.

그 모습에 쓴웃음 지으며 타쿠토는 유에게 가볍게 손을 들어 신호를 보냈다.

대답은······.

""얕보였다면 죽인다.""

그 순간. 심의장이 폭발했다.

"──뭐야!!"

"여왕님! 이쪽으로!"

"바, 바닥을 파괴하다니 무슨 짓인가요! 게다가 저건?!"

용사의 진면목. 도구 주머니에서 꺼낸 최고 레어리티 도끼가 폭발을 일으키며 바닥을 파괴했다.

동시에 타쿠토도 몸의 《의태》를 일부만 풀고, 인간과 짐승이

합쳐져서 일그러진 팔로 바닥을 내려쳤다.

그 결과는 보시다시피.

엘프의 지혜와 탁월한 기술로 만들어낸 심의장은 토대부터 붕괴, 이제는 일부분이 간신히【세계수】가지에 걸려 있는 정도였다.

"비토리오!"

"여기 있습니다! 으흐흐~. 서두르지 않으면 증원군이 옵니다~!"

아투의 얼굴에 비토리오의 말투는 조금 거슬리지만, 그것도 어쩔 수 없다.

왜냐면 그의 촉수 끝에는 눈이 빙빙 도는 폰카븐의 사자가 휘감겨 있었으니까.

《위장》을 풀어버리면 그들을 회수할 수 없다. 그러니까 아투 모습 그대로 행동할 필요가 있었다.

"이야! 화려한 건 좋구나! 알기 쉬워서 좋다고, 나는! 으랴! 플레이머!!"

브레이브 퀘스투스의 폭발 계열 마법이 덤벼들려는 바기아 일행을 견제하며 거리를 만들었다.

상대도 타쿠토 일행이 무슨 생각인지 이해하고 있었다.

근처에 대기 중이던 호위로 보이는 서큐버스가 모여들었다.

그리고 먼 곳에서는 막대한 숫자인 서큐버스들의 기척이 이곳으로 향하고 있었다. 냉큼 도망치는 것이 상책이다.

거대한 세계수 가지를 재주 좋게 뛰어서 옮겨 다니며 유 곁으로 향하는 타쿠토. 가까운 곳에 착지했을 때에 이미 준비는 만전이었다.

"그럼 회담은 결렬되었으니까 도망치자."

"이것 참, 조금 더 하고 싶었지만 어쩔 수 없네! 좋아, 아이! 부탁할게!"

"예, 주인님! 여러분, 이쪽으로! 범위 이동 마법! 텔레스프라――!"

사용자를 중심으로 일정 범위의 캐릭터를 이동시키는 이벤트 전용 마법.

이야기로는 들었지만, 통상적인 수단으로 사용할 수 없는 이 마법조차 쓸 수 있다니 그들도 상당한 치트였다. 하지만 이것이라면 안심하고 모두 이동할 수 있다.

발밑의 나무 위에 옅은 마법진이 떠올랐다.

재빨리 발동시킨 마법이 상대에게 추격할 틈을 주지 않고 타쿠토 일행을 안전하게 암흑 대륙으로 날려 보내려던 순간――.

"무의 마나 2, 숲의 마나 1, 해방―― 마법 카드 《원생림의 결계》 발동."

〈!〉 바기아의 인터셉트
마법 카드 발동 《원생림의 결계》

〈!〉 아이의 마법은 실패했다

바기아의 한마디에 모든 것이 무산되었다.

"후에?! 어, 어째서?! 마법이!"

"텔레스프라가 실패했어?! 어떻게!"

마법은 불발. 그것은 타쿠토 일행이 아직 이 자리에 있다는 사실이 증명하고 있었다.

유와 아이는 예상하지 않은 상황에 무슨 일이 벌어졌는지 알 수 없어서 혼란에 빠졌지만, 타쿠토는 대체 어떤 일이 발생했는지 이미 모두 이해하고 있었다.

"『칠신왕』카드인가. 성가신 타이밍에 사용하네."

바기아의 늘씬한 손끝에, 어딘가에서 본 적 있는 일러스트로 장식된 카드가 보였다.

서큐버스에게 빼앗긴 패자의 시스템. 트레이딩 카드 게임.

타쿠토는 과거에 본 『칠신왕』데이터베이스의 기억을 더듬었다.

아마도 저 카드는 적의 도주를 방해하는 효과를 가진 마법 카드다.

본래는 소환된 몬스터의 회피 행동이나 새로운 소환을 방해하는 효과지만…… 카드에 적힌 설명문 그대로 발동하니 무척 성가셨다.

'《원생림의 결계》의 효과는 분명히 1턴이었으니까 곧 사라질 테지만, 이 상황에서는 치명적인 시간이네.'

1턴이 이 세계에서 어느 정도의 시간인지는 알 수 없다.

하지만 한순간은 아닐 것이다. 그렇다면 언젠가 수많은 서큐버스들에게 숫자로 밀린다.

아이의 범위 이동 마법을 본 바기아의 반응은 그야말로 훌륭

했다. 틀림없이 이 행동을 예상해서 준비했을 것이다.

준비성이 좋은, 정말로 싫은 상대였다.

"아시다시피 우리 서큐버스는 여러분처럼 신기한 마법이나 능력을 가지고 있진 않아. 어차피 성인용 게임♡ 그런 건 전부 야한 일에만 발동해. 하지만 이게 있다면 이야기는 다·르·지♡ 마침 운 좋게『칠신』의 덱을 손에 넣었어♡ 비용은 세지만 엘 나안에 자연적인 마나원이 있었던 건 그야말로 천운이네!"

'정말로 성가신 시너지네! 【용맥혈】에서 산출되는 마나는 유한하니까 마나를 소비하는『칠신왕』카드에도 한계는 찾아와. 문제는 그 한계가 언제냐는 거야.'

『칠신왕』에는 마나 산출 카드를 이용하여 마나를 증식하는 수단도 있다.

하지만 그 카드가 덱에 들어 있는지는 미지수다. 지금은 그런 기적도 없었다.

그렇다면 경계할 것은 즉시 발동이 가능한 마법이나 소환.

그리고 같은 규모의 방해나 공격을 수차례는 더 경계해야 한다는 것은 타쿠토도 진절머리가 날 정도로 곤란한 상황이었다.

"괜찮아. 아프진 않아♡ 천장의 얼룩을 세는 사이에 끝날 테니까……."

상대 숫자는 대략 열 명.

바기아의 호위 둘. 나머지는 황급히 달려온 일반 서큐버스.

퀼리아의 사자는 조금 전에 심의장이 붕괴할 때에 어딘가로 떨어졌는지 안 보이고, 심의장 그 자체가 파괴되었으니까 엘프는 올 수 없다.

그리고 플레이어의 통신을 담당하는 돌 스태추는 행방을 알 수 없었다.

'아니, H 씨의 스태추는 바기아의 수중에 있나…… 저 사람도 주의해야 해.'

자세히 보니 통신 기능이 있다는 돌 장식을 바기아가 들고 있었다. 물론 H 씨라고 불리는 마지막 플레이어의 스태추였다.

존재감이 더없이 희박한 탓에 잊어버릴 뻔했지만, 그 역시도 플레이어. 게다가 모든 정보가 미지수.

서큐버스들도 물론 경계해야겠지만 언제 그가 개입할지 알 수 없는 이상, 최대한 경계해야 하는 것은 틀림없이 그였다.

"주인님, 싸우죠!"

"으으음! 하지만 이거 위기 아냐? 이건 진짜로 위험한데……."

"으으으, 이대로는 주인님을 서큐버스한테 뺏겨버려요! 저의! 저만의 주인님을! 그런 건…… 용서 못 해……."

"으~음, 얀데레! 무거운 사랑이군요……."

어쩐지 수상쩍은 분위기를 풍기는 아이를 보고 비토리오는 그런 말을 던졌다.

황급히 유가 달래는 모습에서 두 사람의 관계가 보였다.

여하튼 그다지 도움이 되진 않을 것이다.

그리고 촉수에 감겨 있는 폰카븐의 수인은 기절했으니까 현재는 그냥 짐이다. 처음부터 기대하지는 않았지만, 이쪽도 도움이 될 일은 없다.

"그러니까 나는 각오를 다졌어, 타쿠토 왕! 어쩔 수 없네, 언젠 가는 이렇게 될 운명이었어!"

"『브레이브 퀘스투스』의 마법은 기대했는데. 이 상황을 해결할 다른 능력이나 마법은 없어? 그래, 기적을 일으키는 게 용사의 특권이잖아?"

이벤트의 강제력에 대해서 넌지시 물어봤다.

유가 그것을 기능적으로 쓸 수 있는지는 불명이지만, 그에게 수단이 있다면 남은 길은 그것뿐이다. 하지만 『브레이브 퀘스투스』 시리즈를 모두 생각해봐도 이 상황에 쓸 수 있을 법한 이벤트를 타쿠토는 알 수 없었다.

타쿠토가 예상하던 대답이 그대로 돌아왔다.

"미안해, 적어도 저 《결계》라는 걸 해결하지 않고서는 도망칠 수 없겠어. 최악을 각오해줘, 임금님."

유의 말…… 최악이라는 거창한 단어가 나왔지만, 이제 대화로 시간을 벌 수도 없다는 사실은 타쿠토 본인이 잘 알고 있었다.

어쩔 수 없다는 듯 의식을 집중해서 《반편이》 조작 정밀도를 더욱 올렸다.

울끈불끈 몸의 절반이 이형의 갓난아기로 변하고 영혼을 좀먹는 기괴한 울음소리를 터뜨렸다.

"하아, 어쩔 수 없나……."

"후후후. 서큐버스의 기술, 온몸으로 맛봐 줘♡"

싸움은 다음 단계로 넘어가려 하고 있었다.

《원생림의 결계》 마법 카드
무의 마나 2 숲의 마나 1

본 카드를 사용한 플레이어 턴과 다음 상대 플레이어 턴에서, 상대 플레이어의 소환 및 마법 카드 사용을 금지한다.

~ 이 숲에 들어오는 것은 쉽다. 하지만 그 누구도 나갈 수는 없으리라 ~

※공식 대회 사용 금지 카드

최신 가격 ￥125,000
최고 가격 ￥850,000

제10화 통타

파멸의 왕과 세계를 구하는 용사.

두 플레이어의 위압감이 단숨에 강해지고, 그 자리에 집결한 서큐버스 일반병이 저도 모르게 주춤거렸다.

평화를 앞세워 모든 전력을 부른 회담은 이미 끝났다. 대화를 포기한 자들의 원시적인 투쟁이 시작되었다.

"나부터 간다고! 으랴아!"

유가 눈에도 보이지 않는 속도로 자신의 무기를 도끼에서 칼로 전환, 바기아를 향해 휘둘렀다.

인간의 반응 속도를 넘어서 초현실적인 존재조차 인식하기 힘든 일격.

위험을 무릅쓰고 단숨에 적 우두머리의 목을 노려 일격을 펼치는 그 모습은 그야말로 용감한 자라는 이름에 걸맞았다.

하지만 필살의 칼날이 서큐버스 여왕의 목숨을 빼앗기 전에 간섭이 들어왔다.

키잉, 금속음이 드높이 울렸다. 장신의 서큐버스——프리지아가 여왕을 지키고자 창을 휘둘렀다.

자신의 공격이 막히자 유는 말없이 다시 공격을 펼쳤고, 마치 처음부터 의도한 것 같은 검격은 이번에도 막혔다.

"물러. 이 정도로 우리 노블 서큐버스를 죽일 수는 없어."

"그럼 이건 어떨까?"

휘잉, 경쾌하게 바람을 가르는 소리와 함께 유가 낙도하고 그대로 자세를 낮춘 순간, 막대한 살의가 서큐버스들을 덮쳤다.

일격. 그리고 음속을 넘어서며 생긴 충격파와 폭음이 심의장 파편과 세계수의 잎을 휩쓸었다.

충격의 파도가 그치고 상황이 드러났다.

그곳에는 식은땀을 흘리면서도 거대한 방패로 유의 공격을 받아낸 작은 체구의 호위 서큐버스——골리앗이 있었다.

"후에, 노, 노블 서큐버스는 서큐버스 귀족 계급. 여왕을 수호하는 창이자 방패예요. 야, 약하진 않거든요."

골리앗은 소극적으로 더듬더듬 말했지만 그녀의 역량은 결코 얕볼 수 없었다.

"그래! 여자도 창을 갖고 있거든♡"

용감한 두 부하에게 격려를 보내는 바기아.

하지만 그녀의 표정이 풀어지지 않은 것을 보면, 조금 전의 공방에서 결코 자신들이 우위에 있지 않았다는 사실을 잘 알고 있었다.

사실 그 모습을 타쿠토는 또렷하게 볼 수 있었다. 하지만 전혀 동요하지 않고 상황을 지켜봤다.

"꽤 하네. 그렇지만 너희는 부하에 불과해. 플레이어도 아닌 존재가 맞설 수 있다고? 용사라는 존재를 너무 얕보는 거 아냐?"

그 말의 의미를 상대는 바로 알게 된다.

왜냐면, 조금 전의 일격은.

용사에게 그저 '공격'이었으니까……

"주인님! 엘 파워! 엘 스피드!"

〈!〉 아이는 마법을 사용했다
용사 유는 힘이 올라갔다
용사 유는 속도가 올라갔다

"오오! 왔어왔어왔어! 좋아── 핫!"
아이의 보조 마법으로 유의 공격력과 속도가 몇 배나 증가되었다.
다음 일격은 이미 '공격'이라 표현하는 것이 바보 같을 정도의 위력을 가지고 있었다.
죽음은…… 이곳에 있다.
"위험해! 숲의 마나 2, 해방! ──마법 카드《숲의 저력》발동!"

〈!〉 바기아의 턴
마법카드 발동《숲의 저력》

"윽!"
"꺅!"
이번 충격은 조금 전과 비교도 되지 않았다.
충격파 같은 미적지근한 것은 그곳에 이미 존재하지 않고, 목숨을 빼앗으려는 폭력이 그저 무질서하게 날뛰었다.
노블 서큐버스라 불리는 호위 두 사람이나 마녀인 바기아라면 모를까, 일반 서큐버스들이 이 전투에 끼어들 틈은 존재하지 않았다.

"위, 위험하네! 알고 있었지만 예상보다 더 강해!"

바기아가 초조한 목소리를 높였다.

여유가 없는 그녀의 모습. 열세에 처한 상황을 알 수 있었다.

개인으로 싸운다면 용사는 최강.

타쿠토의 사전 평가 그대로, 그의 힘은 이곳에서도 발휘되었다.

'용사라는 존재를 무르게 봤구나. 단순히 강하기도 하지만, 그의 능력을 몇 배나 끌어올리는 저 장비가 굉장해. 아마 나도 모르는 미공표 레어 아이템……. 대체 얼마나 플레이했을까.'

『브레이브 퀘스투스』는 RPG라는 장르다.

주인공인 용사가 가진 장비는 기본적으로 가게에서 사거나 보물 상자에서 입수할 수 있다.

하지만 그중 일부. 적 몬스터가 일정 확률로 드롭하는 레어 아이템이 존재한다.

파고들기 요소 중 하나로 들어 있는 그 레어 아이템의 입수 난이도는 그야말로 처절.

수십 시간 연속해서 적을 쓰러뜨려도 하나도 얻지 못하는 경우도 부지기수, 그중에는 연 단위로 도전해야만 입수할 수 있는 아이템조차 있었다.

기적의 장비. 물론 능력은 그야말로 특급.

마왕조차 일격으로 격파할 엔드 콘텐츠를 파고든다. 대체 무슨 의미가 있느냐고 타쿠토도 의문을 품은 적이 있지만, 게임이란 사실 그런 것이다.

그런 것이기에, 입수했을 때의 쾌감과 달성감은 무엇과도 바꿀 수가 없다.

막대한 시간과 기적의 산물을 유는 장비했다.

진심을 발휘한 용사가 패배할 요소는 어디에도 없었다.

'하지만…… 계속 경계해야 해. 예상과 달리 우리가 밀어붙이고 있지만, 상대에게 증원군이 온다면 쉽게 뒤집혀. 24시간 싸울 수 없다는 게 용사의 약점이니까. 하지만 엘프 성녀들이 이곳에 없었던 건 다행이었어. 만약 있었다면 이 시점에서 몰렸어.'

타쿠토는 이 상황을 냉정하게 분석하고 있었다.

물론 그도 유에게 전부 맡기고서 놀고만 있지는 않았다.

비토리오에게 그의 능력을 활용해서 일시적인 방해를 걸도록 명령하고, 《반편이》를 조종해서 아이와 폰카븐의 사자를 서큐버스 병사로부터 지키고 있었다.

다만 어떤 이유로 그는 이 자리에서 크게 움직이지 않고 있었다.

마지막 플레이어의 존재.

'슬슬 공격을 시작하겠지…….'

그리고…… 타쿠토의 예상대로, 바기아의 열세에 초조해진 H 씨가 움직였다.

『——바기아 씨. 이걸 쓰세요.』

"어쩔 수 없네……♡ 그럼 비장의 무기 개시!"

능력을 사용하는 것은 예상할 수 있었다.

대체 어떠한 공격을 사용하는가? 그것을 알 수 있다면 상대의 게임을 알 수 있고, 상대의 게임을 알 수 있다면 대책을 세울 수 있다.

타쿠토는 이제까지 유를 믿고서 움직이지 않았지만, 동시에 그를 미끼로 H 씨의 능력을 끌어내려는 의도도 있었다.

그리고 무슨 일이 벌어져도 유를 서포트할 수 있도록, 모든 것을 내다볼 수 있는 뒤쪽 자리를 선택했다.

하지만 그 판단은 잘못이었다.

H 씨가 스태추를 통해서 바기아에게 말을 건네고 그녀의 수중에 무언가가 나타났다.

그 물체를 본 순간, 타쿠토는 눈을 크게 뜨고서 제발 늦지 말라며 외쳤다.

"유! 피해!!"

⟨!⟩ Item Trade Done

Fearsome Scimitar of Hellflame Lv125

핑, 공간에 선이 나타나고 좌우로 뒤틀렸다.

그 앞에 있는 것은 용사 유.

"——어? 으, 으아악!"

"주인님!"

선혈이 튀었다.

일자로 베인 유의 몸통. 그곳에 생긴 깊은 상처에서 뿜어 나온 피였다.

도약 한 걸음에 이쪽으로 돌아온 유의 표정은 고통으로 가득했다.

목숨은 붙어 있지만 제대로 일격을 당했다.

아이가 황급히 회복 마법을 걸려고 하니까 문제없겠지만, 상황은 더욱 위험한 방향으로 움직이고 있었다.

"괜찮아? 조금 물러나 있어."

"아니, 난 괜찮아. 이 정도는 바로 나아. 그보다──."

타쿠토의 제안을 거부하듯 억지로 일어서서 바기아를 노려보는 유. 그의 얼굴에 있는 것은 이제까지의 다소 여유로운 표정이 아니라 분노였다.

"너── 뭘 쓴 거야?"

최고 레어리티 방어구. 그것도 특수 능력이 아닌 방어력에 특화된 일품.

겉모습은 교복이지만 유가 입고 있는 것은 그런 방어구였다.

그것을 간단히 찢어발긴 일격.

왼손에 H 씨의 스태추. 오른손에 불가사의한 디자인의 곡도를 든 바기아를 노려보며 유는 그렇게 내뱉었다.

'채도가 높은 배색에 각진 디자인. 명백하게 다른 게임의 무기겠네. 굳이 따지자면 서양 게임에서 자주 볼 수 있는 타입인데…….'

유에게 타격을 준 바기아의 움직임에서 주의를 돌리지 않고 타쿠토는 순식간에 분석했다.

동시에 잊지 않고 유의 상태를 확인했다.

'큰일인데. 상당한 공격 능력이야…….'

유의 복부에서 뚝뚝 떨어지는 혈액.

출혈량은 심상치 않아서 일반적으로는 생사가 갈릴 수준이었다.

실제로도 유의 얼굴에서는 점점 핏기가 가시며 하얘지고 있었다.

하지만 어느 순간을 경계로 마치 역회전처럼 그 상처가 막혔다.

〈!〉 용사 유의 상처가 막혔다

"주인님, 회복했어요! HP 전부 회복됐어요!"

"응. 고마워, 아이."

회복 마법. 단순하면서도 강력한 마법이었다.

치명상조차 회복한 것은 아이 자체가 우수한 승려이자 마법사라는 증거이지만, 그렇다고 해도 『브레이브 퀘스투스』의 마법은 규격을 아득히 벗어나는 수준이었다.

서큐버스들은 이어서 공격하지 않았다.

타쿠토를 경계한 것인데, 그들의 판단은 옳았다.

교착 상태가 발생했다.

바기아 일행은 다음 행동을 검토하기 위해, 타쿠토 일행은 상대가 꺼낸 새로운 공격 수단을 경계해서.

갑작스럽게 생겨난 적막을 박살 내듯이, 얼굴에 핏기가 돌아온 유가 자신의 의문을 되새김질하듯 중얼거렸다.

"내가 입은 장비는 고레어라서 그렇게 간단히 손상되진 않아. 솔직히 마왕 수준의 보스조차 여유롭게 상대할 수 있거든. 이렇게까지 대미지를 받았다면 틀림없이 뭔가 있어."

그는 바기아가 든 무기로 시선을 향했다. 서큐버스가 들기에는 명백하게 디자인이 따로 노는, 기괴하게 구부러진 검.

H 씨의 언동을 보더라도, 그가 가진 게임과 능력은 그 신기한 검과 깊은 관계가 있었다.

"무기인가…… 무기를 준비할 수 있는 게임? 후보가 너무 많은데."

"으음~ 그것만이 아닙니다! 무기를 준비할 수 있고, 그것을 양도하고, 게다가 용사가 가진 강력한 장비에 쉽게 손상을 가할 수 있을 정도의 게임, 이라고요!"

타쿠토의 말에 비토리오가 덧붙였다.

유가 타격을 받을 정도의 능력. 그다지 환영할 일이 아니지만 대신에 귀중한 정보를 얻었다.

이제까지 계속 자신의 존재를 숨기던 인물이다. 상당히 경계심이 강하고, 이번 대응도 바라던 바는 아닐 것이다.

기왕이면 정보를 모조리 쏟아내기를 바랐다.

"비토리오. 《세뇌》를."

"어쩔 수 없군요! 내 목소리에 대답하라! 자~ 눈이 빙~글빙글!"

결정적인 카드 중 하나를 썼다.

비토리오가 가진 세뇌 스킬이었다. 비토리오 본인은 전혀 싸우지 못한다. 그것은 《위장》으로 아투를 모방한 상태에서도 마찬가지였다.

하지만 그가 가진 능력이라면 얼마든지 쓸 수 있었고, 이런 방법이야말로 그의 특기였다.

"꺅! 이, 이거 뭐야?!"

"윽! 머리가!!"

"으, 아……."

〈!〉 서큐버스들이 세뇌 상태가 되었습니다

이후 플레이어의 영향에서 벗어납니다

회피가 불가능한 능력이 서큐버스들을 덮쳤다.

게임 시스템을 쓸 수 있는 것은 그들만이 아니다. 그것을 잊으면 안 된다.

그리고 바기아의 말대로, 서큐버스라는 종족은 강인한 육체 능력을 제외하면 특이한 능력은 없다.

비토리오의 세뇌도 잘 통했다.

머리를 부여잡고 있던 서큐버스들이 천천히 일어서서 바기아를 돌아봤다.

일반병은 비토리오의 능력에 저항할 수 없다. 예상한 광경이었다.

하지만 그 광경 가운데, 타쿠토는 결코 놓쳐서는 안 될 힌트를 찾아냈다.

비토리오가 능력을 사용했을 때, 바기아와 호위 둘이 가진 목걸이나 반지 등의 장신구에서 한순간 빛이 났다.

'틀림없어. 무언가 방어 장비가 반응했어. 아마도 저 액세서리도 H 씨가 능력으로 준 거겠지······. 그래.'

"무의 마나 1, 물의 마나 1, 해방── 마법 카드 《저주 해제》 발동."

〈!〉 바기아의 턴
마법 카드 발동 《저주 해제》

〈!〉 서큐버스들이 세뇌 상태에서 회복되었습니다

바기아가 『칠신왕』의 마법 카드를 사용했다.

마나를 쓰게 만들었으니까 이쪽에 유리한 상황으로 기울었다고 할 수 있지만, 처음부터 H 씨가 준 무기나 아이템을 공격할 방법이 없는 이상 무의미했다.

오히려 조금 전의 저주 해제로 이쪽의 세뇌가 막혔으니까 심각한 손해일지도 모른다.

쓸 수 있는 수단이 없어져 버렸으니까.

"이~런, 이건 지독하네요. 잔챙이는 몰라도 메인 디시는 다른 능력에도 확실하게 저항할 겁니다!"

비토리오의 판단은 틀림없다.

그녀들이 가진 장신구에 디버프나 상태 이상을 방어하는 능력이 있다면 비토리오의 특기는 완전히 봉인된다. 시끄럽고 짜증나는, 영웅이란 이름의 고기 주머니가 하나 늘어나는 것이다.

일반 서큐버스들이라면 어떻게든 되겠지만, 그들은 딱히 비토리오가 아니라도 상대할 수 있다.

문제는 마녀 바기아와 호위 둘이다.

문제를 해결하려면 이 부분을 공략해야 한다.

"유. 어때? 뭔가 해보고 싶은 건 있어?"

"미안해. 솔직히 난 이걸 뒤집는 건 무리야. 타쿠토 왕은?"

"흠……."

방법은 없다. 아니, 사실은 그렇지도 않았다.

하지만 타쿠토는 H 씨의 능력을 조금 더 확인하고 싶었다.

이미 짐작은 했고, 이제는 확인하는 것뿐인데…….

"H 씨한테 빌린 이 장비, 짜릿짜릿해! 역시 이 무기에는 용사도 상대가 안 되네♡"

호위 둘이 자신의 무기를 바꿔 들었다.

색채와 디자인이 바기아의 무기와 무척 비슷하니까 저것도 H 씨가 준 무기일 것이다.

적어도 서큐버스 상위진에게 줄 수 있을 만큼의 숫자가 있다. 타쿠토는 더욱 강하게 확신했다.

"아까 세뇌할 때, 너한테는 효과가 없었어. 그리고 일부 부하한테도 효과가 없는 것처럼 보였지. 방어 아이템을 사용했구나. 그것도 H 씨라는 녀석이 준 장비일까? 게임에 나오는 것치고는 죄다 성능이 지나치게 파격적이야. 그 장비가 H 씨가 보유한 게임 시스템의 근간, 혹은 중요한 위치를 차지하고 있다는 건가……."

『바기아 씨. 그는 위험합니다. 지금 당장 배제를.』

H 씨가 오랜만에 말했다.

그의 목소리에서 초조함을 느낄 수 있었다. 무척 괜찮은 상태라고 타쿠토는 내심 흐뭇하게 웃었다.

침묵은 금, 웅변은 은이라고 옛사람은 말했다.

『바기아 씨. 이 기회를 놓쳐서는 안 됩니다. 만에 하나의 경우를 부정할 수는 없습니다. 결단을 내리시죠.』

"……난 죽이기 위해 이곳에 온 게 아니야. 그건 처음부터 말했을 텐데? 이라 타쿠토 역시 마찬가지야. 우리는 틀림없이 손을 맞잡을 수 있어. 목표는 해피엔딩이야♡"

사람은 본질적으로는 서로 이해할 수 없다.

그것이 타쿠토의 생각이다. 그의 입장에서 바기아의 말은 공허한 이상이자 도저히 실현이 불가능한 꿈같은 이야기다.

적어도 해피엔딩을 함께 맞이할 수 있는 상대는 조금 더 좁혀야 할 것이다. 모두가 자신과 같은 가치관이나 인식을 가지는 것은 아니니까…….

하지만 그것을 타쿠토는 부정하지 않았다. 처음부터 흥미 없었으니까.

타쿠토에게는 목적이 있다.

중요한 것은 그 목적을 이룰 방법이다.

그리고 현재 타쿠토는 그 목적을 향해 결코 흔들림 없이 돌진하고 있었다. 의문으로 가득한 플레이어, H 씨가 가진 힘을 해체하는 것.

"강력한 여러 장비, 그리고 장비 제한도 보기에는 느슨해. 게다가 숫자도 많아. 보아하니 장신구 장비도 있어……. 장비를 겹쳐서 스테이터스를 올리는 소셜 게임 계열인가 생각했는데, 개별적인 능력이 있다면 더욱 세세한 시스템을 가진 게임이겠네. 하지만 대규모 능력 구사를 『칠신왕』에 의존하는 걸 보면, 개인전에 더 주축을 둔 게임……."

괴물의 정체가 알려진 공포 영화가 단숨에 재미를 잃듯이, 카드가 드러난 게임 플레이어는 위험도가 단숨에 낮아진다.

정보란 그만큼 가치가 있고, 알려진다는 것은 그만큼 무서운 일이다.

"──장르는 핵 앤 슬래시. 게임 이름은…… 명작으로 이름 높은 『Avicii(아비치)』. 그렇구나, 그러니까 레어 아이템도 홍수처럼 쓸 수 있겠지."

H 씨의 미지는 여기서 아는 것으로 내려가고, 가치는 땅에 떨어졌다.

『바기아 씨!』

H 씨가 당황한 듯 이름을 외쳤다.

어떠한 의도로 불렀는지는 알 수 없다. 하지만 가면이 벗겨져서 동요했다는 것은 명백했다.

정답을 시인하는 것이나 마찬가지인 그 행동에 타쿠토는 무심코 훗, 웃음을 흘렸다.

"정답……인가. 동요했을 때는 말을 하면 안 돼. 상대한테 들켜."

이어서 냉혹한, 어디까지고 냉혹한 미소를 지으며 타쿠토는 한 마디를 건넸다.

브레이브 퀘스투스 wiki

【용어】핵 앤 슬래시

적과의 전투를 메인 컨텐츠로 하는 시스템 자체를 가리키며, 다른 게임 장르와 융합하는 경우도 있다.
그래서 핵 앤 슬래시는 비교적 폭넓은 게임을 가리킨다.
일반적으로는 적과의 반복 전투, 아이템 입수에 따른 캐릭터 강화 등의 요소가 조합된다.

제11화 희열

——『Avicii』.

플레이어가 랜덤성 강한 던전을 공략하며 자신을 강화하는 액션성 있는 게임으로, 핵 앤 슬래시라는 장르에 속한다.

반복 요소나 파고드는 요소가 강하고, 캐릭터 육성에 따라서 무한한 방법으로 즐길 수 있어 무척 뿌리 깊은 인기를 자랑하는 게임이다.

핵 앤 슬래시를 지탱하는 가장 핵심인 시스템이 랜덤 장비.

입수할 때마다 변화하는 다양한 능력을 가진 강력한 아이템을 찾아서, 플레이어는 몇 번이고 반복해서 던전에 도전한다.

그래서 핵 앤 슬래시의 플레이어는 다양한 능력을 가진 장비를 대량으로 소유하고 있다.

그것이 H 씨가 가진 능력의 정체이고, 바기아의 공격이 고레어 장비로 몸을 감싼 용사가 상처를 입을 정도의 대미지를 가할 수 있는 이유였다.

"멋져♡ 정말로 당했다고 할 수밖에 없겠네. H 씨는 나중에 벌을 줄게. 동요하는 남자는 여자를 불안하게 만들어버려. 교섭에서도 야한 일에서도 똑같은 교훈이야♡"

서큐버스 여왕이 고혹적인 한숨을 흘렸다.

타쿠토가 H 씨의 게임을 완전히 맞히면서 상황이 변했다.

이제까지 어떻게든 그녀 나름대로 평화를 모색하던 대응이, 명확하게 타쿠토 일행을 배제한다는 쪽으로 기울었다.

"하지만 H 씨의 게임이 핵 앤 슬래시라는 걸 알았다고 해서 어떻게 할 거야? 정보로는 전력 차이를 뒤집을 수 없어. 게, 다, 가……."

"칫, 서큐버스 본대가 우르르 모여들었네……."

유가 초조한 목소리를 흘렸다.

그냥 서큐버스라면 문제없었다. 하지만 지금 집결하는 자들은 호위 두 사람까지는 아니더라도 상위 서큐버스인지 만만치 않은 기색이 감돌았다.

그것만이 아니었다. 그들 모두가 H 씨의 장비를 장착하고 있었다.

유도 상처를 입을 정도인 핵 앤 슬래시의 장비.

강력한 아이템에는 대부분 레벨 제한이나 능력치 제한이 있다. 타쿠토가 예상하는 H 씨의 게임도 제한이 있다.

전력에 인플레이션이 없다는 의미이지만, 그래도 낙관적으로 볼 수 없는 상대였다.

오히려 장비 제한이 있더라도 타의 추종을 불허할 정도의 전력임은 분명했다.

"H 씨가 제공하는 더없이 강력한 고레어 장비. 그걸 장착한 엘프와 서큐버스 혼성군. 그들을 마이노그라 국경에 배치했어♡ 내가 한마디 명령만 내린다면 그들이 일제히 암흑 대륙으로 밀려들 거야♡"

게다가 바기아가 준비한 작전은 그것만이 아니었다.

타쿠토도 그것을 떠올리고 살짝이지만 미간에 주름을 지었다.

서큐버스와 엘프 혼성군은 무척 강하다. 제아무리 마이노그라의 군대라도 승리의 희망은 없다.

혹시 마이노그라의 연구나 유닛 생산이 최종 단계까지 다다랐다면 이야기는 또 다르겠지만, 그런 상황을 가정하는 것은 이 세상에서 가장 어리석은 일 중 하나임을 타쿠토는 잘 알고 있었다.

현재 전력으로는 개인이든 군대든 도저히 대적할 수 없다.

불을 보듯이 뻔한 상황이었다.

'퀄리아가 이 동맹에 참가했다는 게 신기했는데, 이 전력으로 위협을 당한 게 이유였을지도.'

이미 지상까지 떨어진―― 아마도 다른 서큐버스가 구해냈을 퀄리아 법왕의 고뇌에 찬 표정을 떠올렸다.

"확실히 마이노그라라는 나라는 강력한 어둠의 군대를 보유하고 있겠지. 암흑 대륙의 중립 국가도 적게나마 전력을 보유하고 있어. 하지만 생명체로서 인간을 웃도는 성능을 가진 서큐버스와, 그들을 돕는 명품급 장비. 그것들을 상대로 얼마나 버틸 수 있을까?"

그녀의 말은 그야말로 정론이었다.

동시에 그녀의 말대로 타쿠토에게는 현재 서큐버스들을 물리칠 힘이 없었다.

한쪽이라면 어떻게든 된다.

서큐버스 군대, 핵 앤 슬래시의 장비. 그것들을 동시에 이용한다면 타쿠토도 궁지에 빠졌다는 현실을 인정할 수밖에 없었다.

"이라 타쿠토한테는 잔뜩 쓴맛을 봤지만 이걸로 끝이야♡ 후후후, 포기하고 편해지렴♡ 야한 서큐버스 누나의 하렘 봉사 코스가 당신들을 기다리고 있어!!"

포위당했다.

이미 주변은 서큐버스들로 가득해서 도망칠 틈은 어디에도 존재하지 않았다.

『칠신왕』의 마법 카드로 발동된 결계도 한동안 해제될 기척은 없었다. 아이의 범위 이동 마법을 기대할 수는 없었다.

유는 육체적으로는 아직 싸울 수 있겠지만 이런 위기 상황에 정신이 먼저 피폐해진 모습이었다.

비토리오는 완전히 봉인당했으니까 도움은 안 되고, 타쿠토가 조종하는 《반편이》도 영웅에 육박하는 전투력을 가졌지만 이 상황을 뒤집을 정도는 아니었다.

'그렇구나, 거의 몰렸다는 느낌이네.'

타쿠토는 냉정하게 상황을 분석했다.

타쿠토 본인은 이 자리에 없으니까 무사할 것이다. 비토리오도 자살한다면 도주할 수 있다.

하지만 유 일행은 그렇지 않았다. 그들은 타쿠토 일행처럼 이 자리를 탈출할 카드는 없을 테고, 서큐버스들에게 이길 방법도 없었다.

그리고 상대도 바보가 아니다.

그녀들이 말하는 평화에 협력하지 않는다면 어떤 수단을 써서라도 포섭하려 들 테고, 다양한 효과를 가진 『칠신왕』 카드라면 경우에 따라서는 세뇌나 관계 변화도 가능하다.

폰카븐의 사자도 가벼이 여길 수는 없었다.

지도자 대리로 선택될 정도의 지위를 가졌다면 당연히 마이노그라와 폰카븐이 진행하는 거래도 잘 알 테고, 외부에 흘린다면 위험한 정보도 잔뜩 가지고 있다.

여기 있는 모두가 무사히 귀환하는 것.

이후의 상황을 고려한다면 그것이 최소한 달성해야 할 목표였다.

"크, 큰일인데……."

"주인님……."

스슥…… 포위망이 좁혀들었다.

상대는 지금도 타쿠토 일행을 경계하며 단숨에 덤벼들지 않았다. 무척 신중하게 움직이는 것이다.

때로는 기세를 타고 행동하는 편이 좋은 결과로 이어지기도 한다. 타쿠토는 그것을 알고 있기에 상대의—— 특히 바기아의 편집적일 정도로 신중한 기질이 신경 쓰였다.

"흐음. 이건 절체절명! 그래서그래서, 어떻게 하시겠습니까?"

비토리오가 물었다. 아무래도 타임 리미트가 다가왔나 보다.

시간 벌이도 이 이상은 무리다.

타쿠토는 천천히 주위를 둘러보고 고개를 절레절레 내저으며 양손을 가볍게 들었다.

"게임 시스템이라는 건 정말로 부조리하다고 생각해. 아무리 책략을 짜고, 아무리 힘을 비축하고, 아무리 신중하게 움직이더라도 그걸 간단히 뒤집어. 밸런스 따윈 존재하지 않아."

"그건 동의해♡ 성인용 게임이니 SLG니 RPG니, 그런 거 마구 뒤섞어버리면 당연히 이렇게 되겠지♡ 나한테는 관계없는 일이지만. 게다가, 이제 당신들한테도 관계없는 일인걸♡"

바기아의 제안을 받아들인다면 목숨은 건질 수 있다.

하지만 그 앞에 기다리는 것은 달콤하고 음란한 세계에서 벌어지는 목장의 가축 생활이다.

그것을 받아들일 수는 없고, 타쿠토가 가진 플레이어의 긍지가 허락하지 않는다.

"자, 내 손을 잡으렴, 마이노그라의 왕 이라 타쿠토. 지금이라면 이 야한 누나가 특별히 상대해줄게♡"

그리고 무엇보다…….

"안타깝지만 그건 사양할게. 내 마음에는 단 한 사람만이 존재하니까."

타쿠토는 결정했다.

모든 것을 되찾겠다고. 잃어버린 모든 것을 이 손으로 되찾고, 그리고 천상의 세계로 국민을 이끌겠다고.

그의 결의는 흔들리지 않는다.

멈추지 않기에, 그리고 멈출 수 없기에 최고의 플레이어다.

"그러니까 마녀 바기아. 부조리의 시간이야──."

"……어?"

"《대의식: 어스름한 나라》."

그 말과 동시에 보이지 않는 역장이 대륙 전체로 퍼졌다.

그렇다…… 대륙 전체다.

세계수 주위에 펼쳐진 결계 따위는 개의치 않을 만큼 크고 강력한 마법이 발동되려 한다.

마력의 격류가 세계에 휘몰아친다.

그것은 누구에게도 상처를 주지 않고, 아무것도 파괴하지 않고…….

하지만 명확하게 세계의 이치를 바꿔 쓰고 있다.

『바기아 씨! 도망칩니다!』

"윽, 붙잡아! 절대로 놓치면 안 돼!"

마녀 바기아, 호위인 노블 서큐버, 그리고 이 자리에 모인 서큐버스 정예병들.

그들이 H 씨가 준비한 신화, 전설, 명품급의 여러 무기로 타쿠토 일행에게 쇄도했다.

그야말로 일격필살.

고레어 방어구로 올린 용사의 방어력조차 꿰뚫는 강력한 공격이 비처럼 쏟아지고, 그것들은 모두 빗나가지 않고 타쿠토 일행 전원에게 명중했다.

하지만…….

⟨!⟩ 대의식으로 공격은 무효화됩니다

"──뭐야! 어째서…… 안 통하지?!"

부조리한 공격의 폭풍은, 그들을 막기는커녕 상처 하나 입히지 못했다.

마치 처음부터 그런 일은 허가되지 않는 것처럼…….

바기아가 경악해서 눈을 부릅떴다.

서큐버스 여왕은 이제까지도 몇 번인가 감정을 드러냈다. 하지만 지금 드러낸 표정은 그중에서도 특히 감정적이었다. 분노, 경악, 괴로움, 후회, 공포, 온갖 것들이 뒤섞여 있었다.

타쿠토는 그야말로 눈앞, 마치 애인이 입맞춤을 나누는 것 같은 거리까지 얼굴을 들이대더니 바기아의 얼굴을 찬찬히, 지그시 바라보며 진심으로 기쁘다는 듯 웃었다.

"응, 그 얼굴이 보고 싶었어. 너한테도 내가 맛본 부조리를 느끼게 해주고 싶었거든. 정말로 싫어진단 말이지."

바기아가 겁먹은 듯 거리를 확 벌리고, 그녀를 지키듯이 호위 서큐버스들이 사이로 들어왔다.

그동안에도 거리에 관계없이 공격이 이어졌지만 누구도 타쿠토 일행의 방어를 공략하지 못했다.

짙은 어둠이, 천천히 타쿠토 일행을 뒤덮었다.

서큐버스들이 거리를 벌리고 무슨 일이 있더라도 대처할 수 있도록 날카로운 시선을 향했다.

그 반응이 조금 우스워서 타쿠토는 쓴웃음 지으며 가볍게 손을 흔들었다.

"안심해, 이걸로 끝이야. 안타깝게도 너희가 한발 앞섰다는 건 인정해야겠네. 승부는 일단 뒤로 미룰게. 한동안 재개되진 않겠지만……."

끈적끈적한 검은 마력은 점점 타쿠토 일행을 뒤덮었다.

이윽고 그들의 전신이 어둠으로 뒤덮였다.

타쿠토는 자신의 시야가 가려지는 순간, 바기아를 지그시 바라보고 말했다.

"다음에는 지지 않아."

그런 말을 남기고 그들은 어둠으로 뒤덮였다.

곧 마력의 격류가 가라앉고 어둠의 덩어리도 흩어졌다.

물론 그 후에는 아무것도 존재하지 않았다.

타쿠토 일행은 처음부터 없었던 것처럼, 도주가 불가능하다고 여겨지던 이곳에서 사라졌다.

SYSTEM MESSAGE

대의식이 발동되었습니다 .

어스름한 나라 : 마이노그라

[OK]

제12화 해산

서큐버스 일행의 본거지에서 절체절명의 위기에 빠진 카미미야 데라유.

그가 이제는 끝이라고 생각했을 때에 상황이 바뀌었다.

불가사의하며 명백하게 상식을 넘어선 마력이 전 세계에 발생하고, 자신 역시도 짙은 어둠으로 뒤덮였다.

대체 무슨 일이? 혼란에 빠진 그의 눈앞에 펼쳐진 광경을 보고 유는 더욱 놀랐다.

시야에 들어오는 광경은 익숙한 암흑 대륙의 황폐한 황야였으니까…….

"도망친…… 거야?"

두리번두리번 주위를 둘러보는 유.

멀리 거대한 숲이, 반대쪽에는 방문한 적 있는 도시가 보였다.

이곳은 드래곤탄 교외인 듯했다.

그러니까 마이노그라 지배권 안이었다.

"무사한, 거구나…… 다들 있어? 폰카븐 사람들도…… 응."

타쿠토가 주위를 둘러보고 하나둘셋 사람 숫자를 셌다.

부족한 인물은 없었다. 적어도 타쿠토와 협력 관계에 있는 국가 및 세력의 인물은 함께 올 수 있었다.

"보기 좋게 당했군요. 저만큼 용의주도하게 준비하다니, 저도 예상하지 못했습니다!"

"정말로, 저만큼 확실하게 뭉칠 줄은 몰랐어. 하지만 상대가 경계해줘서 다행이야. 최악의 경우에는 너를 미끼로 발동 시간을 벌 생각이었으니까."

"세상에나! 신랄하셔라!"

비토리오는 즐겁게 춤췄다.

이미 《위장》을 풀어서 평소의 어릿광대 같은 모습으로 바뀌었다.

갑자기 나타난 기괴한 인물을 보고 타쿠토를 제외한 모두가 눈을 동그랗게 떴다. 이건 나중에 설명하자. 타쿠토는 최후의 카드가 무사히 성공했다는 사실에 안도의 한숨을 내쉬었다.

"사용하기 힘든 《대의식》치고는 최고의 상황에 썼군요. 오히려 맞춘 것 같은 상황이라 저는 놀랐습니다!"

"국경이 고정되는 게 힘들단 말이지. 개척도 못 하게 되니까 내정에 유리한 것도 아니고."

타쿠토와 비토리오가 대화를 나누었다.

유는 일단 현재 벌어진 상황에 대한 이야기라고 이해했다. 멋대로 들떠서는 멋대로 납득하는 타쿠토 일행을 보고 당황했는지 항의하는 말을 던졌다.

"아니, 뭘 멋대로 납득하는 거야! 대체 무슨 일이 벌어진 건데? 나한테도 설명해줘!"

"그, 그보다도 주인님. 지금쯤 서큐버스들이 암흑 대륙 침공을 시작했을 거예요! 지금 당장 준비하지 않으면 늦어요!"

"그, 그랬지! 그보다도 저런 걸 어떻게 쓰러뜨리냐고! 저 콤보는 너무 치사하잖아!"

당황해서 허둥대는 용사 팀. 폰카븐 팀은 그저 망연자실했다.

차분하게 한숨 돌렸으니까 슬슬 그들에게도 설명이 필요하겠구나. 그렇게 판단한 타쿠토는 바로 지금 벌어진 일을 설명했다.

정통 대륙 연맹의 침공을 걱정할 필요가 없는 이유를……

"괜찮아. 사실은 대의식이라고. 게임에서 한 번만 쓸 수 있는 강력한 마법을 사용했거든. 각각의 국가가 보유한, 더없이 강력한 능력. 그것으로 시간을 벌었어."

"무슨 말이야?"

유는 이해하지 못하고 고개를 갸웃거렸다.

아이도 마찬가지였다. 조금 더 자세히 설명해 줘야겠다.

타쿠토 역시 오랜만에 사용하는 대의식의 효과를 확인한다는 의미도 담아서, 자세히 이야기했다.

"대의식. 이건 내 게임──『Eternal Nations』의 국가가 게임 플레이 중에 한 번만 쓸 수 있는 강력한 능력이야. 마이노그라의 대의식은 '어스름한 나라'. 효과는 발동한 시점에서 마이노그라와 적대하는 국가가 일정 기간 서로에게 일체 간섭할 수 없는 것. 이쪽도 아무것도 못 하지만 저쪽도 아무것도 못 하게 되는 국가 규모의 결계야."

"아! 그래서 마을로 돌아왔군요. 탈출과 관련된 능력이 아니라,

상호 간섭이 불가능하니까 적대 국가에 머무르는 사람을 자국으로 강제 귀환시켰군요."

"정답이야. 다행히도 상대의 카드는 파악했어. 이걸 기회로 차분히 대책을 세울게."

이번에는 아이가 더 제대로 이해했다.

그리고 아직도 이해하지 못하고 얼빠진 표정인 유에게 더욱 알기 쉽도록 설명했다.

그동안에 타쿠토는 마이노그라 부하들에게 마중을 나오도록 텔레파시를 보냈다.

다른 이들에게 지금 그는 타쿠토 본인이니까, 유나 폰카븐의 사자에게 대역의 비밀을 들켜서는 안 된다.

간신히 이해했는지 유가 타쿠토의 텔레파시가 끝난 타이밍을 노려 질문했다.

"응, 어떻게든 이해했어. 엄청 편리한 마법이네, 정말로. 적어도 나라 규모잖아? 역시 SLG야. ……그런데 이 마법의 효과는 언제까지 이어질까? SLG의 한 턴은 현실에선 어느 정도지?"

"글쎄? 자세히 조사해보진 않았으니까. 뭐, 최소한이라도 1년은 볼 수 있지 않을까?"

납득했는지 아닌지 유는 흐—응, 애매하게 대답하고 생각에 잠겼다.

타쿠토도 이 문제에 명확한 해답은 없었다. 머릿속에 펼쳐지는 에터피디아 등을 조사하면 혹시 나올지도 모르겠지만, 게임 시스템이 현실 세계에 딱 맞추듯이 개변된 사례를 이제까지 잔뜩 보았다.

『Eternal Nations』에서 볼 수 있는 시간의 흐름을 현실에 정확히 재현한다면 그야말로 수십 년이겠지만, 그렇지 않다는 근거 없는 확신은 있었다.

"1년……인가. 그런 시간이라면 이것저것 할 수 있겠네…… 하아, 나도 단련할까. 이대로는 안 되는걸."

짜증스럽게 땅바닥의 돌멩이를 걷어차고 유는 크게 한숨을 내쉬었다.

서큐버스 군대에게 아무것도 못 했다는 사실을 무척 뼈저리게 느끼는 모습이었다.

다시 단련한다니 왕도 RPG답게 수수한 선택이지만, 여기서 그가 또 유랑 여행으로 돌아가지는 않았으면 했다. 최소한이라도 연락 수단은 남겨두고 싶었다.

"파티는 해산인가?"

"아니, 자유행동이라는 느낌으로 해두겠어? 가끔씩 돌아올 테니까. 연락도 취할 수 있도록 해둘게. 그리고…… 가능하다면 돈도 좀 도와준다면 좋겠는데—."

"그건 물론이야. 결과를 내준다면."

완전히 이탈하는 것은 아닌 모양이라 그건 안도했다.

대의식의 효과 범위는 마이노그라와 그 동맹 관계에 있는 진영이다.

폰카븐은 제쳐놓고, 용사 진영과는 아직 결속이 약했다.

그가 이탈해서 동맹 해소로 판단될 경우, 효과 범위에서 벗어난다면 서큐버스의 표적이 될 가능성이 있었다.

하지만 그런 걱정은 필요 없었다. 그에게도 타쿠토를 스폰서로 움직이는 것이 유리했다.

어쨌든 전력을 강화해야 한다는 인식은 모두 같은 것이다.

유도 그 정도는 알고 있었다.

타쿠토는 문득 RPG다운 전력 강화란 어떤 것인지 궁금해졌다.

시스템을 이용한 강화인가…… 아니면 적을 쓰러뜨리는 레벨 업인가.

참고할 수 있을 것 같다면 마이노그라에서도 받아들일 생각이 었다.

"그런데, 어떻게 단련할지 좀 물어봐도 될까?"

"어— 막연하긴 하지만. 일단 저거랑 만나러 갈 거야."

"……저거?"

뭐지? 타쿠토는 한순간 생각했다.

그리고 잠시 후. 자신과는 달리 그는 본인을 불러낸 존재와 소통을 취하고 있었다는 사실을 떠올렸다.

"《《장난치는 신》》. 귀찮은 일만 떠넘기는 이상한 녀석이지만, 이러니저러니 해도 나랑 아이의 담당 신이니까!"

유가 씨익 웃었다.

의심을 모르는 눈부신 그 미소를 보고, 타쿠토는 신이 그의 바람을 들어주기를 바랐다.

✤ 어스름한 나라

대의식: 마이노그라

발동한 순간에 국경이 고정되고 이후로 모든 적대 국가, 진영과 상호 간섭이 불가능해지는 국가 규모의 결계를 칩니다.
또한 대의식 발동시의 전쟁 상태는 유지됩니다만, 서로의 영토에 침입한 유닛은 그 시점에서 자국 영토로 강제 귀환합니다.

※이 효과는 국가가 『마이노그라』일 때에만 사용할 수 있습니다.

※한번 사용하면 두 번 다시 발동할 수 없습니다.

제13화 비책

타쿠토 일행과 함께 암흑 대륙으로 귀환한 이들.

그들은 자신이 해야 할 일을 하고자 해산했다.

폰카븐의 사자는 이번 일을 자국으로 가져가서 검토하고 있을 것이다. 타쿠토도 마찬가지. 결과를 보고하고 앞으로의 방침을 논의하고자 대주계의【궁전】에서 긴급회의를 열었다.

"결국 뚜껑을 열어봤더니 당연한 결과였어."

《반편이》를 조작하는 동안에 타쿠토는 과집중 상태였으니까 부하들이 실시간으로 상황을 확인하지는 못했다.

결과 보고는 이 회의가 처음이었다.

일의 경과를 모두 전한 뒤, 다크 엘프들의 표정은 무척 불쾌했다.

타쿠토가 대역을 보냈으니까 안전하다고 생각했을 것이다.

최악이라도 《반편이》를 잃는 것뿐. 무슨 일이 벌어지더라도 마이노그라는 무사하다고 생각했다. 그러니까 갑자기 국가의 운명을 좌우하는 일이 벌어졌다는 사실에 미처 반응하지 못했다.

지금은 감정을 처리하는 것만으로 벅찼다.

모두가 그런 표정으로, 타쿠토의 말을 조용히 듣고 있었다.

"설마 엘프의 나라가 그렇게 되었을 줄이야……. 하지만 이해할 수가 없군요. 퀼리아는 신의 나라, 아무리 자신들이 불리할지라도 서큐버스 같은 마족과 손을 잡을 것 같진 않습니다만……."

"그래, 그들의 성격은 우리가 잘 알지. 상응하는 이유가 없다면 그런 수단을 취하지는 않을 터. 아무리 우리를 위협이라 생각하더라도, 이유가 조금 약하게 느껴지는군……."

플레이어의 능력은, 타쿠토는 어느 정도 얼버무리고 있었다.

다크 엘프들을 신뢰하지 못하는 것은 아니었다. 게임에서 유래된 능력이라고 해봐야 그들은 도저히 이해할 수 없다는 배려였다.

게다가 그것을 모두 공개해 버린다면 타쿠토의 권위가 위협당할 가능성이 있다.

타쿠토는 정보를 신중하게 검토, 플레이어의 능력은 그들이 믿는 신의 나라 특유의 강력한 능력이라고 설명했다.

특히 H 씨의 장비는 솔직히 어떻게 설명하면 좋을지 타쿠토도 떠오르지 않았다.

어떤 무기든 아이템이든 전설로 전해질 만큼 강력하다.

그것들을 셀 수 없이 대량으로 보유한 플레이어.

RPG 세력이라면 이야기에 나오는 용사 같은 존재라고 설명할 수 있다. 하지만 핵 앤 슬래시는 크게 다르다.

그래서 타쿠토는 플레이어나 신의 존재와 관련된 정보를 공유하는 것은 조금 더 검토할 예정이었다.

"상대도 감추고 있는 정보가 많이 있겠지. 그건 논의해봐야 해답이 나오진 않아. 마음에 담아둘 필요는 있겠지만. 일단 목표가 하나 좁혀진 것은 다행이야. 이해하기 쉽다는 건 좋은 일이니까."

하지만 감추는 것은 다른 플레이어의 이야기뿐.

마이노그라의 능력은, 다크 엘프들이 《파멸의 왕》의 위대한 힘이라고 이해하니까 설명하기도 편했다.

대의식 '어스름한 나라'도 타쿠토가 평생에 한 번 사용할 수 있는 강력한 마법이라고 설명은 마무리되었다.

다크 엘프들은 그런 귀중한 마법이 사용되었다는 사실에 황송해했지만, 오히려 타쿠토에게는 지금 사용하지 않는다면 쓸모가 없는 상장폐지 직전의 대의식이었으니까 그 반응에 낯간지러웠다.

"왕의 힘, 진심으로 감복할 따름입니다. 결전까지 남겨진 시간. 저희도 평소보다 더 마음을 다잡고 나서겠습니다."

"응, 시간이 있으니까 다행이야. 그동안에 할 수 있는 일은 뭐든 하자."

내정 시간을 얻을 수 있다면 타쿠토에게, 그리고 SLG인 『Eternal Nations』에게 장점이 된다.

게임과 달리 짧은 시간에 결과를 내야만 하니까 할 수 있는 일은 너무나도 적을지도 모르지만, 그래도 무언가 수단은 남아 있었다.

빚은 반드시 갚아주어야만 한다. 그를 위해 마이노그라 강화는 필수다.

"그런데 타쿠토 님, 대의식은 얼마나 이어질까요?"

"아마도 1년. 앞뒤로 차이는 조금 있겠지만, 틀림없이 그 정도야."

"으으음……."

타쿠토의 설명을 들은 아투가 무심코 목소리를 흘렸다.

유 일행과 헤어진 뒤, 타쿠토도 시간이 생기자마자 대의식과 관련된 능력을 확인했다.

마력의 흐름으로 느껴보거나 머릿속에 떠오르는 에터피디아에 접속해보거나, 그리고 명상으로 자기 안에 물어보거나.

이것저것 방법을 바꾸어가며 가장 중요한 사항인 유예 기간을 측정하려고 했다.

그 결과는 역시 1년.

타쿠토가 직감적으로 떠올린 시간이 정답. 앞뒤로 차이는 조금 있더라도 며칠의 오차 정도라는 결과였다.

1년.

그 말이 가진 의미를, 이 자리에 있는 모두는 올바르게 인식하고 있었다.

그것은 너무나도 짧다.

"수수하게 힘을 모으는 방식으로는 조금 부족하겠군요."

"음. 왕께서 말씀하신 적의 전력. 규모나 역량을 생각한다면 근본적인 변화를 부를 필요가 있다."

"국가 규모라면 1년이라는 시간은 너무나도 짧네요."

다크 엘프들의 표정은 밝지 않았다.

패배의 예감보다도 이 상황을 뒤집으려면 상식적인 방법으로는 불가능하다는 사실을 이해한 표정이었다.

적어도 지금 그들에게 방법은 떠오르지 않았다.

묘안을 내고 검토하는 것만으로도 몇 주는 걸릴 텐데 여유는 불과 1년. 상황은 더없이 힘들었다.

당장에라도 행동에 나서지 않는다면 때를 맞출 수 없을 만큼……. 어둡고 음울한 분위기가 감돌기 시작했다…….

"후후후, 다들 나약하군요. 잊어버렸나요? 이곳에 계신 분은 마이노그라 파멸의 왕이십니다! 여러분이 떠올릴 수 없는 방법을 왕께서는 이미 생각하고 계십니다!"

"""""오오!!"""""

그것을 불식시키는 자가 나타났다.

바로 타쿠토의 복심 《오니의 아투》였다.

타쿠토가 전 진영 회담에 출석하는 동안, 마이노그라의 궁전에서 《반편이》를 원격 조작하는 타쿠토를 계속 호위하던 충성심 강한 부하였다.

오히려 계속 호위를 했으니까 사실은 아무것도 하지 않았다.

그러니까 지금 시점에서 자신의 존재를 어필하려고 했다.

일시적인 수단이기는 했지만 지금 분위기를 바꾼다는 점에서는 최고의 한수였다.

"너무 추어올리진 않았으면 좋겠는데……."

"무슨 말씀이신가요! 타쿠토 님께 걸리면 이 정도 고난은 고난 축에도 안 들어가요! 오히려 전력 차이라는 알기 쉬운 지표가 생긴 만큼 편해진 것 아닌가요?"

"확실히, 쓸데없는 속임수를 상대하는 것보다는 낫지."

아투는 타쿠토가 이 상황을 타개할 방법을 이미 마련했다고 믿는다. 그런 그녀에게 기세로 압도당하며 타쿠토는 쓴웃음 지었다.

하지만 아투의 말은 틀린 이야기도 아니었다. 오히려 그녀는 타쿠토의 현재 상황을 잘 이해하고 있었다.

알기 쉽다면 상대하기도 쉽다. 타쿠토도 그런 생각을 품고 있었다.

"적의 목표는 명확해. 자신들의 진영을 제외한 모두를 휘하에 두는 것. 그리고 우리의 목표 역시도 명확하지. 그것을 물리칠 수 있는 힘을 얻는 것."

다크 엘프들이 크게, 그리고 깊이 끄덕였다.

타쿠토의 이런 말투는 이미 대화나 속임수로 해결하기는 어렵다고 판단했다는 의미였다. 부하들은 그것을 잘 알고 있었다.

해야 할 일은 전쟁에 대비한 전력 강화. 언젠가 찾아올 그날에 대비해서 그저 열심히 준비해야 한다.

"적은 정통 대륙 연맹이라는 군사 동맹을 만들었지. 그럼 우리도 그와 같은 동맹을 만들어서 머릿수 차이를 좁히고 싶어."

회의실이 술렁거렸다.

그들도 그 선택지는 생각하고 있었다. 하지만 머릿속으로 생각하는 것과 왕인 타쿠토의 입에서 나오는 것은 무게가 달랐다.

마이노그라는 사악한 국가다.

사람들은 그 존재를 기피하고, 멀리하고, 때로는 배제하려 들기도 한다.

그러한 생물의 본래 성질을 그대로 두고 동맹을 구축하기는 만만치 않을 것이다.

대등한 입장을 만들든, 힘으로 입장을 이해시키고 따르도록 재촉하든. 틀림없이 고생스러운 일이다.

하지만 실현할 수 있다면 이만큼 효과적인 전략은 없다.

적어도 지금 부족한 것을 보충할 만큼의 보답은 있다.

"실은 페페 군에게서 그쪽 관련으로 제안이 들어왔어. 적 동맹이 전횡에 나섰으니 암흑 대륙의 중립 국가도 우리 이야기를 들을 수밖에 없겠지."

실현할 길이 보였다.

타쿠토의 말을 들은 다크 엘프 지식인들은 우연히도 같은 감상을 품었다.

지금 이 대륙을 둘러싼 상황을 생각한다면 중립 국가도 서로 양보하고 다가가야 한다.

자신들은 마이노그라, 그리고 파멸의 왕이라는 강력한 존재의 보호를 받고 있다. 그래서 잊어버리고는 하지만 암흑 대륙에 사는 사람들은 원래 황폐한 땅에서 어떻게든 하루하루를 살아가는 약한 존재다.

물에 빠진 사람은 지푸라기라도 붙잡는다는 유명한 말이 있는데, 그들은 그야말로 지금 물에 빠진 상황이니 당연한 결과였다.

"설마 그렇게까지 이야기가 진행되었다니, 저도 미처 알지 못했습니다! 이것 참, 저 몰타르. 이제까지 수도 없이 왕의 지혜와 마주하였습니다만, 그 지모를 따라갈 수 없다고 감탄할 뿐입니다."

그리고 여기까지 준비가 됐다면 현장에서 실패하지만 않는다면 합의를 얻을 수 있을 것이다.

타쿠토도 현재 중립 국가에게 야심을 품고 있지는 않았다.

폰카븐과의 동맹 관계도 순조로우니까 잘 설명하고 이해를 얻어낸다면, 정통 대륙 연맹이 상대라는 알기 쉬운 목표도 어렵지 않게 공유할 수 있다.

"어느 정도 우리가 주도권을 얻는다면 그 뒤엔 어떻게든 할 수 있어. 내가 모든 걸 지휘하는 게 이상적이지만, 그건 교섭에 달려 있겠지."

부하들은 왕의 지휘에 납득했다.

하지만 타쿠토의 작전은 그것만이 아니었다. 현재는 전투력에서 압도적으로 차이가 난다.

일반병만으로 보더라도 엘프, 서큐버스, 성기사가 존재한다. 게다가 그들은 H 씨의 장비로 강화되었다.

전투 능력이 몇 단계 강화된 그들의 군대와 맞선다면, 아무리 타쿠토가 근대 무기를 보급하더라도 상대가 안 될 것이다.

하지만 걱정할 필요는 없었다.

그것도 타쿠토는 어느 정도 대응할 수 있다고 생각했다.

"그리고 암흑 대륙 동부에 위치한 해양 국가 서덜랜드는 대륙 간 무역으로 우리가 모르는 기술을 가지고 있다는 이야길 들었어. 그걸 입수할 수 있다면 더욱 강력한 부하 몬스터를 생산할 수 있어."

"""오오!!"""

페페를 통해서 알게 되었는데, 이 세계에는 아직 모르는 지역이 존재한다.

이드라기아 대륙 밖의 세계다.

외양항해 기술이 빈약한 이 대륙에서 외부에 대한 이야기는 화

제로 거의 올라오지 않았지만, 그래도 무역을 하는 나라가 존재한다는 사실은 타쿠토에게도 행운이었다.

얼마나 선진적인 기술을 가지고 있는가? 그것은 솔직히 도박이지만, 그래도 연 단위로 연구가 필요한 기술의 개발을 가속시킬 수 있다면 큰 힘이 된다.

1년이라는 기간은 짧다.

하지만 가능한 일은 모두가 상상하는 것 이상으로 많았다.

"우선은 중립 국가와 얼굴부터 익혀야겠네. 암흑 대륙에서 군사 동맹을 만들더라도, 다른 나라에서 기술을 입수하더라도 우선은 창구가 필요해. 그건 폰카븐을 의지하도록 하고, 우리 쪽에서도 은밀히 정보를 수집했으면 좋겠네."

"예! 북부 대륙── 성스러운 국가를 조사할 수 없다면 그만큼의 역량을 중립 국가로 돌릴 수 있습니다. 왕께서 만족하실 정보를 반드시 가져오겠습니다."

"응. 특히 인재는 더 공들여서 조사해줘. 우리한테 중요한 인물이나 전력이 될 인물, 특수한 기술이나 능력을 가진 사람이 있으면 좋겠네."

여전히 인재 부족은 심각했다.

미래를 생각한다면 중간 관리직이나 군 지휘관이 대량으로 필요하다.

게임에서 이른바 네임드라고 불릴 법한 이름 있는 캐릭터는 물론이고, 그에 못 미치더라도 유능한 사람을 대량으로 발굴하는 것이 급선무였다.

"1년이라는 시간은 길게 여겨지기도 하지. 하지만 마음을 놓으면 순식간에 지나가기도 해. 자잘한 조정이나 조사는 너희만이 할 수 있는 일이야. 기대할게."

"옛!!"

방침이 정해졌다.

우선은 암흑 대륙에서 동맹을 만들기 위한 회담을 열어야 한다.

이 세계에 온 뒤로 회담의 숫자가 이상하게 많다는 사실을 깨달은 타쿠토.

『Eternal Nations』에서는 그런 부분이 제대로 편집되어 있었다며 묘한 감상을 품었다.

………

……

…

다크 엘프들에게 지시도 마치고, 타쿠토는 자기 방에서 잠시 휴식을 취하고 있었다.

《반편이》를 이용한 대역 작전이 있기에 타쿠토는 지금 행동 범위도 넓고 할 수 있는 일도 많았다.

그야말로 할 생각만 있다면 마이노그라 전역을 돌아다니며 직접 지휘할 수도 있다.

쉬는 시간은 최소한으로, 1년 동안 짐말처럼 일하는 것을 타쿠토는 스스로의 과제로 삼았다.

"수고하셨어요."

긴 시간 의자에 앉아 있다 보니 굳은 몸을 풀듯이 기지개를 켜는데, 아투가 향기 진하게 탄 커피를 가져왔다.

무언가에 집중할 때에는 이것이 제일이다. 조금 옅게, 적당한 온도로 식혀서 쭉 들이키는 것이 타쿠토의 취향이었다.

아직 김이 올라오는 컵을 받아들어 책상 위에 놓고 타쿠토는 아투를 돌아봤다.

"응, 아투도 수고했어. ……그건 그렇고, 어떻게 된 걸까."

"적의 군사 동맹 말인가요? 설마 갑자기 결전에 나설 줄은 몰랐어요. 『Eternal Nations』에서도 보기 드문 케이스겠네요."

"평소라면 외교로 상대의 공멸을 노리거나 의도적으로 긴장 상태를 만들어서 우리의 안전을 확보했을 텐데. 서큐버스와 퀼리아는 물과 기름이니까 협력할 일은 없겠다고 방심했더니 이 꼴이야. 테이블 토크 RPG 세력과 두 성녀가 손을 잡았을 때에 이 시나리오를 예상해야 했어."

하지만 타쿠토는 이 상황을 자신의 실패로 돌리는 건 너무하다고 생각했다.

이 결과를 검토하는 것은 가능성을 따졌을 때 너무나도 황당무계. 굳이 따지자면 음모론만큼 수상쩍고 실현성이 낮았다.

그래서 마녀 바기아는 이만큼 공들여 준비했고, 절대적인 책략이라며 승부를 건 것이다.

그 회담 자체는 여전히 납득이 가지 않는 부분이 많고, 정통 대륙 연맹이 아직 무언가 숨기고 있는 것은 분명한데…….

그것을 검토하기 전에 먼저 해야 할 일은 잔뜩 있었다.

적어도 암흑 대륙에서 동맹을 만들거나 서덜랜드에서 신기술을 입수하는 정도로는 대적할 수가 없다.

그때는 다크 엘프들이 감동했으니까 찬물을 끼얹는 것도 꺼려져서 굳이 말하지는 않았지만, 아투는 그 정도로 피아의 전력 차이는 도저히 메울 수 없다는 사실을 이해하고 있었다.

사실은 이것저것 생각해야만 하는 상황. 이대로는 압도적인 능력에 짓눌리는 것이 확정된 미래. 그 상황에서도 당당한 타쿠토를 보고 아투는 한 가지 확신을 품었다.

"하지만 타쿠토 님. 위기 상황인데도 무척 여유가 있으시네요. 혹시 아직 작전이 더 있나요?"

"후후후, 잘 아는구나. 사실은 있지——."

정통 대륙 연맹을 상대할 필살의 작전.

대담무쌍하고 예상할 수 없는 그 작전에, 아투는 어이없다는 심정에 가까운 감탄을 품었다.

SYSTEM MESSAGE

대의식 발동으로 마이노그라의 국경 및 도시가 고정되었습니다.
이후로 지정된 턴이 경과하지 않으면 적대 국가와의 접촉은 불가능합니다.

턴 숫자 : 앞으로 1년

OK

제14화 일어서는 자

암흑 대륙 남방. 노예와 범죄자의 도시 국가 그램필.

황폐한 대지에 드문드문 자리 잡은 폐가. 국가라고 부르기에는—— 아니, 도시라고 부르기에도 너무나 빈약하고 활기가 일체 존재하지 않는, 사람이 살기에는 더없이 가혹한 땅.

그 도시는 원래 대륙 각지의 정치범이나 범죄자, 탈옥 노예 등의 피난 장소로 생겨났다. 과거에 그들이 품은 번들번들한 야심과는 달리, 지금은 그저 수많은 무기력한 패배자들을 그저 살려놓기만 하는, 죽음과 끝을 떠오르게 만드는 장소였다.

패배자들이 흘러든 끝의 땅에서, 한 남자가 그저 자신의 처지를 한탄하며 오열을 흘리고 있었다.

"으, 으아…… 으아아…… ."

그 남자는 무척 나이가 어렸다.

짧게 자른 머리카락은 검은색, 옷은 이 나라에서는 고급…… 아니, 이 세계에서는 거의 볼 수 없는 디자인이었다.

중학생 정도일까? 무엇이 슬픈지 그 남자는 조금 전부터 초라한 여관의 한 방에서 그저 고뇌에 찬 표정으로 울고 있었다.

"더는 안 돼. 역시 안 되는 거였어."

눈물이 끊임없이 넘치고, 어스름한 방에 절망의 목소리가 흩뿌려졌다.

이 남자의 이름은…….

"이런 쓰레기가 승부에서 이길 수는 없었어. 나는 항상 그래. 중요한 순간에 못 이겨. 아니, 평소에도 못 이기는데, 중요한 순간에 이길 수 있을 리가 없잖아!"

이 남자의 이름은, 쿠하라 케이지라고 한다──.

"미안해, 소아리나. 미안해, 펜네. 기대해줬는데, 나한테 맡긴다고 그랬는데, 한심해서 미안해! 죽고 싶어, 이젠 죽고 싶어!"
이라 타쿠토에게 패배한 뒤. 쿠하라의 인생은 패배자라 하기에 걸맞았다.

일체 모습을 드러내지 않고 대결에 나선 쿠하라는, 자신의 부하인 마녀 에라키노를 잃고 하마터면 능력까지 빼앗길 뻔했다.

최종적으로 타쿠토가 위기에 빠진 덕분에 자신이 공격을 당하지는 않았지만, 패배했다는 사실은 뒤집을 수 없었다.

"게다가…… 아아, 안 돼. 또 그 광경이 떠올라. 이제는 너도 없는데, 왜 나는 아직 뻔뻔스럽게 살아있지? 내가 만들어낸 가장 강한 여자였는데! 설정도, 말투도, 복장도, 능력도…… 전부 다 내가 만들었어. 아무것도 못 하는, 도박에서도 지기만 하던 내가 처음으로 만든 사랑하는 여자였는데!!"

그리고 그의 패배를 인정하지 않는 존재가 있었다.

테이블 토크 RPG의 담당 신── 《《주사위의 신》》이었다.

그 존재는 이번 한심한 결과에 분개, 쿠하라가 가진 능력을 대부분 봉인했다.

게다가 그를 소년의 모습으로 만들어 이 땅으로 내던졌다.

여기서 헛되이 죽어도 좋고 일어서서 재기를 꾀해도 좋고, 주사위의 변덕에 따라 내려진 심판이었지만 적어도 쿠하라는 목숨을 연장했다.

본인은 이미 마음이 꺾여버렸지만······.

"죽고 싶어! 죽여줘, 에라키노! 이제는 날 죽여줘, 에라키노오오오!"

하지만 그런 그에게도 남겨진 것은 있었다.

"시끄러워어어!"

"커헉!"

강렬한 발차기가 쿠하라의 복부에 작렬했다. 그의 몸이 벽까지 데굴데굴 굴러갔다.

갑작스러운 일에 놀라면서도, 눈물로 얼굴이 질척질척한 쿠하라는 그 상대를 돌아봤다.

그것은── 그가 잘 아는 소녀였다.

"꾸물꾸물 한심하게 굴지 말라고! 이러니저러니 해도 플레이어잖아?! 능력 대부분을 봉인당했고 페널티로 쇼타가 됐지만, 아직 분명히 게임 마스터잖아?!"

마녀 에라키노.

테이블 토크 RPG의 마녀이자 쿠하라가 만들어낸 NPC. 그가 가장 신뢰하는 유일무이한 부하.

과거의 전투에서 그녀는 분명히 사라졌다. 그리고 현재 쿠하라는 GM 권한을 대부분 봉인당해서 캐릭터 소생도 불가능했다.

이것이 의미하는 바는 무엇인가? 그것은 곧 알 수 있다.

"으으. 미안해, 에라키노오⋯⋯."

"징벌 킥!"

"크헉! 무, 무슨 짓이야, 에라키노!"

에라키노──라고 불린 소녀의 발차기가 또다시 쿠하라의 배에 직격했다.

NPC인 그녀의 공격을 제대로 맞는다면 아무리 플레이어라고 해도 틀림없이 중상이다.

그런데도 눈물을 글썽이며 불평할 수 있다는 건, 그녀가 힘을 조절하고 있다는 뜻이다.

그녀의 목적은 이 한심한 남자를 질타하는 것이었다.

가느다란 팔로 팔짱을 끼며 불만스럽게 얼굴을 찌푸리고 쿠하라를 노려봤다.

"기합 주입이야! 그리고 이걸 에라키노라고 부르지 좀 마!"

그렇다, 소녀는 쿠하라에게 몇 번이나 말했다. 그런데도 그는 금세 또 틀렸다.

결코 눈을 돌려선 안 되는 사실을.

"이곳에 있는 건 그저 잔향, 마녀라는 설정의 잔해. 《주사위의 신》이 지우는 게 귀찮으니까 방치한 버그로 남은 빈껍데기."

눈앞에 생전처럼 서 있는 소녀는, 이미 그가 아는 여자가 아니었다.

그녀는 진즉에 잃어버렸다. 이것은 그저 잔해였다.

에라키노는⋯⋯.

"——에라키노는, 이미 죽었어."

그의 눈앞에서 사라져 버렸으니까.

"윽, ㅇㅇㅇㅇ……."

쿠하라는 눈물을 흘리며 또 웅크렸다.

원래 그는 이런 감정을 품지 않았다. 애초에 에라키노는 그가
GM의 능력을 이용해서 몇 번이고 시행착오를 거치며 만들어낸
존재에 불과했다.

스물두 번째로 만든 에라키노. 그가 심혈을 쏟아서 간신히 완
성에 이른, 스물두 번째 에라키노.

그저 그것뿐이었다.

그것이 문제였다. 이제까지 아무것도 이루지 못하고, 아무것
도 만들어내지 못하고, 자기 긍정은 바닥까지 떨어지고, 자존심
이 너덜너덜하게 무너져버린 남자가 처음으로 타인에게 자랑할
수 있는 작품을 만들어냈다.

그래서 그는 스물두 번째 에라키노—— 이미 잃어버린 그녀를
잊지 못했다.

"이건 잔해라고 불러. 그게 약속이야. 에라키노와 다르다는 걸
제대로 이해해. 그게 중요해."

아무리 잔해라 불리는 소녀가 타이르고 질타해도. 한심스럽게도
멀리 떠나버린 여자를 잊지 못하고 그저 훌쩍훌쩍, 계속 울었다.

이제 쿠하라 케이지라는 남자에게는 아무것도 없다.

그것은 과거, 그날에 전부 잃어버렸으니까.

그러나 운명은 그의 퇴장을 허락하지 않았다.

시간이 온다.

——싸움의 시간이.

"——자, 일어서! 기합 넣어서 가자고! 이건 에라키노와 달라서 너에 대한 호감도 제로니까! 응석을 받아줄 거라 생각하지 마! 준비됐다면 바로 출발이야!"

일찍이 에라키노였던 자의 잔해.

내용물이 없어야 할 소녀는 그날 그 여자와 마찬가지로 의기양양하게 주먹을 들어 올렸다. 그리고 지금부터 시작이라며 외쳤다.

그 모습을 멍—하니 바라보는 쿠하라에게서는 기력이 전혀 느껴지지 않았다.

그저 상황에 따라 흘러갈 뿐이었다.

"출발이라니 어디로 가는 거야, 에라—— 잔해? 갈 곳 따윈 없다고……."

"허~, 너는 그런 것도 몰라? 어쩔 수 없으니까 잔해가 가르쳐줄게. 소아리나와 펜네를 찾으러 가는 거야♪"

"……어? 그건 왜?"

그 말에 쿠하라는 처음으로 의지를 품은 것처럼 눈빛이 바뀌고 따지듯이 물었다.

마이노그라와 결전을 치른 뒤, 그녀들의 행방은 알 수 없었다. 그녀들이니까 살아있을 테지만 어디에 있는지, 무엇을 하는지는 일체 판명되지 않았다.

게다가 이제 와서 무슨 낯짝으로 만날 수 있겠는가.

함께 평화로운 세계를 구축하자고 천진난만하게 이야기하던 그날을 떠올리는 것조차 괴로웠다.

아무것도 해주지 못한 그녀들에게, 아무것도 없는 남자가 어떻게 사죄하라는 것인가?

한심한 스스로에 대한 분노가, 무심코 강한 말로 튀어나왔다.

그 태도에 잔해는 기쁜 듯 웃었다.

"그야 당연히 뒤처리지♪ 앗, 혹시 너는 이대로 이런 범죄 도시에 틀어박혀서 지낼 생각이야?"

윽, 말문이 막혔다.

현재 상태 그대로는 안 된다. 이제까지는 잔해가 어디선가 마련한 자금으로 어떻게든 살아남을 수 있었다.

하지만 계속 이렇게 생활할 수는 없다. 그도 잘 알고 있었다.

오히려 쿠하라는 도박 때문에 수도 없이 호된 꼴을 당했다. 돈의 중요성은 더없이 잘 알고, 살기 위해서는 어떻게든 돈이 필요하다는 사실도 안다.

이대로는 언젠가 파멸한다.

게다가…… 이대로는 본인은커녕 틀림없이──.

"그건 안 된다고~? 그게 말이지, 내버려두면 서큐버스 군대가 이쪽으로 찾아오는걸~♪ 그렇게 되면 틀림없이 소아리나와 펜네도 지독한 꼴을 당할 거야! 아~아, 누군가가 잘못한 덕분에 지금도 겁먹고 숨어 있는 두 성녀가 엉망진창 야한 동인지 같은 일을 당해버려~♪"

"윽! 으, 으으……."

쿠하라의 눈에 눈물이 글썽거렸다. 전 진영 회담에서 아무것도 못 하고 그저 겁먹은 자신이 떠올랐다.

서큐버스 사자가 왔을 때에 방구석에서 떨며 잔해에게 대응을 떠넘긴 것도 같이 떠올랐을지도 모른다.

여하튼 한심한 남자가 또 한심하게 울음을 터뜨리려 했다.

하지만 그것은 결코 허락되지 않는다.

"그러니까 일어서라는 거야. 어쨌든 뒤처리를 해. 남자답게 굴라고. 에라키노가 죽어서 잘 됐다고 여길 인간이 돼. 멋없이 살지 마. 운명에 이겨. 신이 보고 있어."

"빌어먹을……."

도발이 통했는지, 아니면 밑바닥인 자존심에 불이 붙었는지.

조금 전까지의 약한 태도에 변화가 찾아왔다.

바닥에서 부들부들 떠는 쿠하라. 이윽고 그는 큰소리를 내지르며 일어섰다.

"아아아아악! 빌어먹을―! 할게! 하면 되잖아!! 해주겠다고, 젠자아아앙! 나는 천하의 게임 마스터다! 이놈이고 저놈이고 까불어대지 마!!"

이런 말까지 듣고, 바보 취급만 당하고 끝날까 보냐.

이제는 의지라기보다도 자포자기였다.

하지만 그는 드디어 앞을 향해 움직였다. 어쨌든 첫걸음이 중요하다.

아악, 스스로를 고무하듯 외치는 쿠하라를 보고 잔해는 깔깔 웃었다.

"오, 느낌 괜찮네~! 그게 중요한 거야. 강한 의지야말로 운명을 개척하고 승리를 부르는 법이야."

"그래! 아직 난 끝나지 않았어! GM 권한도 거의 봉인되었지만, 주사위는 굴릴 수 있어. 다음은 어디냐아아아아!"

그 말에 잔해는 지독히, 지독히 즐겁다는 듯 웃고 손뼉을 쳤다.

그녀가 바라던 결과였을까. 천진난만한 그 모습은 너무나도 에라키노를 떠올리게 만들어서 쿠하라의 마음이 더없이 술렁였지만, 지금 그가 가진 열기 앞에서는 딱히 문제도 아니었다.

"알겠느냐! 보아라, 에라── 잔해! 나는 할 테니까! 전부 다 처죽이고, 이 시답잖은 게임에서 이기겠어! 마지막에 이기는 건 나다!"

선언만큼은 어엿한 플레이어. 하지만 어휘와 품위가 너무나도 없어서 그의 인품이 고스란히 드러나고 있었다.

기세만큼은 충분. 그 모습을 놀리는 걸까? 잔해는 씩 웃으며 야유를 날렸다.

"괜찮네괜찮네. 그럼 그 분위기로 《파멸의 왕》도 죽이자~ ♪"

"히익! 파멸의 왕! 이라 타쿠토! 으, 으아아아아아!!"

하지만 도로 아미타불.

그에게 이라 타쿠토라는 이름은 금구였다.

조금 전과 마찬가지로 또 웅크리고는 자기혐오에 빠져버렸다.

"하아, 이건 안 되겠네."

한숨을 내쉬고 항복이라는 듯 양손을 드는 잔해.

그 동작은, 내용물도 없는 빈껍데기치고는 무척 감정이 담긴 것처럼 느껴졌다……

한편 그 무렵, 타쿠토는 쿠하라의 심경 따위는 전혀 모르는 채, 그를 두고서 건곤일척의 작전을 시도하고 있었다.

그러니까…… 쿠하라 케이지와의 동맹 관계 구축이었다.

이 작전을 들은 아투는 너무나도 예상 밖의 이야기에 한동안 의식이 따라가지 못했다.

격렬하게 싸운 상대다. 다시 적이 될 수는 있겠지만, 아군이 된다고는 생각도 하지 않았다.

오히려 장래의 위험 분자니까 조기에 발견하여 배제하려는 생각까지도 했다.

하지만 타쿠토의 생각은 정반대였다.

기본적으로 아투가 타쿠토의 방침을 거스르는 일은 없다. 하지만 과연 제대로 풀릴까? 그녀는 자신의 주인에게 솔직한 의문을 던졌다.

"GM과 레네아 신광국의 성녀들을 끌어들인다니, 과거에 적대했던 사이인데 가능할까요?"

"글쎄? 쿠하라 군은 전 진영 회담 와중에 슬쩍 떠봤더니 마음이 꺾였다는 분위기였으니까, 강하게 밀어붙이면 어떻게든 되지 않을까? 그렇게 생각해."

"……전력으로 쓸 수는 있을까요?"

아투의 의문이 무엇인지 타쿠토도 잘 알고 있었다.

GM의 능력은 박탈되었다.

그런데도 쓸모가 있을까.

테이블 토크 RPG 세력의 플레이어인 쿠하라와 결판을 냈을 때, 타쿠토는 상대의 시스템을 이용하여 징벌 동의를 발동. 상대가 가진 최대의 무기인 GM 권한을 박탈했다.

그러니까 쿠하라 케이지는 현재 그저 주사위를 던질 수 있는 테이블 토크 RPG의 일개 플레이어에 불과하다.

그런 인물이 앞으로의 싸움에 도움이 될까?

아투의 짧은 말에는 그런 의문이 담겨 있었다.

물론 타쿠토도 그 정도는 상정하고 있었다.

"방법은 얼마든지 있어. 내가 그 자리에서 쿠하라 군의 GM 권한을 박탈한 것처럼."

"그렇다면 문제는 본인이 받아들이겠느냐, 그거네요."

아투의 말에 타쿠토가 고개를 끄덕였다.

테이블 토크 RPG의 능력은 불안하지 않다. 불안한 것은 다른 부분—— 쿠하라 케이지의 반응이다.

유한테 들은 각 진영의 목적 이야기도 영향을 줄 것이다. 테이블 토크 RPG 진영—— 레네아 신광국으로 잠입했을 때, 그들은 일관되게 평화로운 나라를 만들고자 했다.

물론 그 과정에서 벌어진 학살이나 결단이 모두 옳았다고 할 수는 없겠지만, 그들은 비교적 선의로 움직이고 있었다.

쿠하라에게 다른 목적이 있다면 그런 행동은 허락하지 않았을 것이다. 하지만 쿠하라는 GM으로서 일관되게 에라키노나 성녀들의 행동에 협력했다.

혹시 그에게도 카미미야 데라유나 자신과 마찬가지로 친한 누군가와 평온한 생활을 바라는 마음이 조금이라도 있다면, 부딪쳐볼 가치는 있다고 판단했다.

"쿠하라 군이 무엇을 바라는지도 알아봐야겠지만, 불가능하진 않다고 생각해. 교섭의 여지는 있어."

안타깝게도 쿠하라의 마녀인 에라키노는 타쿠토가 격파해버렸다.

그것이 걱정이었다. 타쿠토가 쿠하라의 입장이라면 절대로 용서하지는 않을 것이다.

무언가 타협점이, 혹은 선물이 필요하다…….

'그건 본인을 찾은 다음에 생각할까. 그리고 욕심을 부리자면 성녀도 있으면 좋겠는데…… 힘들지도 모르겠어. 둘 다 무척 성실한 타입이니까.'

두 성녀도 물론 동료로 끌어들이고 싶다.

하지만 그녀들은 어려울 것 같기도 했다. 최소한 적으로 돌아서지 않는다면 그것으로 충분하다. 타쿠토는 그런 방향으로 방침을 정했다.

"과거의 적과 손을 잡는다. 왕도적 전개라 정말 재미있겠어. 가능성은 미지수지만, 그들과 동맹을 맺을 수 있다면 틀림없이 적 동맹에게 뒤지지 않는 거대한 힘이 될 거야."

GM의 능력은 강력하다.

그것이 있다면 아무리 정통 대륙 연맹이 강할지라도 얼마든지 방법은 있다.

타쿠토와 유, 그리고 쿠하라. 플레이어의 숫자로는 이쪽이 유리해지니까……

"그렇군요, 그런 생각이셨나요! 다크 엘프들한테 인물 조사를 거듭 확인하던 건 그런 의도셨군요."

"응. 물론 재미있는 인재를 발굴했으면 좋겠다는 생각도 있었지만."

아무리 건곤일척의 작전이라고 해도, 발견하지 못한다면 시작되지 않는다.

암흑 대륙에 있을 가능성은 높지만, 만에 하나 서덜랜드를 경유하여 다른 대륙으로 도망쳤다면 1년이라는 기간 사이에 찾아내기는 무척 힘들 것이다.

어쨌든 그들이 있는 곳을 찾아내는 것부터 시작이다.

모든 작전은 그곳에서부터 연결될 테니까.

"1년 동안, 우선은 기다림의 시간이야. 그렇지만 지루하지는 않을 것 같네——."

파멸의 왕이 희미하게 웃는다.

1년 뒤에 벌어질 전란.

그것은 이 세계를 뒤흔들 거대한 전쟁이 될 것이다.

그것만큼은 분명했다.

후기

오랜만입니다. 카즈노 페후입니다.

『이세계 묵시록 마이노그라』 7권을 구입해주셔서 감사합니다.

이번에도 즐겨주셨다면 다행입니다. 자, 본서를 손에 들어주신 여러분은 이미 알고 계실 것 같습니다만, 마이노그라. 애니메이션화 결정입니다!

처음 이야기를 들었을 때에는 도저히 믿을 수가 없어서 "혹시 이건 실린더에 떠 있는 카즈노 페후의 뇌가 꾸는 꿈이 아닐까?" 같은 비현실적인 감상을 품었습니다. 최근에 간신히 의식이 현실을 따라잡았다고 할까요.

아직 실린더에 떠 있는 뇌가 꾸는 꿈일 가능성은 있습니다만……

어쨌든 이제까지 본 작품을 응원해주신 여러분께 좋은 소식을 전해드릴 수 있어서 정말 기쁩니다. 처음 경험하는 일이라 더듬더듬할 뿐이었지만, 원작자로서 전력으로 애니메이션 제작에 협력했습니다! 이 후기를 한창 쓰고 있는 와중에도 애니메이션 기획은 진행 중. 계속해서 여러분께서 기뻐해 주시도록 최선을 다하겠습니다. ……그럼 슬슬 항상 보내드리는 감사를.

일러스트레이터 준 님, GC 노벨즈 편집부 및 담당 카와구치

씨. 교열 담당, 디자인 회사, 그 밖에 협력해주시는 많은 분들. 그리고 독자 여러분.

이번에도 감사했습니다. 애니메이션 이세계 묵시록 마이노그라도 모쪼록 기대해주세요.

Mynoghra the Apocalypsis -World conquest by Civilization of Ruin-Vol.07

©2024 by Fehu Kazuno / Jun
First published in Japan in 2024 by Fehu Kazuno
Korean translation rights reserved by Somy Media, Inc.
Under the license from MICRO MAGAZINE, INC., Tokyo JAPAN

이세계 묵시록 마이노그라 7

2024년 12월 1일 1판 1쇄 발행

저　　　　자	카즈노 페후
일 러 스 트	준
옮　긴　이	손종근
발　행　인	유재옥
담 당 편 집	박치우
이　　　　사	조병권
출판본부장	박광운
편 집 1 팀	박광운
편 집 2 팀	정영길 조찬희 박치우
편 집 3 팀	오준영 이소의 권진영 정지원
디자인랩팀	김보라
콘텐츠기획팀	박상섭 강선화
디지털사업팀	김경태 김지연 윤희진
라이츠사업팀	김정미 이윤서 임지윤
영업마케팅팀	최원석 윤아림 이다은
물　류　팀	허석용 백철기
경영지원팀	최정연
발　행　처	(주)소미미디어
인쇄제작처	코리아피앤피
등　　　록	제2015-000008호
주　　　소	서울시 마포구 토정로 222, 502호(신수동, 한국출판콘텐츠센터)
판　　　매	(주)소미미디어
전　　　화	편집부 (070)4164-3962, 3963　기획실 (02)567-3388
	판매 및 마케팅 (070)8822-2301, Fax (02)322-7665

ISBN 979-11-384-8518-0
ISBN 979-11-6611-722-0 (세트)